诺 贝 尔 奖 获 奖 者 散 文 丛 书

谁的青春不迷茫

（法）阿尔贝·加缪　著
闫正坤　译

江苏凤凰文艺出版社
JIANGSU PHOENIX LITERATURE AND ART PUBLISHING, LTD

图书在版编目（CIP）数据

谁的青春不迷茫 / (法) 阿尔贝·加缪著 ; 闫正坤译 . -- 南京 : 江苏凤凰文艺出版社 , 2017.10
(诺贝尔奖获奖者散文丛书)
ISBN 978-7-5594-0645-3

Ⅰ . ①谁… Ⅱ . ①阿… ②闫… Ⅲ . ①散文集 - 法国 - 现代 Ⅳ . ① I565.65

中国版本图书馆 CIP 数据核字 (2017) 第 133923 号

书　　名	谁的青春不迷茫
著　　者	(法) 阿尔贝·加缪
译　　者	闫正坤
责任编辑	黄孝阳　王　青
出版发行	江苏凤凰文艺出版社
出版社地址	南京市中央路 165 号，邮编：210009
出版社网址	http://www.jswenyi.com
印　　刷	三河市人民印务有限公司
开　　本	880×1230 毫米　1/32
印　　张	9
字　　数	219 千字
版　　次	2017 年 10 月第 1 版　2021 年 7 月第 3 次印刷
标准书号	ISBN 978-7-5594-0645-3
定　　价	49.80 元

目　录

西西弗斯的神话

西西弗斯的神话

序　言

对我来说，《西西弗斯的神话》标志着我在《反叛的人》[①]一文中所追寻观点的开始。《反叛的人》试图剖析谋杀的问题，而本书试图解析自杀问题。二者同出一辙，分析的过程都没有借用永恒价值观，因为在当今的欧洲，这种价值体系可能暂时缺失或扭曲了。《西西弗斯的神话》的基本论点是：了解生命是否有意义是十分正当必要的；因此直面自杀的问题亦合情合理。而且该问题的答案就隐含在诸种悖论之中，只是后者掩盖了前者的存在，即：即使一个人并不信仰上帝，他也不应该自寻短见。本书写于十五年前，正值1940年法国和欧洲历经灾难之际，但本书认为，即使当时受到了虚无主义的种种约束，我们可能也应找寻道路，走出虚无。在我写过的所有书中，我一直尝试着以此为方向探索。尽管《西西弗斯的神话》提出的是各种道德问题，但它的结论对于尚处荒漠之中的我来说，不啻于鼓励我继续生存并从事创作的一种邀请。

因此，我认为可能应在哲学思辨之后加入一系列的散文。散文

---

① 译注：《反叛的人》(*The Rebel*)，加缪的一篇散文。文章叙述了作者反对虚无主义哲学而追求个人自由的一生。

我亦从未停笔过。因此，尽管相对于我写的书而言，这些散文显得有点另类，但它们皆以一种更加诗化的形式例证了从赞同到拒绝这种本质上的波动。在我看来，这种波动界定了艺术家和他艰难的呐喊。我希望美国读者能够和我一样明晰：本书的统一性存在于冷漠与激情交替的反思之中，这是一位艺术家为了寻求他的生活和创作的缘由而放纵的反思。十五年来，我已经走出了书中曾经记载的某几种境遇，但对我来说，我看似依然停留在往昔，我依然忠实于推动境遇改变的那些迫切需要。从某种意义上说，这是为什么这本书是我在美国出版的那些书中最为私密的原因。因此，这本书比其他书更需要得到读者的宽容和理解。

——阿尔贝·加缪，巴黎，1955 年 3 月

致帕斯卡·皮亚①

哦，我的灵魂啊，不求你拥有无尽的生命，但盼你仍对这种可能抱有期望。

——品达②：《皮提亚》之三

以下篇章将探讨这个年代颇为普遍、荒谬且敏感的话题，而不是严格意义上还不为我们这个时代所知的荒谬哲学，因此，为了不失公允，在开篇中，我当指出，某些当代思想家对本书有着莫大的恩惠。但是在整部书中，你会发现这些人的语言文字会被引用并加以评论，尽管这与我欲隐去这一部分的本意相差甚远。

① 译注：帕斯卡·皮亚(Pascal Pia)，1903—1979，法国作家，加缪的挚友。

② 译注：品达(Pindar)，公元前 518—公元前 442 或 438，古希腊诗人。

但是，请注意，迄今作为结论出现的荒谬将会被视为本散文的出发点。这一点对理解文章很有用。而且，从这层意义出发，也可以说，我的评注中有些也是暂时的：人不可能面面俱到。你会发现这里只是单纯地描述某种思想的疾证。本书暂时没有讨论形而上学，也不涉及信仰，这是本书的局限性和唯一的偏见所在。个人经历让我觉得有必要交代清楚这些情况。

荒谬与自杀

真正严肃的哲学问题只有一个，这便是自杀。判断人生是否值得活下去就意味着回答了哲学的根本问题。所有其他的问题——世界是否是三维的，思想可分为九类还是十二类——都在其次。这些问题不过是游戏，但人们必须要先行作答。如果真如尼采所说，一个值得我们尊敬的哲学家布道，必须举例证明之，那么你必会领悟答案的重要所在，因为它先于决定性的行动。这些皆是众人心中感知的事实；但这些仍然需要进行深入的研究，才能为心智所明晰。

倘若扪心自问，如何判断出这个问题比那个更紧迫，我会回答说，人做出判断是基于问题包含的所有行为。我从未见过有人为本体论的争辩而死。伽利略持有着极其重要的科学真理，却在其威胁到他的生命时，他便轻松自如地选择发誓放弃了。从某种意义上说，他做的对。① 这一真理不值得他放弃生命。地球绕着太阳转还是太阳绕着地球转，这只是个无足轻重的问题。说实话，这个问题也毫无

① 原注：这是从真实的相对价值出发的。相反，从阳刚的角度看，这位学者的脆弱不妨让我们嘿然。

意义可言。另一方面，我倒看到许多人自寻短见，因为他们觉得生命不值一活。我还看到另一些人自相矛盾，某一观念或幻念给了他们生存的理由，但他们却为此寻死（所谓生的理由亦寻死的绝佳借口）。所以我便得出结论，生命的意义是众问题中最为紧迫、亟待回答的问题。那怎样回答呢？就所有实质性问题（这里我指的是那些有导致死亡风险的或那些劝人积极生活的问题），可能只存在两种思考方式：拉帕利斯[①]式的思考和堂吉诃德式的思考。只有实证和抒情之间的平衡才能使我们同时获得情感和清醒。讨论如此平凡却如此感情丰富的主题，你能发现，迂腐的古典辩证法必须让位给更加谦逊同时又来源于常识和相互谅解的态度。

自杀一向被人视为是社会现象而从未引起人们的探讨。相反的，我们这里一开始便要关注个人思想和自杀的关系。同伟大的艺术作品一样，如此的行为酝酿于心中的沉寂。人本身对此一无所知，而某天晚上，他扣动了扳机或从高处跳了下去。据说，一位自杀身亡的公寓管理员自五年前失去了女儿后郁郁寡欢，变化极大，丧女之痛逐渐“蚕食”了他。我想象不出更加精确的字眼，但思考之初即蚕食的开始。社会与此关联甚少，那虫儿就在个人的心中，心中定能找寻它的存在。你却必须理解并继续这个让人从神志清醒面对存在，到逃离阳光、奔向黑暗的致命游戏。

自杀的缘由很多，最显而易见的缘由往往不是最有力的。深思熟虑后很少人会自杀（当然这一假设不一定能够被排除）。引起危机的缘由几乎常常无从查证。报纸上常说是“个人忧伤”或“不治之症”。这些解释似乎在理，但是人们一定想知道这个绝望之人的朋友那天有没有对他冷眼相加。如果有的话，那个人便是罪人，因为这足

---

① 译注：拉帕利斯（La Palisse），1470—1525，法国元帅。

以使所有悬于半空的积怨之气、厌世之情，化作千钧急坠而下了。[1]

但倘若很难确定人一心寻死的那确切刹那，那一小步，那么我们总可以相对容易地从行为本身中推导出结果。从某种意义上说，自杀如通俗剧一样，相当于忏悔自己不知一生为何物，碌碌而为之。然而，我们不必给出太多的相关类比，不如回到日常用语当中。忏悔只是一句“人生不堪如此多的苦难”。活着当然不容易。因诸多理由，你继续做出受到生存支配的姿势。第一就是习俗。自寻短见表明你甚至已经本能地发觉习俗的可笑特征，生存缺乏深刻的理由，每日焦躁令人疯狂，忍受折磨却毫无意义。

那么，那种能够把生命不可或缺的睡眠从心智中剥夺，却又难以捉摸的感觉究竟是什么？即使理由不够充分，只要能够解释，这个世界依然是一个熟悉的世界。然而，相反的，身处于一个突然失去幻象和光明的宇宙中，人便感觉被疏远，如同陌生人一般。既然他失去了故土的记忆，也不再有应许之地的希望，他的放逐便是无药可救的。人与生活的背离，演员与舞台的脱离，正是这种荒谬之感。你会能够发现，任何曾想过自杀的健康人无须解释都能了解，这种感觉和求死有着直接的关系。

本文的主题正是探讨荒谬和自杀的关系，以及这种关系精确到何种程度时自杀成为了荒谬的解决之道。我们可以做出一个论断：就一个诚实可信的人而言，他信之为真的事物必然决定了他的行为。如果他相信存在是荒谬的，那么他一定有所行动。那么，得出这样重要且冷酷的结论，是否就意味着需要尽快放弃一个难以理解的条件假设呢？显然，对这个抱有怀疑是正当的。当然，我是说，那些倾向

① 原注：趁此机会，我得指出本文的相对性：自杀的确可以与许许多多值得尊敬的思考联系在一起。例如，在中国的革命中就存在所谓表示抗议的政治自杀。

于与自身和睦相处的人理应会思考。

说得清楚一点,这个问题可能看似简单却又不易解决。不过,认为简单的问题包含着不那么简单的答案或证据中仍套有证据的看法是错误的。如同人是否会自戮一样,一个由因及果的演绎或者颠倒问题的条件假设,看起来在哲学上只有两个解决办法,是与非。这样就太过简单。我们必须允许那些还没有下结论的人继续追问。这里,我只是用讽有点过度;大多数人都会这样。我也注意到那些回答"非"的人做起事来却像是"是"的人。事实上,如果我接受尼采的标准,他们总是用这样或那样的方式在说"是"。而另一方面,那些自杀的人往往能够相信生命的意义。这些矛盾是不断存在的。我们甚至有可能说,在似乎越应该使用逻辑思维的时候,他们相反却越热衷于此。将哲学理论和信仰它的人们的行为放之加以比较,你就会发现这一点司空见惯。关于这一点,我们有必要说,那些否定生命意义的思想家,除了文学的基里诺夫[①],传奇[②]的贝勒格里诺斯[③]以及假说的儒尔·勒基埃[④],没有一个至死不渝地坚守他的逻辑。叔本华常被人引做笑柄,因为他坐在摆满酒席的桌上称赞自杀。这并不可笑。不把悲剧当真的态度并不可悲,但是由此我们可以判断一个人的是与非。

面对这么多矛盾和隐晦,难道我们一定要下结论说,一个人对生命的态度和他离开尘世的行为真的毫不相关吗?我们不必夸大其辞。人对生命的眷恋中有一物远强于世间所有的恶。肉体的判断不亚于心智的判断,而肉体会因畏惧而努力逃避湮灭的厄运。我们在学会思考之前业已深谙生存之道。在每日催促我们死亡的竞赛中,

---

① 译注:基里洛夫(Kirilov),基里洛夫,陀思妥耶夫斯基的小说《群魔》的主人公。

② 原注:听说一个效仿贝勒格里诺斯的战后作家,写了第一本书之后便自杀身亡,以换得人们对他的作品的注意。确实引起了大家的注意,尽管书的评价极低。

③ 译注:贝勒格里诺斯(Peregrinos),生平不详,希腊犬儒主义哲学家。公元165年,自焚身亡。

④ 译注:儒尔·勒基埃(Jules Lequier),1814—1862,法国哲学家。

肉体因不可修补而遥遥领先于心智。简言之，矛盾的本质存在于我所称之为“逃避”的行为之中，因为它无非是帕斯卡式的消遣。逃避成为了不变的游戏。逃避的典型行为，或构成本文第三个探讨的主题——致命的逃避，就是希望。一个人“应得”的来生希望，以及那些不为生而为堂皇理想而活的人的诡计花招，将超越此生，重新定义此生，赋予此生意义，而最终背叛此生。

因此，一切都助长了混乱的蔓延。

迄今，人们从来没有白费力气，仍然玩着文字游戏，并坚持着否定赋予生命意义必然会导致人生不值一活的论调。事实上，这两种判断之间不一定存在共通的标准。一个人仅需不要被这种混乱、背离和矛盾误导就好。他必须撇开一切而直奔问题的真正所在。人因生命不值一活而自戕，这当然是事实，但是不过是个徒然的空论，因为它不言自明，没有新意。然而，这对存在的侮辱和一股脑的完全否定真的是因为生命没有意义而产生的吗？生命的荒谬需要人用希望或自杀来逃避吗？在扫除其他邪说的同时，我们必须要澄清并解释清楚。荒谬促成死亡吗？在采取一切思考方式、运用公正的心智解决所有问题之前，我们得优先讨论这个问题。对该问题的阐释，意义的细微差异、对立的矛盾以及认为一切问题用“客观”的心智均能解决的心理都将无能为力。它只需要一种不公正——换句话说，合乎逻辑的——思考。这并不简单。合乎逻辑往往很简单，然而坚守逻辑直至痛苦的终点却几乎不可能。因此，用双手埋葬自己的人们必执着地跟随他们的情感走到了最后。自杀问题的反思思量使我有了一个提出问题的机会，而这个唯一令我着迷的问题就是：究竟有没有一种逻辑可以坚持到死亡的那一刻呢？除非我能找到证据，激情洋溢地继续小心求证我这里所揭示的本源问题，否则这问题的答案我将不得而知。这一过程便是我所谓的荒谬的推理。许多人都开始研究这个问题，当然,至于他们是否能够坚持下去,这绝非我料所能及的了。

卡尔·雅斯贝尔斯①宣称无法建构一体之世界的时候,他说道:“此极限导致我回归自我,我不能再从我所代表的客观立场退出,不管是自我还是他人的存在皆亦无法成为我的目标。”继众人之后,他唤醒了那些思想停滞,犹如身处干涸荒漠的人们。是的,诚然,在他人之后,卡尔做出了努力,但是他们却充满了自寻了断的渴望!许多人,甚至一些最为谦卑的人,都到达了思想停滞不前的最终岔路口,然后他们沉迷了,迷失在他们自身最为珍贵的事情上,他们的生命之中。其他才智出众的人也同样沉迷了,他们以最纯粹的反叛开始了思想的自戮。事实上,他们倒不如让自己尽可能地呆在那里,努力且仔细地观察那些异域奇草。在这场冷酷无情的表演中,坚忍和聪敏被奉为上宾,而荒谬、希望以及死亡则留在台上继续念着它们的台词。在分析过出演这场基础却精致的舞蹈的各个角色之后,心智便可例证它们并亲身体验它们的存在。

荒谬的墙

厚重的情感就如同一部伟大的作品,往往包含了远比它意图想表达内容更多的内涵。灵魂的冲动或排斥,在行为和思考的习惯之中频频出现,而灵魂本身非但不知其诸遭后果,更放纵产生了它们。伟大情感携之与身的便是它们自身的宇宙,或壮美恢弘,或凄惨悲凉。这些情感连同它们的激情一起,照亮了一个独有的世界,那里,它们找到了属于自己的氛围,有的嫉妒满腹,有的雄心壮志,有的自私无比,有的慷慨大方。这里的宇宙,换言之,就是形而上学和思想

---

① 译注:卡尔·雅斯贝尔斯(Karl Jaspers),1883—1969,德国存在主义哲学家。

方法。对已经分化细微的情感来说，真实更是如此，它和那些给我们带来美丽或激发我们荒谬思考之感一样，本质上捉摸不定，既含糊不清又“确凿无疑”，既远在天边又“近在咫尺”。

每个街角，荒谬之感总是直面袭人。诚然，它若舍去外衣，裸身必令人苦恼。它发光，却无不见光芒。这皆因它无影无形。然而，这种困难却值得我们反思再三。我们永远无法认识人之本身。他的身上有一种我们无法抓住却不可或缺之物。这种说法可能正确，但是事实上，我知人识人，皆取自他的行为举止以及他的存在对生活的影响。同样的，所有这些不理性的情感虽无迹可寻，但我可以通过事实定义它们，通过事实欣赏它们，我只需在知识的领域里将影响与结果加以归纳，抓住并点出它们的方方面面，勾勒它们的空间地域。当然，表面上看，即使同样的演员看上百遍，我也不会因此而对他的个人有更深的了解。但如果我把他扮演的所有角色汇总起来，或是说如果我在历数完他扮演的第一百个角色之后产生一点深入的了解，又如何呢？剩下的便是真理的要素。这浅显的悖论也是一则寓言，其中意味深刻：对一个人的定义，不仅要凭借他所扮演的角色，还要倚靠他真实的内心冲动。因此，更为低调的情感隐藏在内心中，虽触及不到，但它们外化的行为和呈现出的思想方法却会揭示蛛丝马迹。显然，我是在以这种方式来确立一种方法，但是同样需要指出的是，这种方法是分析的方法而不是认知的方法，因为方法中暗含了形而上学；它不知不觉中揭示了它常常声称尚不知晓的结论，就像一本书的结局已寓含在了它的开头部分一样。这种联系是不可避免的。这里确立的方法将承认我的这种情感——认知所有的真实都是不可能的。只有表象能够被列举出来，相应的气氛才会显现，为人所感知。

或许我们应该在与之不同却息息相关的智力世界、活着的艺术世界或艺术世界本身中能够超越那种无影无形的荒谬之感。这种荒谬的情感始于荒谬的气氛，终于荒谬之世界并形成相应的思想方法。这种思想方法会以真实的颜色照亮这个世界，呈现特有的、不可否认的外貌——从中，我们可以辨认出这种思想方法。

* * *

所有伟大的行为和一切伟大的思想都源于某个微不足道的开始。巨作往往诞生于街角路口间或饭馆的旋转门中。荒谬也是如此。比起其他的世界，荒谬的世界所具有的高贵更是出身卑微。在某些情况下，被问及个人想法时回答“没有”可是只是一时的做作。那些被人关爱的人应深有体会。但是如果那个回答是真诚的，如果这象征了心灵的异常状态——在此之中，虚无是不容置辩的现实；日常连续的行为被中断而心灵却一次一次徒劳地企图与之联系——那么，它就似乎应该是荒谬的最初信号。

舞台布景是这样崩塌的：起床、乘车、四个小时的办公室或工厂工作、吃饭、再坐车、又四个小时的工作、吃饭、睡觉，周一、周二、周三、周四、周五、周六，周周如此，节奏不变——绝大部分的时间，若是沿着这条路走，轻松自如毫不费力。然而突然有一天，你问了一个“为什么”，然后一切的一切开始淹没在厌倦和惊讶之中了。“开始”——至关重要的一步。厌倦出现在机械化生活行为的终点，但是它同时引发了意识的跃动。它唤醒了意识，激起了一系列的行为。紧随其后的，要么是逐渐回归原先的节奏，要么是真正的觉醒。觉醒之后迟早会出现这种结果：自寻死亡或重新振作起来。厌倦本身有种东西令人作呕。这里我必须做出这样的总结：厌倦是件好事，因为一切始于意识的萌发，不通过意识的思索，一切皆无价值。这种说法不是我的原创，不过却显而易见——这足以让我们停下来粗粗回顾一下荒谬的起源了。海德格尔说过，“焦躁”乃万物之源。

生活日日平淡，周而复始，时间与我们如影随形。然后总有一刻，我们不得不把持时间，因为我们依赖未来而生活：“明天”、“后来”、“当你选择了你走的路”，“你长大了自然会明白”。这些与今日毫无干系，却美妙无比，因为它毕竟关系到死亡与逝去。某一天，一个人注意到或是说他已而立之年了，因此他会坚持他仍然青春，但在同时，他也将自己置于时间之中，找到了自己的位置。他承认，他置于时间之弧的某一点，他也知道，这一圆弧正载着他驰向终点。他是时间的一部分，而从攫住他的恐惧中，他认出了自己最凶恶的敌人。明天，他曾渴望明天，然而他的一切却拒绝明天。这种肉体的反抗就是荒谬。①

一步之差，陌生之感便会潜入：觉得世界很“复杂难懂”，感到石头是那么的陌生而对我们却又那么不可或缺；心中有着强烈的不安，甚至自然风光就能否定我们的存在。所有美的深处都蕴含着某种非人的因素。郁郁山丘，宁馨天穹，树的倩影，那一刻突然丧失了我们用于遮盖它们的虚幻意义，从此它们比失去的乐土还要遥远。千年沧桑变幻，世界原始的敌意与我们的对立愈加强烈。霎时间，我们失去了对这个世界的认知，既因为多少世纪以来，我们对世界的理解只限于我们预先为它设定的种种意象和图样，也因为从此之后，我们丧失了使用这种方法的力量。世界在逃避我们，因为它再次变回自己。风俗习惯所遮蔽的舞台背景再次展现了原貌。它与我们远远相隔。仿佛曾经有过一段时光，我们觉得平日熟悉的面庞非常陌生，尽管我们数月数年前曾与她热恋，我们或许因此应该开始渴望某天我们突然孤独一人。然而，这一刻还没有到来，只是一件事情可以确定：世

① 原注：但这并不是严格意义上的荒谬。这不是下定义，而是意在列举出一些众人承认的荒谬之感。列举已毕，而荒谬却并未因此而穷尽。

界的那种复杂难懂和陌生疏远就是荒谬。

芸芸众生亦藏匿着非人之气。某些清醒的时刻,他们举止机械的一面以及他们毫无意义的滑稽举止使得周围的一切变得荒谬起来。在玻璃隔墙内有个人在打电话,你听不见他的声音,但却看见他难以理解的哑剧表演:你不禁好奇他为什么活着。面对心中的非人性所产生的这种不适之感,在我们的血肉皮囊前这种难以预料的恍悟,就是如今的某个作家称作"作呕"的情感,也是荒谬。同样的,我们刹那间在镜子中看到的陌生人,我们在自己的相片册中遇到的熟悉而却恐惧的兄弟,也是荒谬。

最后让我来谈谈死亡以及我们对死亡的态度问题。这一点的论述已经非常全面了,我们最好避开伤感。每个人活着。对于这一点,我们并不那么惊讶,仿佛我们还不"知晓"此事。这是因为现实中我们没有经历过死亡。严格上说,只有亲身体验过和思考过的事物才算经历过。这里,提及他人死亡的经历是几乎不可能的。这只是一种取代,一种幻想,决不能让我们信服。那种忧郁的故事传统没有说服力。恐惧来自于现实,源于死亡公式的精确计算。如果说时间让我们恐惧,这是因为它解决问题并把答案随即奉上。所有关于灵魂的精彩演讲都将会被它们的对立面所证明,至少瞬间让人信服。愚钝的身体,拍打不会留下痕迹,但灵魂却会就此而消失。这种冒险原始而又具决定性的一面构建了荒谬情感的内涵。在那让命运就此终结的霹雳之下,情感的无用性凸显出来。残酷的数学公式决定了我们的条件,在它面前,无论是道德准则还是努力都无法先验性地证明自己的合理性。

我再重复一遍:所有这些都有人提过且不止一次地提到过。在此,我只不过是快速地加以概括并且指出这些显而易见的论题。所有的文学和哲学著作中都曾出现过这些论题。日常的交谈也少不了它们。这里不存在再创造的问题。然而,为了随之能在初始的问题上提出质疑，明确这些事实是必不可缺的。我依然要重申：我感兴趣的不是荒谬的发现，而是这些论题的结果。如果人们相信了这些事实，那么他们将得出什么结论呢？他们将走出多远才发现问题无可回避呢？他们将是自愿寻死，还是不顾一切地去展望未来呢？在此，我们有必要预先从知的层面上列出人们常常质疑的问题清单。

* * *

心智迈出的第一步就是明辨真伪。然而，一旦思想进行自我反思，那么它首先发现的就是矛盾。这一点不辨自明，我们不必大费周章。多少世纪以来，没有一个人能比亚里士多德对此揭示得更简洁、更优雅的了："可笑的是，这些想法的结果往往是不攻自破的，因为如果坚持一切都为真，那就肯定了与我们相左的见解为真，于是，我们就肯定了自己原有论点的谬误（因为相反的主张不允许原有的观点为真）。如果有人说，一切为假，那这种看法本身也为假。如果我们称，只有与我们相左的见解为假，或者只有我们的主张才不是错误的，那我们就不得不承认有无穷大的真或假的判断。因为，做出真值判断的人同时也是在宣称这个结论是正确的，以此类推，直至无限。"

这种恶性循环不过是处于自修之中的心智在一系列令人眩晕的漩涡中逐渐迷失的第一步。这些悖论朴素简单、不可还原。无论玩弄什么样的文字游戏和逻辑技巧，当务之急就是理解统一性。心智不厌其烦地去详解，只是为了心中最深处的渴望。这和与依附于自身宇宙的潜意识感情并行不悖：它坚持亲密友爱，渴求一目了然。对人来说，理解世界就是将其人化，给其打上人的烙印。猫的宇宙不同于蚂蚁。"任何思想皆具人性"，这种不言自明的道理别无它意。同样，旨在理解真实的心智，只有将把真实付诸于思想之时才能够感到满意。如果人们认识到宇宙自身也能够如他一样友爱坚忍，那相互和解指日可待。如果思想在闪烁微光的诸遭现象之镜中发现永恒之理，可以用单一原则概述这些现象并且能够自我概括的话，那么我们就发现知识之愉悦，而神之眷顾的神话不过是对此的可笑模仿。这种统一之思，绝对之望例证了人生如戏的本质冲动。然而，留恋的存在应是事实，但并不意味着，留恋会随即满足或平息。因为，如果我们认同巴门尼德①所谓的“一”的真实（不论“一”是什么）弥补了渴望和征服之间分歧，我们就会陷入到荒谬的心智矛盾之中，因为后者坚持完全的统一，并通过这一论断本身肯定了它原本声称要解决的自身差异和多样性。这种恶性循环足以扼杀我们的希望。

至此仍是些老生常谈的东西。不过，我还要再重复一遍，这些道理本身并不引人注目，而让人感兴趣的是从这些道理中推导出的结果。我还知道另一个浅显的道理：人是会死的。人们可以历数一下能够从这个道理中推导出极端结论的心智。我们幻想自己知晓的和我们真正知晓的东西之间往往存在差距。这种裂隙也同样存在于实用的赞成和伪装的无知之间，因为前者让我们与某些观点共存于世，而后者，倘若我们尝试实践的话，生活必会因此而打乱。本文中，我们应不断地回顾这两个至关重要的事实。面对这种心智无法挣脱的矛盾，我们恰恰应该抓住区分我们和自身创造物之间的背离。只要心智在其静止的希望世界中沉默不言，那么一切都将反映并重置在它伤感的统一性中，而随着它的始动，这个世界将分崩离析：无数闪着微光的碎片将有待认知。这曾经熟悉而宁馨的平面曾经给我们带来心灵的静谧，而如今的重新建构让我们悲痛欲绝。历经长久岁月的寻觅追索、多少思想家的前仆后继，我们很清楚，我们所有个人的认知也必须如此。除了那些职业的理想主义者外，如今的人们对真

① 译注：巴门尼德（Parmenides），约公元前445—450，古希腊哲学家。

实的知识早已灰心。如果要书写一部意义重大的人类思想史,那写出的历史将满是人类思想不断的悔恨和无力而无其他。

至于我敢和谁说,和什么东西说:“我了解你!”,我感觉到自己深藏于身的心灵与我本人都能断定它(他)的存在。这个可触摸的世界与我本身能够断定它(他)的存在。我的所有学识皆绝与此,余下则是建构。我若极力想抓住确定的自我,我若极力去定义并概述它的存在,那儿只会有一股清泉流经指间。我能一一勾勒出它展现的方方面面,也能绘出人们赋予它的一切——出身、教养、热情或沉默、高贵或渺小,但是这一切却不能累加在一起。此心乃我心,但对我来说,它依旧无影无形。我坚信我之存在,我也尽力向自己保证,但这两者之间总存在着不可逾越的鸿沟。我永远对自身感到陌生。心理学和逻辑学之中都存在着一些似是而非的东西。苏格拉底说,“认识自己”。这与教堂忏悔室中“要有道德”的呼喊具有同等价值。它们在显示怀念的同时也预示着无知。这些枯燥无味东西是对伟大论题的玩弄。它们相近,而只在这种严格意义上,它们才合理。

这里有树,我熟悉他们粗糙的外表;这里也有水,我能感到它的味道。这些草的芳香、夜空的星烁以及心情舒畅的晚上——我怎能否认这个我能够体会到它的能力和力量的世界呢?然而,对大地的所有认知却丝毫不会让我确信这个世界是属于我的。知识啊,你向我描述过这些知识,并教我如何梳理。你提到了它的规律,而在求知的渴望中,我承认这些是真实的。然后你拆解了它的机理,燃起了我的希望。最后,你教育我说,这个令人惊叹、多姿多彩的宇宙是由原子组成,而原子本身又可以还原成电子。这一切都是对的,我等着你继续下去。然而,你又告诉我,有一个看不见的星系,其中电子受到吸引,围绕着一个核转。你用影像向我展示了这个世界。于是,我意识到你已经从这个世界转到了诗的世界，一个我永远不会知晓的世界。我是否有时间为此而气恼呢？你已完全改变了理论，因此那本应教会我一切的科学以假说而告终，明晰终于隐喻，变化不定则化归于艺术作品之中。我为何做出如此多的努力呢？山丘柔和的线条以及夜晚放在颤动心脏上的指尖教会了我更多的东西。我回到了我的起点。我认识到，通过科学来把握现象并将其一一枚举的方法，尽管我为此付出了巨大努力，但依然不能理解这个世界。要是想用手指追踪到它的整个慰藉，我就不会了解更多。描述，清楚明晰，却于我无用；假说，声称有教与我却模糊不清。科学啊，你让我在这二者中进行选择。一个对自身、对世界的陌生人，只能以既自我否定又自我肯定的思想来武装自己，那我如何才能只通过一种拒绝求知与生存的方式就可以达到平和的境地呢？征服的渴望一次又一次碰壁却不产生一丝涟漪，这又是怎样的境地呢？产生欲求就会引发种种悖论。万物皆有序，毒化的平和亦有形，一切的一切皆取决于轻率的思想、麻木的心灵以及致命的放弃。

因此智力也以它的方式告诉我，世界是荒谬的。而它的对立面——盲目的理性——却信誓旦旦地说，一切皆明了。我曾期待证据，希望它是对的。然而，无论历经多少朝代的显赫，尽管不乏口若悬河、能言善辩之士，我还是明白理性的谬误。在这一点上，至少，“我若不能知便无幸福”的说法就不正确。那种所谓或作用于实践或应用于道德的普遍推理，那些妄图解释一切的种种决定之论，这些范畴足以让正派得体的人觉得可笑。它们与心智毫无瓜葛。它们否认心智被禁锢的深层次真实。在这含混不清、捉襟见肘的宇宙中，人的命运因此而获得意义。一大群非理性的东西突然跳出来，围绕着他，直至他生命的终结。若是神智业已恢复并变得审慎，这种荒谬之感亦愈加清晰可名。我曾说过，世界是荒谬的，但那时我这样做有些操之过急。世界本身并非合情合理，这就是人们所能描述的一切。而荒谬之物便是与这种非理性对峙的结果，是回荡在所有人们心中企图明晰世界的狂热渴望。荒谬之于人，亦之于世界。此刻，它是人与世界之间的唯一联系。它将二者绑在一起，犹如仇恨把两种生物紧紧地拴在了一起。这是我在这浩瀚的宇宙中立足自我而进行冒险后所明晰的一切。我们要在这里稍稍打断一下：如果我坚持荒谬决定了我与生活的关系，如果面对世界的舞台我浑身上下充满了这种伤感，如果我追寻科学具有了一丝清明，那么我定会将一切奉献给这些必然，正视它们，拥有它们。首先，我必会与它们步调一致，并不计后果地追寻这些必然。这里，我谈到正派得体，但我想提前知道，是否思想能够存活在这些荒漠之中。

* * *

据我所知，思想至少已进入了这片荒漠。那儿，它找寻到了食粮。在荒漠中，它会意识到从前它总以幻象为生并曾为人类反思过的一些紧要主题辩护过。

自发现的那一刻起，荒谬就成为了一种激情，一种最让人苦恼的激情。然而，整个问题的所在就是，人类是否能够忍受激情，是否能够接受这激情背后的法则，即激情迸发之时也燃烧心灵。当然，这还不是我们现在应该问的，因为这个问题立于这一体验的中心。我们以后会再次谈到它。相反的，这里，我们需要确认一下那些诞生于荒漠的主题和冲动，将它们一一列举即可。如今，它们也已被世界所知晓。历史上，一直总有人为这些非理性的权利而辩护，一种或称之为“蒙羞的思想”的传统也从未停止过它的脚步。为此，对理性主义的批判纷纷而起，批评之声业已无以复加。然而当今之时，这些似是而非的体系又风云再起，试图压抑理性，仿佛后者一直稳步前行必须打压一般，而这种气势亦铸就了我们时代之名。但事实上，这既不能例证理智的效能也说明不了希望的殷殷之切。历史上，这两种态度恒久不息，亦说明了人既意欲统一认识却又在被墙壁团团围住而无能为力的本质激情。

但就对理性的攻讦而言，历史上或许没有哪个时代会像我们今天这样猛烈。查拉图斯特拉[①]曾高声疾呼，“这理性侥幸成了世上最古老的贵族。当我说，任何永恒意志都不曾凌驾于它之上，我已把其交还给世上的一切。”克尔凯郭尔[②]患上不治之症时，“这致命的疾病之后，再无其他”。打自他们之后，荒谬思想中诸多意义重大、令人苦恼的论题也纷至沓来。或，至少一些至关重要的非理性表现和带有宗教色彩的论题自他们之后应运而生了。从雅斯贝尔斯到海德格尔，从克尔凯郭尔到舍斯托夫[③]，从现象学到舍勒[④](Scheler)，这些哲学家在逻辑和道德领域以留恋为联系构建了整个思想的家族。他们的方法不同，目的也不尽相同，但是他们却努力阻挡了理性前行的高贵之路，极力恢复直通真理之门。这里，我是假设这些思想已被大家所认识并体验过。不管他们的雄心曾经可能为何物，所有这些人的出发点皆为这一对立矛盾、焦躁不安、软弱无力且难以名状的宇宙。他们的共同点至此我们都已一一做了分析。我们必须要说，对于他们来讲，头等重要的是从这些发现中千方百计地得出结论，因此对于我们来说，分开考察这些结论也相当重要。但目前，我们只需要关注他们的发现和他们首创的实验，旨在点出他们的一致观点。如果说试图分析他们的哲学观点是胆大妄为，那么无论如何，我们可能且足以找出他们共通的哲学气息。

---

① 译注：查拉图斯特拉(Zarathushtra)，公元前628年—前551年，拜火教的创始人。

② 译注：克尔凯郭尔(KierKegaard)，1813—1855，丹麦哲学家、神学家。

③ 译注：舍斯托夫(Chestov)，1866—1938，俄国思想家、哲学家。

④ 译注：舍勒(Scheler)，1874—1928，德国基督教思想家、现象学泰斗。

在冷静地思考过人类的境地之后，海德格尔宣称，这种存在是耻辱的。唯一的真实是存在于整个生物链中的“焦躁”。对于失落在这个世界或沉迷在它诸多娱乐之中的人来说，焦躁是转瞬即逝的恐惧。但如果这种恐惧存在了自我意识，那么它便成为了一种痛苦，一种清醒之人挥之不去的气氛，“他将置身其中，其存在被给与了过多关注。”这位哲学教授毫无畏惧，用世界上最抽象的语言继续写道，“人类存在的有限性要比人类本身更为本质。”他对康德的兴趣无非是后者“纯理性”所具有的限制性特质。因为这与他分析的结论不谋而合。“人若是悲痛欲绝，世界将对他无以复加。”对海德格尔来说，这种焦躁看似超出了世上所有的范畴，因此他只思考只谈论焦躁。他历数了焦躁的种种表现：凡人极力减轻钝化者，谓之“烦”；凡心智冥思苦想死亡者，谓之“惧”。海德格尔同样无法从荒谬中剥离意识。死之意识就是焦躁的呼唤，“于是，存在就通过意识的媒介传递自身的焦躁”。死之意识正是痛苦的呼喊，它恳求存在从“失去无名上帝的苦痛中恢复回来”。对于海德格尔来说，人不必沉睡，但直至他的消亡都应随时保持警惕。海德格尔本人便是这样立于荒谬之世的，他指出了后者昙花一现的特征并在这断壁残垣之中探索着自己的路。

雅斯贝尔斯对任何本体论都灰心丧气，因为他宣称，我们的“天真”早已荡然无存。他知道，我们的成就不过是超越这表象的死亡游戏。他明白，心智的终点必是失败。他徘徊于历史长河的精神游历之中，不留情面地揭示了各种制度的缺陷，揭穿了那曾拯救一切的幻念和赤裸的说教布道。在这满目疮痍的世界中，认知已是明日黄花，永恒的虚无成为唯一的真实，悲观绝望无可解救却是唯一的态度。在这样的世界中，雅斯贝尔斯则极力找寻通往神圣之秘的阿里阿德涅的线头。

就舍斯托夫而言，他出奇单调沉闷的著作都在不停地努力灌输着同一个真理。他的作品总是在不辞劳苦地论证：世界上最普遍的理性主义，这个最为严密的体系，最终会败给人类思想的非理性因素。冷嘲热讽、荒谬绝伦，他不会放过任何事实和对立矛盾来贬低理性。他只在意一件事——找出心灵和心智领域的例外。在陀思妥耶夫斯基的定罪体验、尼采精神的诸多恶意冒险、哈姆雷特的诅咒，或易卜生式贵族式的尖酸刻薄中，舍斯托夫捕捉、阐释并放大了人类对无可救药的丑恶的反抗。他否认理性，秉持着某种决心，在这黯然无色的荒漠之中开始前进，尽管在这片荒漠的深处，一切的必然之念早已化为僵石。

在这所有人中，克尔凯郭尔大概是最引人注目的。至少，在他活着的一段时间内，他不光发现了荒谬，甚至体验了荒谬的存在。他写道，"我们可以确信，冥顽的沉默不是一言不发而是滔滔不绝的话语。"他在一开始就坚信，没有绝对的真理，也没有哪个真理会给本来极度矛盾的存在带来满足。在《启发性谈话》和被奉为犬儒唯心论的教科书《诱惑者日记》中，他写道，我们熟知的唐·璜，他的名字和矛盾不知重现在多少芸芸众生身上。他拒绝慰藉、道德及可以依靠的原则。对于心中所体验到的那个荆棘，他只小心地呵护，非但不平息它所带来的痛苦，相反，他却要唤醒它，并且要在饱受折磨却乐此不疲的人的绝望欢愉之中一点一滴地树立起——清醒、拒绝、造作——一种人所拥有的范畴。这张面孔温柔稚嫩却满是冷笑。这些伴随着心中一声呐喊而不断旋转舞动的便是荒谬精神与超出理解范畴的真实之间的搏斗。克尔凯郭尔的心灵历程充满了他所钟爱的流言蜚语，这一旅程同样始于某种混沌的体验，这一体验失去了它的伪装并且导致了最初的混乱。

在方法论这个完全不同的领域上，胡塞尔和现象学家们以他们极度奢华的言辞，还原了世界的多样性，并否定了理性的超验能力。他们的努力极大充实了精神世界。玫瑰花瓣、里程碑、人类的双手和爱情、欲望或万有引力，它们同等重要。思想不再试图统一，不再以同一个重要原则为指导而建立那种熟知的与表象间的联系。思考就是重新学会观察、学会专注、学会集中意识；它借普鲁斯特的方式把所有的观点和影像转换成了特有的一刻。为思想辩护的东西便是它的极端意识。尽管胡塞尔比克尔凯郭尔或舍斯托夫更积极一些，他的方式从一开始就完全否定了理性的经典方法。他摒弃了希望，使得直觉与心灵面向诸多迅速繁衍的现象，而这些丰富的现象中就存在了某种非人性的东西。这些途径要么通往一切的科学，要么否定科学。这无异于在表明手段胜过目的。其关键在于“一种认知的态度”，而非慰藉。我再重申一遍：至少在开始时，他是这样的。

我们怎能感受不到以上这些思想之间的基本关系，怎能看不到他们的立场总围绕在那个特有而痛苦的时刻，一个希望被抛在一边的时刻呢？要么解释清楚一切，要么就不要向我做任何的解释。然而即使听到了这心灵的呐喊，理性也爱莫能助。这种坚持所激发的心智探索在寻觅，但只会发现种种对立矛盾以及诸多荒谬之处。我所不理解的就是荒谬。这个世界充满着这些非理性的东西。这个世界本身就是一个庞大的非理性建构。它独有之意，我亦无法理解。只要有人能说一次，“我明白了”，那一切就会得救，但这些思想家们却争先恐后地宣称，没有一目了然的事实，一切皆混沌迷离，而人所有的只是他的神智清明以及清楚地认识到他已被层层墙壁围在正中的事实。

所有这些经验趋同并互为补充。心智在穷途末路之时必须做出判断并选取结论。这就是自杀和答复的所在。但是，我希望颠倒问询之次序，从智力的探险出发，然后回到日常行为上去。这里，心智所援引的经验诞生于我们不应离弃的荒漠。至少，了解到这些经验将至何方是至关重要的。就努力而言，人需径直地面对非理性，而在内心深处，他感到渴望幸福和理性。这种人类需求和世界非理性沉默之间的对峙就诞生了荒谬。这一点，我们切不可忘记。对于这个问题，我们也应紧追不放，因为一种生活的全部结果可能都取决于此。非理性因素、人类的追忆以及这二者碰撞中产生的荒谬——这些就是构成了这场话剧的三位主角，而这场话剧必定会以某种存在所擅长的逻辑而告终。

哲学意义的自杀

尽管有了以上的分析，荒谬之感仍然并非荒谬的定义。前者为后者打下了基础，仅此而已。除了在对宇宙做出判断的那一瞬间以外，荒谬之感便脱离了定义的规制。相应的，它有了进一步拓展的机会。它是活生生的感觉；换言之，它必会死亡，否则必会有所响动。因此我们聚到了一起，正是为了讨论这些论题。但同样的，这里让我在意的不是作品或作家的心智，对他们进行评论总是在要求另一种形式和地位。而我真正感兴趣的是发现他们论断中的共同之处。也许，他们的心智从来没有这么大相径庭过。然而让我们感到完全相同的是他们精神之旅中所历经的风物。同样，尽管认知的区域不尽相同，终结旅途的呐喊却以同样的方式响起在他们身边。显然，我们刚刚回顾的思想家们遇到了相同的气氛。

要说那是一种致命的气氛，这无异于又是在玩弄文字游戏。不过，处在窒息的天空之下，每一个人都被迫作出选择，要么马上离开，要么继续留下。对我们来说，重要的是寻觅前一种情况中人们离开的方式以及后一种情况下人们继续留下的原因。这就是我如何做到在存在主义哲学的诸多结论中定义了自杀问题并明晰了其他我们可能感兴趣的问题的。

但首先我想绕过主题一下，说说题外话：迄今，我们设法从外围限定了荒谬，然而我们通过直接分析，一方面尽力解释荒谬的意义，另一方面又讨论其所涉及到的种种结果，那么你可能会好奇这种方式所作出的定义其准度和效度如何。

如果我指控一个无辜之人犯了弥天大罪，如果我说一个道德高尚的人觊觎自己的妹妹，那么他会反驳说，这是荒谬的。他的义愤填膺有着滑稽的一面，不过也存在了本质的道理。道德高尚之人的反驳证明了我归咎于他的行为与他一生遵循的原则之间有着决定性的矛盾。“太荒谬了”不但意味着“这不可能”，而且意含了“这前后矛盾”。如果我看见一个佩戴宝剑的人攻击手持机枪的队伍，我肯定认为他的行为是荒谬的。我得出这种结论只是鉴于他的意图与遭遇现实之间的失衡以及我所注意到他的实力与他所目测目标之间的矛盾。同理，当荒谬与这些浅显的事实所促成的裁定相左时，我们就应当把这一判决视为荒谬不可靠的。同样是荒谬的论证，我们只有比较了这种推理的诸多结果和人们欲建立起来的逻辑事实才能做出论证。在所有这些从简单之极到复杂之至的案例中，荒谬的程度与我用来做比较事物之间的差距是成正比的。世上有荒谬的婚姻、荒谬的挑战、荒谬的积怨、荒谬的沉默、荒谬的战争与和平。不管是以上何种事物，荒谬之感总是比较得出的结果。因此，我有理由说，荒谬之感并不是来源于对某个行为和印象的端详审视，它是从一个独立的事实与某种现实，从某种行为与超越这种行为的世界之间的比较中迸发出来的。荒谬的本质是离异。它不栖身于被比较的两个要素之中，它是诞生于这两种要素间的对峙之中。

因此就这个独特的问题而言，从智力的层面上，我能说，荒谬既不在于人(如果这样的隐喻有意义的话)也不存在于世,而是存在于二者之间。此时,荒谬是联系二者的唯一纽带。若让我指认事实,我知道人想做什么,知道世界为他提高了什么,而现在我敢说,我也知道什么东西联系了他们。无限深挖这个问题就会发现,单单一个必然就足以告慰那些探求奥秘的人了。他们只需从中获取一切的结果。

其最直接的结果就是方法准则。这古怪的三位一体于是就这样被公之于众了。诚然,它不算是一个惊人的大发现,但是它却与经验假设有相似之处,因为它无限简单而同时又无限复杂。它第一大特征就是不可再分性。破坏了它的任一构成要件就破坏了它的整体结构。人类心智以外没有荒谬。因此,荒谬如万物一样会因消亡而结束。同样的,荒谬也不可能存在这世界之外的任何地方。正是根据这样的基础法则,我断定荒谬的概念是至关重要的,并且它立于吾人之诸真理的第一位。此先提及的方法准则就出现于此。如果我断定某物是真实的,我就应该维持它的存在。如果我试图解决一个难题,那我至少不一定凭借这种解决过程本身而避开了难题中的任一要件。对我来说,一个单独的假设就是荒谬。毕竟,我的调查其首要且唯一的条件便是维护这一让我极为尴尬的东西,而最终,我应尊重在此之中我所认同的本质。因此,我只是将它定义为一种对峙,一场无休止的争斗。

倘若把这种荒谬的逻辑贯彻至结论之中,那我必须承认,争斗暗含了缺失的希望(与失望毫无关系)、频繁的否定(与摒弃不可混淆)和意识的欲求不满(需与不成熟的躁动相区分)。一切摧毁、(或用把戏或用暴力)驱赶这些需要的东西,(首先便是赞同结束背离的状态),都会断送荒谬,贬低人们预先的态度。荒谬只因人们意见分歧才具有了意义。

* * *

还存在这样一个显见且看似合乎道义的事实,即:一个人永远是自身既定真理的牺牲品。一旦他认同这些真理,除非付出一定代价,否则他将永无法脱身。一个已经意识到荒谬的人必将与荒谬为伍。一个缺失了希望也意识到这一点的人就不再属于未来。这是自然而然的事实。但这之所以在情理中是因为他努力想脱离由他创造出来的世界。我们此前一直所说的一切都因为这个悖论的存在才有意义。那些始于对理性主义批判的人们业已承认荒谬之气氛,因而,我们从这一点出发审视他们阐述结果的方式则将受益匪浅。

现在,若只论存在主义哲学,我看到它的所有思想都无一例外建议我逃跑。在人类封闭的宇宙中,这类古怪的推理从荒谬出发,穿过理性的废墟,把排挤它们的东西奉若神明并在使他们一洗如贫的世界中找寻理性的希望。这种强迫的希望就是一切宗教的本质。我们有必要探讨一下。

我这里只是把一些舍斯托夫和克尔凯郭尔视之为珍宝的论题当做例证分析一下。事实上,雅斯贝尔斯所使用夸张的表现为这种态度提供了典型例证。其他问题将会随之变得更加清晰。雅斯贝尔斯并没有能力实现超验,也没有能力探索经验的深层含义或意识到自己的宇宙因为这一失败而动荡不安。他是否会前进或至少从失败中得出结论呢?他做出的贡献并无任何新意。他在经验中得到的只是自己无能的证明,却找不到机会推断出任何令人满意的原则。然而,就像他对自己所说的那样,在没有任何合理证明的情况下,他突然同时肯定了超验主义、经验的本质和生命的超人意义。他写道:“失败难道没有在任何可能的解释和诠释之外否认缺失而指认超越的存在吗?”这种突然产生的存在通过人类盲目的自信行为解释一切。雅斯贝尔斯把它定义成“普遍与特殊之间不可思议的统一”。于是,荒谬就变成广泛意义上的神祇,而这种对理解的无能为力就变成了照亮一切的存在。任何逻辑都没法接受这种推理。我暂且把它称之为飞跃。看似矛盾但我们完全可以理解的是，雅斯贝尔斯以他无限的耐心所极力去体会的超验是无法实现的，因为这种接近愈加短暂，这一定义就越空泛无物，而超验对他来讲就愈加真实；因为他也用莫大的激情去证明他的解释能力和世界经验的非理性之间的差距与超验的正比关系。这样看来，雅斯贝尔斯越加痛苦地想去摧毁理性先入为主的看法，他越将以更彻底的方式来解释世界。这位羞辱思想的门徒希求在羞辱的尽头之后找到重生的深层次含义。

神秘的思想以此渐为我们所熟知。如同任何的思想方法，这些思想也是合情合理的。不过，现在我正要开始说明的是，我是严肃对待某个问题的。我没有预先判断这种态度或它教化之力的普遍价值，我只打算思考一下：这种态度是否能够回答我所设定的条件，是否等同我所关注的争议。于是我回到了舍斯托夫这里。一个评论家曾引述了他的这样一段话，甚是让人玩味。

他说，"真正的出路只有一个，就在世人仅凭判断看不到出路的地方。若非如此，我们何以还需要上帝呢？我们皈依上帝，只是为了求得不可能的东西。至于那些可能的东西，人们业已得到了满足。"如果存在舍斯托夫哲学的话，我敢说，这段话就可概括它的全部内容。因为，在舍斯托夫激情飞扬的分析的结尾部分，他发现了一切存在的本质荒谬性，但他并没有说，"这就是荒谬"，而是说，"这就是上帝：我们必须依赖他，即使他并不存在于我们任何理性范畴之中。"为了不至于产生理解上的混乱，这位俄国哲学家甚至暗示说，这个上帝可能是充满仇恨和憎恶，他既难以理解又满是矛盾；然而，他的面孔越发丑陋，他的能力就越发至高无上。上帝的伟大之处就在于他的含混不一，而这一明证就是他的非人性。人类必须飞跃至上帝之处，并凭借这种飞跃，摆脱理性的种种幻念。于是对于舍斯托夫而言，接受荒谬的同时就意味着荒谬本身。意识到荒谬，就是接受荒谬，而舍斯托夫思想的整个逻辑都致力于揭示荒谬，并同时让与荒谬相关的极大希望迸发出来。我仍要重申：这种态度是正当合理的。我一直在这里坚持要单独思考某种问题以及其全部结果，但我不必详查某种思想或某一信仰行为所引发的情感。我有一生的时间去考察它。我知道，舍斯托夫的态度让理性主义者感到不快。但我还感到，道理站在了舍斯托夫的一边，而不是理性主义者的一边，而我只是想知道，他是否始终如一地听从荒谬的发号施令。

现在，如果承认荒谬是在希望的对立面上，那么我们会看到，舍斯托夫的存在主义思想预先假设并证明了荒谬的存在，但其目的只是为了驱逐它。思想的细微之处在于他运用了魔法师的感情把戏。在其他的文献中，舍斯托夫把他的荒谬与当下的道德和理性对立起来，并称之为真理和救赎。因此，就本质而言，荒谬的定义中包含了舍斯托夫的默许。而如果承认这一概念的所有权力蕴含在它与我们本初希望的背道而驰之中，如果人们感到荒谬的依存需要个人的否定，那么人们就会清楚地看到，为了到达不可思议却心满意足的永恒，它已经失去了自己真实的一面，失去了人的个性和相对性。如果荒谬存在，那它必存在于人的宇宙之中。从荒谬的概念转化成通往永恒跳板的那一瞬间开始，它就断绝了与人类清醒神智间的联系。于是，荒谬不再是人类确信否认它存在的明证，也避开了争斗。这样，荒谬与人融为一体，并在二者的交流之中导致了它的本质特征——对立、撕裂、离异——的消失。这种飞跃就是一种逃避。舍斯托夫喜好引用哈姆雷特的名言，“时间紊乱无序”，并带着一种野蛮希望将其记录在案。这似乎是他独有的，因为哈姆雷特使用这句话不曾有过这层意思，莎士比亚也没有这么思考过。非理性的陶醉与狂喜使得清明的心智远离荒谬。对于舍斯托夫，理性一无是处，但那儿有某种超出理性之外的东西。对于一个荒谬的心智，理性也是一无是处的，不过那儿却不存在任何理性以外的东西。

这种飞跃至少能够对我们有所启发，让我们多思考一点荒谬的真实本质。我们知道，荒谬只有处于平衡状态的时候才有价值，并且更重要的是，它诞生于比较的过程之中，而不是比较的双方。舍斯托夫恰恰是把中心偏向其中的一方，从而打破了平衡。只有在我们能够理解并解释许多事情的范围内，我们才可以阐释求知的欲望和对绝对性的留恋。完全地否认理性是徒劳无益的。理性有它的秩序；在秩序内，它是有效的。严格意义上说，这一秩序就是人类的经验。这也就是我们为什么要弄清楚一切的原因。如果我们做不到，荒谬此时诞生了，那它就恰恰诞生于有效却有限的理性与不断复苏的非理性之间的交合之处。现在，当舍斯托夫起身抨击黑格尔式的主张，如“太阳系的运动必须依照其永恒不变的法则，而这些法则就是太阳系的理性”的时候，当他激情四射企图颠覆斯宾诺莎的理性主义之时，事实上，他恰恰倾向于“所有理性皆虚荣”的结论。他正是通过一个自然却不合逻辑的反转，得出了非理性优于理性的结论。[①]但这个过渡却不明晰，因为极限的概念和层次的概念可能会有所影响。自然法则会一直有效，直到达到了某一极限。超出了这一极限，它们就会反转而产生荒谬。或者，这些法则处在描述的层次还可以自圆其说，而并不因此在解释的层次上就是正确的。

这里，一切都献给了非理性，而对明晰性的要求却消失了，因此荒谬就随着比较中一方的消亡而消亡了。另一方面，荒谬的人却没有随之而做出调整。他承认有斗争，并不完全藐视理性，却也承认非理性。因此，单单一眼扫过，他会再次拥抱所有的这些经验资料，在

① 原注：这恰好是针对并反对亚里士多德的论调。

认知之前，不会轻易飞跃。他只是知道，在那个充满警惕的意识之中希望已不复其位了。

列夫·舍斯托夫所能感知的东西或许在克尔凯郭尔那里显得更加突出。无可否认，我们很难清楚勾勒出这样一个捉摸不定作家的看法主张。不过纵然他的作品貌似反对，但透过那无数隐语、诡计和微笑，我们仍能够感觉到在作品中他的确预感到了真理的存在（这种预感同时又是一种领悟），而最终这一真理也在他的最后几部著作中迸发了出来：克尔凯郭尔也同样飞跃了。他的童年一直处于基督教的恐惧中，而他最终回归了后者最为严酷的一面。对他而言，对立和悖论是宗教的准则。于是，这个曾导致人们对生活深层次意义绝望的准则现在又给与了生活以真实与明晰。基督教便是这流言蜚语，克尔凯郭尔想得到的也不过是伊格依纳爵·罗耀拉[①]所要求的，处于生活第三位的牺牲，即上帝最乐意看的牺牲："智力的牺牲"。[②]

这种"飞跃"的结果有些古怪，但不一定能让我们惊奇。克尔凯郭尔使荒谬成为了另一世界的标准但却认为它是这个世界的经验残留。他说到，"宗教信徒在自己的失败中找到了成功。"

我并不好奇与这种态度有关的是何种激动人心的布道。我只是不得不去思考，荒谬的壮观场面与其本来的特征是否能够解释这种态度。我知道，这一点，它是做不到的。重新思考过荒谬的内涵之后，人们就会对启发克尔凯郭尔的方法产生更深的理解。克尔凯郭尔并没有保持住世界的非理性与荒谬的反抗式留恋之间平衡。他不尊重某种严格意义上来说建构了荒谬之感的关系。虽然肯定无法摆

① 译注：伊格依纳爵·罗耀拉（Ignatius Loyola），1491—1556，天主教会的创始人。

② 原注：人们可能会想我在此忽略了本质的问题，即信仰问题。但我并不打算详查克尔凯郭尔、舍斯托夫，甚至是后来胡塞尔的哲学（这需要在另一个不同的地方，采取一种不同的思想方法）；我只是借用了他们的论题并检验这些论断的结局是否符合既已存在的准则。这里说的只是一种迷恋而已。

脱非理性，但克尔凯郭尔至少能从这无望的留恋中自我救赎。在他看来，这种无望的留恋看似贫乏又缺乏内涵。如果这一点，他判断正确的话，那么他就不可能处在自我否定的位置上。如果他不高声扬起反叛的呐喊而是狂热地坚持，那他马上就会对荒谬和非理性视而不见，尽管这荒谬至今为止为他启明，而这非理性从此以后也被他奉之为唯一的必然。正如加里亚尼神父[1]对埃皮奈夫人所说的，重要的并不是治愈疾病，而是与它们共存。克尔凯郭尔想痊愈。治愈疾病是他几近癫狂的渴望，这一点贯穿了他的整部日记。他开动智慧，竭力思考如何逃避自相矛盾的人类境遇。自从他断断续续地发现命运的虚伪之后，他就更加孤注一掷，以至于当他谈起自己就犹如谈到对上帝的敬畏和虔诚一般，这些都无法给他以平和。因此，他通过差强人意的托辞赋予非理性以表象，给予上帝以荒谬的种种属性：非正义，前后矛盾和难以理解。唯有他的智慧试图扼杀隐藏在人类内心深处的诸多要求。因为无法印证，所以一切皆可得证。

的确，克尔凯郭尔本人展示了他后来走的路。我不想在这里暗示什么，但是从他的作品中，我们怎能读不出他肢解荒谬却为了保持平衡而几近刻意地肢解灵魂的踪迹呢？这也是《日志》的主基调。“我所缺乏的是同归属于人类命运的动物本性……但那么请给我一个身体。”他进一步写道，“哦！尤其在我青春年少之时，我应该在成人之前还没有失去，我甚至只拥有了六个月……说到底，我之所缺就是一个身体以及生存所需的身体条件。”然而在它处，同样是这个克尔凯郭尔，却在作品中融入了希望的呐喊，这一伟大呼喊横贯了多少世纪，激励了多少心灵，唯有荒谬的人对此毫无知觉。“但对基督徒

---

① 译注：加里亚尼神父(Abbe Galiani)，1728—1787，意大利外交家、作家。他与埃皮奈夫人(Mme d'Epinay)互通过许多书信。

来说，死亡自然不是一切的终结，它蕴含了无限的希望，远比生命赋予我们的多，即使生命中还四处洋溢着健康和活力。”被丑化的和解依然是和解。我们能够看到，这或许可以让人们从其对立面即死亡那里获得希望。但是，即使同情使得人们倾向于这种态度，那也应该说，倘若超出限度，那也证明不了什么。正如一句名言所说，那如果超出人的限度，因此，那就应该是超人。然而，这个“因此”显得有点肤浅。这里不存在逻辑的必然，也没有经验的或然。我所能说的就是：事实上，这超出了我的限度。如果我没有从中得出否定，那至少我也不愿意在难于理解的基础上构建任何东西。我想知道，我是否能够与我之所知，并仅仅，与它相生相伴。有人还告诉我，这里，智慧必须献出它的高傲，理性必须屈居人后。但是，我如果承认理性的有限，就不会因此否定它而承认它的相对强大。我只是要坚持一条中庸的道路，走在这条道路上，智慧依然清晰。如果那是它的骄傲，我则看不到什么充足的理由放弃它。克尔凯郭尔的观点是，失望并不是一种事实，而是一种心态：原罪态。就这一点而言，没有比他的观点更深邃的了，因为原罪疏远了上帝。荒谬，这种神志清醒之人的形而上学之态，并不通往上帝。① 如果我犯了这样的弥天大错，即认为，荒谬就是无神的原罪，那么这个概念也许随之变得更加清晰。

我知道，荒谬建立在心智和世界的相互倾轧而不是相互拥抱之上，因此这就关系到如何生活在那种荒谬的状态之中的问题。我寻求那种状态下生活的准则，我的所获却忽略了它的本质，否定了这种恼人的两元对立中的一方，并要求我卑躬屈膝。在确认是我的境遇后，我想问问其中究竟有什么；我知道，它暗含了隐晦和无知；我确信，这种无知诠释了一切而这一黑暗却是我的光明。然而，这里却没

① 原注：我没有说“上帝不在其中”，因为这将无异于仍是肯定这层意思。

有合乎我本意的回答，这撩人奔放的激情无法藏匿似是而非的悖论。因此人类必须掉转方向。出于警告，克尔凯郭尔可能高声大喊："如果人类没有永恒的意识；如果万物的根本唯有一种产生万物、狂野沸腾的原力，既庞大无比又微不足道，随着暗黑激情的飓风而上下摆动；如果那深不可测、欲壑难填的虚空就在万物之下；那人生除了悲观失望还能有什么？"这种呐喊不大可能阻止荒谬的人。寻觅真实不是寻觅心仪之物。"人生是何物？"，如果为了避开这个令人焦虑的问题，人们必须像驴儿一样，以幻念的玫瑰为食，那么荒谬的心智，比起强迫自己听令于虚假的摆布，更喜欢无所畏惧，接受克尔凯郭尔的回答，"失望"。意志坚决的心智，在思考万物的同时亦会管理万物。

* * *

这一点上，我冒昧地将存在主义的态度称为哲学意义的自杀。但这里并不包含有任何判断。这只是一种指认思想的、自我否定并以此实现自我超越活动的便捷之法。就一切存在主义而言，否定就是上帝。精确一点，它们否定人类的理性，从而维护了神祇的存在。[①]然而，如同自戕，神祇也会随之而改变。飞跃有许多方式，但问题的本质是飞跃的开始。那些救赎的否定以及那些否认还未曾跃过客体的终极对立矛盾可能也会在某一宗教信仰的激励之下或从理性秩序的高度一跃而起。它们都号称通往永恒，但只有以荒谬为基础的跃起才能达到真正地飞跃。

还需要指出的是，本文的推理全然舍弃了我们这个启蒙世界中最为普遍的理想主义精神态度：这种态度基于一切皆理性的原则并旨在诠释世界。人们接受了这种世界必须清晰明了的观点之后就自然而然地产生了一种明确的世界观。这是合情合理的，然而它与我

① 原注：我还须重申：这不是肯定上帝的存在而产生了问题，这是逻辑使然。

们这里展开的推理毫不相关。事实上，我们的目标是揭示心智所迈出的那一步，这一步始于一种认为世界没有意义的哲学并以找到了自身的意义与深度而告终。它所迈出的每一步中，最令人感动的一步就是宗教本质；在非理性的主题下，这种本质才体现得出来。然而最为矛盾却又意义重大的一步就是将理性归为一个由心智最初所想象出来却缺乏指导原则的世界。人们如果没有获取留恋的精神而妄想达到我们关切的结果则无论如何都是不现实的。

下面，我将主要考察因胡塞尔和现象学家们而广为流行的“意向性”学说。这个在前文中我也曾有所提到过。胡塞尔的方法从一开始就否定了理性的传统步骤。我要重申：思考不会统一表象，它也不会伪装在某一伟大理论之下使表象变得熟悉。思考就是重新学习如何观察、引导人的意识，给与每个映像以优先的地位。换言之，现象学拒绝解释世界，它只是想描述真实的经验。它一开始就认定没有真理，只有真实，并以这一论断确认了荒谬思想的存在。从夜晚的微风到放在我肩膀上的这只手，一切都是真实的。意识注意到了它，并照亮了它。意识不会产生它所认知的物体，它仅仅是关注这一物体，是一种关注的行为。它与瞬间聚焦在某一影像上的投影仪倒有几分相似，其目的是为了获取柏格森①式的影像。区别就是在于，意识中没有电影布景，只有一串连续却前后不一致的插图。在这盏神灯之中，所有的插画都享有特权。意识把其关注的对象暂时保留在经验中，并通过神奇的手法将它们孤立开。从此以后，它们便置于一切判断之上。这就是意识的特征——“意向性”，但是这个词非但不含有任何终结的概念，相反取自其“方向之感”，即：它的唯一价值在于它对位置的描述。

---

① 译注：柏格森(Bergson)，1859—1941，法国哲学家，倡导生命哲学。

乍一看，这种方式没有任何与荒谬精神相抵之处。那种思想上显见的谦虚仅限于描述它拒绝解释的事物；那种意向原则冗长而繁琐，却出乎意料地导致了经验的大量聚集和世界的重生。这就是荒谬产生的步骤，至少乍看起来是这样的，因为在这种情况下，思想方法也和在别处一样，具有两面性：心理学的一面和形而上学的一面。[①]因此它具有两层的真实。如果意向性的主题仅仅宣称是阐述一种心理态度，穷尽现实而不解释现实的话，那么任何实际的物体都不能把其与荒谬精神分离。这一主题旨在历数它所不能超越的东西，它只是断言，不借助任何统一性原则，思想仍能够从描述和理解经验的诸遭方面中获取愉悦。此时，与诸遭方面都有联系的真实本质上是心理层面的。它只是验证了现实所能提供的“兴趣”。这是唤醒沉睡世界、使之恢复活力并将其展现给心智的一种方式。但是，如果有人试图拓展这一真实的理念或是赋予它一个理想的基奠，如果有人因此而宣称发现了每个认知对象的本质，人们就会恢复经验原有的深度。对于荒谬的心智来说，这是难以理喻的。如今我们注意到，在意向性态度中这种思想摇摆于谦虚与自信之间。而比其他理论，现象学思想的光芒更加照亮了荒谬推理的本身。

这是因为胡塞尔也同样谈到了“超时间的本质”。意向性揭露了这一本质，尽管这听起有点柏拉图的味道。所有的一切是通过所有的事情而不是一件事情得以阐释。我看得出其中的区别。诚然，这些观点或本质是意识在每次描述的终点的“实体化”，但它们还不能被认为是完美的模型。不过我们可以肯定，它们直接存在于每次感知的资料中。单一观点不再解释所有，但许许多多、数量无穷的本质

---

① 原注：即使最为严格的认识论也隐含了形而上学，而且二者的关系极为密切，甚至许多当代思想家的形而上学只在于拥有了某种认识论。

赋予了无限多个客体以意义。世界不但在运动,而且仍有光芒照射。柏拉图唯实论有些直观,但仍是唯实论。克尔凯郭尔被他的上帝所吞没;巴门尼德一心投入到“一”的思考。而思想也投身到了一种抽象的多神论中。这还并不是全部:幻想和虚构同样也属于“超时间的本质”。在这个观念杂糅的新世界中,半人马和较之谦逊的世俗之人将共同地协作。

对于荒谬之人,“世间一切皆有特权”,这种纯粹心理学的观点中既有真实也有痛苦。一切皆有特权等同于一切皆平等。但是,那种真实的形而上学一面却让他感到意义深远,以致通过某种原始的反应,他或许感到自己更接近柏拉图。实际上,人们已经教导他,任何想象的图像都预设了一个同等特权的本质。在这个没有等级的完美世界里,正规军队只由将领组成的。诚然,超验已经不复存在了。但是思想突如其来的转折又把存于宇宙万物之中的碎片重新引入到了世界中,这些碎片把宇宙原有的深度再次还给了它。

这个主题的创造者曾小心求证过这个问题,而我现在也担心自己是不是在这个主题上走的太远。我仅仅读过胡塞尔这些论断。倘若接受他先前的求证,你会发现这些论断看似矛盾却逻辑严谨:“真实的东西本身绝对真实;真实具有同一性,无论认知的主体是人类、魔鬼、天使还是神祇,真理都是与自身相一致的。”这句话是理性的胜利,后者可以因此而发扬光大。对此,我毫不否认。在荒谬的世界中,这种论断能够意味着什么呢?感知天使或神祇的存在与我无益。在这个由人、鬼、神组成的几何模型中,神圣理性认可了我的理性,对此,我仍匪夷所思。在这里,我还是分辨出了某种飞跃。尽管这飞跃发生在了抽象的世界之中,但绝不意味着我会忘记我依旧挂念的事情。胡塞尔则走得更远,他大声疾呼:“如果一切受到引力支配的诸物消失了,那万有引力定律不会因此而毁灭,它只是没有了适用性,但依然会存在。”我知道，我面对着一种形而上学式的慰藉。如果我想发现思想背离实证之路的那一刻，我就只得重读胡塞尔有关心智的并行推理：“如果我们通过冥思苦想能够清楚地推断出心理过程的精确法则，我们就会发现它们就像自然科学的理论中的基本规律一样具有永恒性和不变性，因此，即使没有任何心理过程，它们也是合理存在的。”即使心智不存在，它的法则也会存在！于是，胡塞尔力图建立起一种理性的规则，而我却从心理学的真实中发现：他否定人类理性的融合之力，但却借助这权宜之计，飞跃进入了永恒的理性之中。

这样一来，胡塞尔“实体宇宙”的概念就不足惊讶了。如果有人告诉我说，不是所有一切本质都是形式上的，有些是物质的，或者说，第一是逻辑客体，第二是科学客体，那我会认为这些都不过是定义的问题。我曾被告之，抽象仅是这个实体宇宙与其本体不一致的部分。然而，这种上文已有陈述的摇摆状态使我看到了这些条件假设的混乱，因为这有可能意味着我所关注的具体对象——这天空、这水面——都独自保留了实体之名，而我关注的却是如何把这威望从这个世界中剥离开来。这可能也意味着，这件大衣本身就无处不在，它有其特有且足够的本质，而相对的，这件大衣却隶属于这个有着诸多形式的世界。于是，我认识到：业已变化的仅仅是这种过程的顺序。这个世界已不再向更高的宇宙反映自我，而有着诸多形式的天堂却映照在世间的无数影像之中。对我来讲，这什么也没有改变。我发现，这里遇到的不是对实体的偏好，也不是人类境遇的意义，而是一种自由放纵的知性主义，它犹如脱缰的野马，不断产生了本身的实体。

* * *

羞辱的理性和欢欣鼓舞的理性背道而驰，但这两种方式却不约而同地引导思想走向自我否定的道路——这种显而易见的悖论，人们对此一定大为惊异。不过，这大可不必。从胡塞尔抽象的上帝到克尔凯郭尔光彩夺目的上帝，其间之距并不那么遥远。理性与非理性殊途同归，宣扬同样的东西。事实上道路的影响甚微，只要意志坚决则足矣。抽象主义哲学家和宗教哲学家皆始于同种混乱并在同种焦虑中相互支持，但关键在于解释不同。这里，留恋之思远胜于知识之力。并且重要的是，一种认为世界没有意义的哲学和一种诸遭结论大相径庭的哲学深深地影响了我们当代思想。现实的极端理性化常常把这种思想分解成为合乎标准的理性碎片而现实的极端非理性化往往把它奉若神灵，于是这种思想便在此之间不断地摇摆。然而这种背离是表面的。这不过是调和的问题：在这两种情况中，飞跃足以担当此任。我们常常有着一种错误的认识，即：理性的概念是单向而为之的。事实上，无论这种概念其抱负有多么缜密，它都和其他概念一样，并不因此而稳固。理性有着非常人性的一面但它也能够转向神明。自从普罗提诺[①]首先让理性与永恒之气氛达成和解以来，理性就学会从它诸多原则中视为珍宝的矛盾原则中转移开来，为的是能够让自身参与到最为陌生却又神妙无比的融合之中。[②] 理性是思想的工具，而不是思想本身。一个人的思想首先就是他的留恋之思。

在理性具备了抚平普罗提诺式忧郁的能力的同时，它同样在永恒的熟悉场景下为现代人的苦痛提供了一种自我舒解之法。荒谬的心智则少有这种运气。就它看来，世界既不是如此理性，也不是如此非理性。它是毫无道理可言的，仅此而已。胡塞尔最终放飞了理性，至此，理性无疆无界。而相反，荒谬则为自身确立了种种局限，因为

① 译注：普罗提诺(Plotinus)，205—270，新柏拉图学派最著名的哲学家。

② 原注：A——那时，理性要么适应要么消亡，它适应了。在具有了逻辑之后，普罗提诺又使它具有了美学的思考。隐喻取代了三段论。

B——不过，这并不是普罗提诺对现象学的唯一贡献。亚历山大时代各个思想家奉若珍宝的观念之中就体现了整个这种态度：这里不但有人的观点，也有苏格拉底的观点。

它对自身的苦痛无能为力。克尔凯郭尔仅凭一人之力便肯定某种单一的局限足以否认那种苦痛。荒谬因此而没有走得更远，因为对它来说，那种局限性仅仅针对的是理性的种种野心，而非理性的主题，正如存在主义者所设想的那样，理性变得混乱而后通过自我否定逃出生天。荒谬其实就是，清醒的理性注意到了它的种种局限。

正是在这条艰难道路的终点处，荒谬的人认识到他的真正动机。在比较内心之急需和世间所能提供的东西之后，他突然感觉到他应该调转方向。胡塞尔的宇宙中，世界是清晰的，而人类心灵深处所抱有的渴求熟悉之感变得毫无用处。在克尔凯郭尔的启示录中，这种对清晰明了的欲求倘若想要得到满足，它首先就必须被舍弃。原罪既不是知，也不是求知。（从这点讲，每个人都是无辜的）。的确，荒谬的人能感觉到，他的唯一原罪同时建构他的罪恶和无辜。尽管他所被给与了一条出路，这条出路使得过去所有的对立矛盾变成为争论游戏，但是荒谬之人却不是这样进行体验的。对立矛盾的真实必须被保存下来，因为它们没有得到满足，而他也不想听从布道之言。

我的推理力求实事求是，有凭有据。这一凭据就是荒谬。它是心智欲求与失望之世二者之间的离异，是对统一的留恋，是这支离破碎的宇宙，也是联系两者的矛盾。克尔凯郭尔抑制了我的留恋之思，而胡塞尔重新整合了这个宇宙。然而，这并不是我所期待的，因为这关系到人类与混沌的共存共思和人类应该接受还是拒绝的问题。没有必要去掩盖实证，也没有必要用否定其等式中的某一条件的方法抑制荒谬。然而，人们是否能够与此共生共存，亦或相反，逻辑命令人类因之而亡，明晰这个问题是至关重要的。我对哲学性意义的自杀兴趣寥寥，但对纯粹的自杀颇感兴趣。我只不过希望用其内在的情感净化它，了解它的逻辑与诚实。对于荒谬而言，在心智本身被揭露之前，任何其他的立场必然含有虚假的言辞和心智的回避。胡塞尔宣称，应顺从欲望，抛弃“某种根深蒂固、为人所熟知却舒适安逸的生存环境中生活思考的习惯”，但是，最后的飞跃在胡塞尔那里将恢复永恒与安适。飞跃并不像克尔凯郭尔所说的那样代表着一种极端的危险。相反，危险存在于飞跃前一个短暂的瞬间。能够仍然站在那头晕目眩的巅峰——这就是诚实，其余的不过是遁词。我也知道，绝望是不会激发出像克尔凯郭尔笔下的那种和谐。但是，如果绝望的态度在历史画卷种种冷漠的风物中占有一席之地的话，那么它就不会在某种使人熟知的紧急推理中总再获得一席半位了。

荒谬的自由

现在，主要的部分已经论证完毕了。我仍坚持几点我不能背弃的事实。我所知晓的事实、千真万确的事实、我不能否认以及丢弃的事实——这些都包括其中。除了对统一的欲求、对解决问题的渴望以及对清晰和连贯的需求之外，我能够完全否认我的所有一切，因为这一部分皆依靠含糊不清的留恋之思而生活。我能够驳斥周围世界让我生气、让我狂喜的一切，但是唯独不能对抗这种混沌迷离、不期而遇的王权和源自混乱无序的神圣平衡。我不知道这个世界是否存在超越其本身的意义。但我知道我并不知悉，而且我也不可能马上了解到这层意义。对我来说，在吾之境遇之外的意义究竟意味着什么呢？我只能通过人类的术语来理解。我接触到的、反抗我的——这些就是我理解的东西。这两种必然——对绝对和统一的欲求和将世界归结成合情合理原则的不可能性——我也知道，但我不可能将其二者调和。若不欺骗，若不引入我所欠缺并且在吾之境遇下毫无意义的希望，我还能承认别的什么真理呢？

如果我是森林中的一棵树，万兽中的一只猫，那这种生活可能就具有了某种意义，亦或者说，这个问题不存在，因为我应当属于这个世界。我应该成为这个世界，而现在我正用我的整个意识以及我对熟悉性的坚持与之对立。正是这个可笑的理性让我反对天地万物。我不能轻轻一笔，便将其划去。因此，我必须维护我所相信为真的东西。那些看似显然的东西，即使与我相左，我也必须支持。那么究竟什么东西建构这种纷争的基础，分裂了世界和我的心智，却又让我意识到它的存在呢？倘若我要因此维护它，我能凭借的就是一种始终如一、不断更新而又时时警惕的意识。这一点，我暂时必须要牢记在心。此刻，已然清晰可见却又是那样难以驯服的荒谬，它已回归人的生活并找到了归宿。而同一时刻，心智也不再坚持，离开了清醒所支配却业已干涸的贫瘠之路。此刻，这条路出现在了日常生活之中。它通往一个无名之“人”的世界，而人们从此以后必须以他的反抗和清醒才能进入此世界之中。他们已经忘记了如何希望。现世的地狱最终成为了他们的王国。一切问题又再次掀起了尖锐的锋芒。抽象的实证在形形色色如诗一般的意境面前退去了。精神的斗争实体化了，并在人的内心中找到了一块卑贱却又宏伟的立命之所。这些纷争没有一个会得到解决，但是所有纷争的外形却都被改变了。人会死吗？会借助飞跃逃脱吗？会以自己的限度重建思想和形式的大厦或是相反他会去继续为荒谬投下令人心碎却又美妙的赌注吗？让我们对此做出最后的努力，得出我们全部的结论来。然后，身体，爱情，创造，行动，人性的高贵将在这个癫狂的世界里重新取得它们的地位。最终，人们将在这里找到荒谬的美酒和冷漠的面包，他们以此孕育他们的伟大。

我们还是要坚持这种方法：这是个善始善终的问题。在荒谬之人行程的某一点上，有人鼓动了他。历史从来就不缺乏宗教、预言、甚至也不缺乏诸神。有人要求荒谬的人飞跃。但他所能给出的答复是,他并不完全理解,因为飞跃不是显而易见的行为。的确,他只想做自己完全理解的事情,其余的事情他不想参与,然而有人让他相信,这是傲慢,是一种原罪,而他并不理解原罪的概念;或许地狱快要来临,可是他却缺乏足够的想象以看到那个陌生的未来;他正在失去永恒的生命,但是据他所知,这似乎只是个无聊的想法。有人试图要让他承认他的罪过,而他却觉得自己是无辜的。老实说,他感到的只是他无可挽回的无辜。正是这无辜给了他行事的权利。因此,他要求自己只和以他所知晓的东西一起生活,让自己适应这些东西,并不去接触那些不确定的东西。他又被告之,任何事情都不会是这样。但这至少是一种必然。他正是关注这种必然:他想知道人是否可以义无反顾地活着。

现在我可以谈谈自杀的概念了。我们感到解决之法似乎已经完全给出了。在这一点上,问题被颠倒了。先前的问题是人生是否有意义,值得活下去。而现在,它的反面似乎变得明朗起来——生活若没有意义,人们则要更好地继续下去。经历一种体验,经受一种命运,其实就是全然地接受它的存在。现在得知命运之荒谬以后,没有人想经历那种命运,除非他不顾一切地设法在自我面前维持这种已然为意识所揭示的荒谬。否定他所经历的对立中任何一个条件假设,即意味着逃避荒谬,而放弃有意识的反抗则是回避问题。因此,个人的体验之中就增加了永恒变革的主题。生活就是让荒谬活着,而让荒谬活着,首先就是要注视它的存在。与欧里狄克相反,荒谬之死在于人们与之背离。为数不多、前后连贯的哲学立场之一就是反抗。反抗在于人与自身隐晦之间的长期对峙,是对一种不可实现的通透的不懈坚持。它每时每刻都要对世界发出挑战。正如危险为人类提供了唯一一个把握意识的绝佳机会一样,形而上学式的反抗拓展了意识的外沿,使之体验到了整个经验世界。反抗就是人类不断映入眼帘的自我展现。它不是远大的抱负志向，因为反抗之中没有希望的依存。那种反抗实际上不过是确信命运将会彻底地惨败因而不应从命运、与之为伍而已。

这里，人们可以发现荒谬的经验究竟在哪一点上远离了自杀。人们可能认为自杀是源于反抗，但这种看法是错误的，因为自杀并不表征了反抗的逻辑后果。相反的，自杀是由于假定人类的默许而先于反抗的行为。自杀与飞跃一样，是一种极致的认可。一切都宣告结束，人将回归他原初的历史之中。他的未来，唯一而又可怕的未来——他将最终看清并且朝着它急奔而去。自杀以它固有的方式消解了荒谬，以同样的死亡吞噬了荒谬。但我知道，为了求生，荒谬不会寻求自我的解决之法。它也在避免自杀，它会意识到死亡并同时拒绝死亡。荒谬就是在死刑犯临刑前的最后一念中，在其近乎晕眩倒地的端口时竟然不顾一切地想到离他几米远的地方的一根鞋带上。事实上，自杀的对立面就是被判处死刑。

这种反抗赋予生命以价值。它贯穿生命的整幅长卷，是它将庄严和壮美复归于那个生命。明眼人都会看出，最壮丽的景象莫过于智慧与欲将超越的现实之间的角逐。人类维护自身尊严的场面是无与伦比的。任何非难都不起作用。这心智强加于自身之上的原则、这源于虚无凭空产生的意志、这种面对面的争斗，都具有某种罕见与意外。倘若空乏某种现实、而恰巧这种现实的非人性建构了人的庄严和壮美，那么这种做法无异于空乏其人。于是，我认识到向我解释一切的种种理论学说为什么会同时促进我的衰亡的原因。它们使我卸去我本应独立承担的生命之重负。在这个当口，我不能认为某种充满怀疑的形而上学将与某种摒弃的理念相交相融。

意识和反抗，这两种形式的否定与摒弃的理念背道而驰。在人的内心中存在着一切不可战胜且激情四溢的因素，这些因素会加速意识的运转和反抗的进行。这一点上，人的内心和他自身的生活是相悖的，其关键是在于他不愿妥协且并非心甘情愿地死。自杀是自我否定。荒谬的人只能痛苦地穷尽一切并最终穷尽自己。荒谬则是他高度紧张的极致，他不断地通过个人的力量维持这种状态，因为他知道，在这日复一日的思考和反抗中，他证明了唯一的真实——对抗。这是第一个结果。

* * *

如果我坚持那个默认的立场，即用最新发现的概念推导其引发的种种结论(只是结论)，我就会面对第二个悖论。为了忠于这一方法，我全然没有涉及形而上学的自由问题。人是否是自由的，这个问题我全然没有兴趣。我只能够体验自身的自由。至于这一点，我没有普遍的概念，只是明确了一些认识。"自由是什么"的问题没有意义，因为它只是以一种截然不同的方式与上帝的问题联系在了一起。思考人是否自由的问题必然要思考人是否拥有一个主宰。这个问题独有的荒谬之处在于这么一个事实：这一概念在使得自由的问题成为可能的同时也带走了这一问题的全部意义。因为在上帝面前，自由的问题不亚于罪恶的问题。你必须知道这一选择：要么我们受到约束，全能的上帝对罪恶负责，要么我们是自由的并对此责任，而上帝却不是全能的。这一矛盾之敏感，所有经院式的微妙都无法增减半分。

这就是我为什么不会沉迷于赞美，甚至是定义某个超出我个人经验参考范围之外的概念的原因。因为一旦它脱离了这个范围，它就会迷惑我并失去了它的真实意义。我不能够理解一种高于我的存在会给我带来什么样的自由。我已失去了阶级之感。我所拥有的自由和一个罪犯或国家之中的每个个体所持有的概念一样。我所能了解的唯一自由就是思想和行动的自由。然而现在，如果荒谬让我失去了得到永久自由的一切机会，它则反过来归还和放大我行动的自由。这种希望与未来的共同缺失意味着人进一步具有了随意支配行动的自由。

在遭遇荒谬之前，芸芸众生带着目标而生活，他们关注未来以及一个合理的解释(至于去解释什么，我们不去关注)。他们斟酌他们遇到的机遇，他们期望“某天”的到来，退休之日或子孙成人的那天。他们还相信，他们生活的一部分将会受到引导。诚然，即使一切事实都表明他与这个自由背道而驰，他们的所为仍就仿佛他们是自由之身一般。然而，在意识到荒谬之后，一切都被颠覆了。“我是我行”，就好像一切都有了意义，(即使，我偶尔可能会说一切都没有意义)——一种随时可能死亡的荒谬之感以一种令人眩晕的方式给与这一切以一个谎言。考虑未来、确立个人目标、有所偏好——这些都预先假设了信仰自由的存在。尽管人有时会确信并没有感觉到这种自由，但在此时我却很清楚，这种高人一等的自由，这种独自就奠定了真理基础的自由是不存在的。那里，死亡才是唯一的真实。死亡之后则是真相大白之时。为了使自己永恒于世，我甚至放弃了自由之身，而只甘为一个奴隶，一个首先就对永恒变革丧失了希望的奴隶，一个首先就不知蔑视对方的奴隶。没有了变革，没有了轻蔑，有谁仍然是奴隶呢？不相信永恒，什么样的自由能够完全存在呢？

但是同时，荒谬的人会意识到，至此他已经和这个自由的假说绑在了一起，而且这都是基于他仍然还活着的幻念。从某种意义上说，这阻碍了他的行为。他曾在某种程度上想象过生活的目的，为了达成这一目的，他还让自己适应了种种要求，进而成为了自由的奴隶。因此，除了我准备成为的一家之长(或者工程师、元首、邮局低级职员的角色)之外，我不会有其他的行为。我相信，我能选择成为这个而不是其他什么角色。相信我，我是下意识地这么想的。但与此同时，周围众人的观念以及我对人类境遇的种种推定使我坚定了自己的假说，(其他的人居然那么相信他们是自由的，而这种欢愉情绪又那么具有传染力)。不管人们能够如何让自己远离这些道德或社会的推定,他们都将无法置身事外,多少都会受其影响。对于其中最好的推定(推定也分好坏),有的人甚至要一生如此坚守。于是荒谬的人认识到他并不真正是自由的。确切地说,我为自己竖起了栅栏以规范我的生活,因为我希望如此,因为我担心某种有关存在或创造方式的真实为我个人所有,因为我安排自己的生活并以此证明了我承认我的生活是存有意义的。这么做,我像极了无数颇有心智却让我厌烦的官僚。而且我现在清楚地发现,这些官僚唯一的罪恶就是重视了人的自由。

在这一点上,荒谬让我豁然开朗。原来不存在什么未来的。从此,这就成为了我内在自由的原因。在此,我将举出两个例证做比。首先,神秘论者找到一种自我相与的自由。他们沉迷于他们的神祇,接受神的统治,从而获得了秘密的自由。在接受奴役的同时,他们重新复归了深层次的独立。但是,这种自由意味着什么呢?有人可能首先会说,他们是针对自身而感到的自由,这不比被解放的自由。同理,荒谬的人完全转向死亡(这里的死亡是作为最清醒的荒谬感而提出的)之时,他感到他从一切外在的事物中解脱了出来,但这种解脱之感不是源于那些凝结于内心之中的殷切关注。之于普通准则,他品尝到了一种自由。至此,我们可以看到,存在主义哲学的初始之意就是保持着它们的全部价值。回归意识,逃离日常的睡梦,这些是荒谬的自由所踏出的开始几步。但是存在主义的布道却成为众矢之的,凭借着这种说教,精神的飞跃本质上逃避了意识。同理(这是我要进行的第二个用于做比的例证),古代的奴隶是身不由己的,但是他们知道,这一自由在于自己并不负有责任。[1] 死亡,也有一双古罗

① 原注:这里我所关注的是事实的对比,而不是对顺从的赞美。荒谬的人恰恰是和解的人的反面。

马人一般的高贵之手，它既可将人碾成粉末，也能解放他们。

荒谬的人沉溺于这种深不见底的必然之中，从此感到为了增加并广泛认识这种快乐，他应该充分远离他的生活——这里就包含一种解放的原则。这种新生的独立感和一切行动的自由一样有着明确的时限。它并不能换来永恒，但是它可以用来取代自由的诸多幻念，一些随着死亡而消解的幻念。死刑犯所拥有的神圣的自由是站在那投过一线曙光的监狱大门之前的自由。这样虽然对纯粹的生命火焰有失偏颇，但是它带来的是难以想象的回报——兼顾一切的公正。很明显，死亡和荒谬在此是唯一合理的自由原则：这些是人类内心就可以体验和遵从的。这就是我得出的第二个后果。荒谬的人于是乎，看到了一个燃烧却寒冷、透明而有限的宇宙，在此之中，一切皆不可能但一切皆已给出，而这个宇宙之外，只有崩坏与虚无。此后，荒谬的人决定接受这样的宇宙，并从中汲取力量，借此否定希望，并不屈不挠地证明一个无需慰藉的生活。

* * *

然而在这样一个宇宙中，生活究竟意味着什么呢？它暂时是对未来的漠视和穷尽既定一切的欲望，而再无其内容了。对生命意义的信仰总是包含一套等级分明的价值观、一种抉择以及我们的偏好。而按照我们的定义，对于荒谬的笃信则恰恰相反。我们需要进一步考察之。

人是否能够义无反顾地活着，这正是我感兴趣的问题。我并不希望超出本身的范畴。生活的这一层面已经给出，我是否能够与之相适呢？现在，面对这一特殊的忧虑，笃信荒谬无异于在经验获取时用数量代替质量。如果我能确信这种生活唯有荒谬的一面，如果我体会到它的整个均衡取决于我的意识反抗与我所要与之斗争的黑暗间的对立，如果我认定自由只有涉及其有限的命运才有意义，那我就应该说，起作用的不是活得最好，而是活得最多。我不应当去思考这究竟是粗俗还是恶心、是高雅还是可悲的问题。因此这里，种种价值判断已被一劳永逸地舍弃了，而我只青睐事实判断。我只能从我所能看见的东西中得出结论，而不会为虚假的东西所迷惑。若说这样方式的生活不够荣耀，那真正合宜的规范则强制我成为不名誉之人。

追求更多。放之四海，这种生活准则没有任何意义。它需要一个明确的定义。它似乎起源于这样一个事实，即：数量的概念没有被充分挖掘，因为这一概念在人类的经验中占有重要的一席之地。一个人的道德准则与价值观等级，除非通过他处于某一位置所积累经验的数量与多样性进行衡量，否则便没有意义。然而在大多数人身上，现代生活环境所强加于身的是相同数量的经验，因此他们得到的也是同样深邃的经验。诚然，我们也必须把个体即时的贡献以及一种“既定”的因素考虑进去，但我不能对此作出判断。这里，我要重申我的原则，即结论与眼下实证的统一。我由此发现，某种普适的道德准则具有它的个体性。这种个体性既不存在于道德诸遭原则的那种泛泛的重要性之中，也不蕴含在某种可以衡量的经验准则之中。说的有点过分一些，即：希腊人有着他们的享乐标准，就好像我们用一天八小时的工作准则要求自己一般。但是，许多处于悲惨之中的人已经使我们预见到，一个更加长久的经验改变了这价值观的排行。他们使我们猜测，即使是平日，冒险者单单凭借经验的数量就打破了所有记录（我特意使用了这种体育类的表达）并因此而赢得了自身的道德准则。[①] 然而，我们还是要避开浪漫主义的色彩，自我回答一下这个问题：对一个下定决心准备以性命为赌注且严格遵守他认为是

① 原注：数量有时构成质量。我若是能够相信科学理论最新研究报告，即：一切物质由若干能量源构成，那么它们或多或少的数量将决定它们或大或小的特性。十亿离子和一亿离子的差别不仅是数量上的，也是质量上的。在人类身上也能轻易地发现此类的做比。

游戏规则的人来说,这种态度究竟意味着什么呢?

打破所有记录,这首先就是要频繁地面对这个世界。但若是没有对立矛盾,不玩弄语言游戏,这一切又如何能够做到呢?因为,一方面,荒谬教导人们,所有的经验都无足轻重,而另一方面,它又催促人们获取极其大量的经验。那么,他们怎么能不像我前面提到的那些芸芸众生们一样,选择一种最有可能给我们提供素材的生活方式并由此引入人们在另一方面所宣称放弃的价值观体系呢?

然而,正是这荒谬和与之对立的生活再一次教育了我们,因为这种错误认识就是,若经验的数量只取决于我们自己,那么它就取决于我们所处的生活环境。这里,我们不得不稍稍简单地说说这个问题。对于两个岁数相当的人来说,世界总是给予他们同样数量的经验。我们应该意识到他的存在,最大限度地感受他的生活、他的反抗和他的自由。这就是生活,最大限度的生活。在清醒支配之所,价值观体系就变得毫无用处。让我们说得再浅显一些。我们说,唯一的障碍,唯一无法好转的不足,均是由过早的死亡构成的。正是如此,在荒谬之人的眼中,任何深邃的思想、任何感情、任何激情以及任何牺牲都不能与一个长达四十年之久的意识生活或一个贯穿六十年的清晰等同起来(即使他希望如此)。① 癫狂和死亡是不可救药的。人并无选择。荒谬与蕴含它的外部生活因此并不仰仗于人的意志,而是依赖于它的对立面——死亡。② 措词慎重一点,我们可以说,这完全是个运气问题。人只能屈从于此。二十年的生活与经验是无可替代的。

希腊人,这样一个谨慎的民族,也存在着奇怪的矛盾,他们宣称,

---

① 原注:同样的思考可以运用于与之完全不同的永恒虚无之上。它对现实无所增减。在虚无的心理体验中,考虑到两千年后将发生的情景,我们自身的虚无才真正获得意义。就它的一个层面而言,永恒的虚无正是由我们以外的未来生活叠加而组成的。

② 原注:意志在此只是一个代理人:它倾向于保持意识。它提供了某种生活的纪律,这一点值得我们的赞赏。

早年夭折的人是诸神的宠儿。除非你愿意相信，进入诸神的荒唐世界将永远失去最纯洁的欢乐，即是失去了这种感觉，这种对世间的感觉，否则他们的说法不值一提。在一个时时思考的灵魂面前，现在和无数组成现在的连续体就形成了荒谬之人的理想状态。用“理想”一词修饰荒谬之人的状态听上去有些谬误，因为这不是他必须履行的使命，而仅仅是他推理出的第三个结果。荒谬的沉思始于非人性的某种痛苦认识，而在其游历的终点还是回到了人类反抗的激情燃烧之中。[①]

* * *

于是，我从荒谬之中推导出三个结果：我的反抗、我的自由和我的激情。仅凭借意识活动，我就把那张死亡的请帖转变成为生活的规则——并且我拒绝自杀。我当然知道，这些天日日响起却萦绕不去的沉闷之音。然而，我只有一句话——这是必要的。尼采写道，“显然，天上地下首要之事就是完全服从，并且向着同一个方向服从：长久而言，这就会产出一些值得在人世间走上一遭、吃苦受难的回报，诸如美德、艺术、音乐、舞蹈、理性、心智等等——一些改头换面的东西、一些精致的、疯狂的或是富有灵气的东西。”他阐明了一种确实与众不同的道德准则。他也指明荒谬之人的道路——忍受烈火的灼烧，这是最容易而同时又是最难以做到的。然而这对人类偶尔做出的自我判断是有所裨益的。他独立即可做到这一切。

阿兰[②]说：“所谓祈祷，就是黑夜弥漫于思想之中”。

---

① 原注：重要的是前后一致性。这里，人们始于对世界的承认和接受，但东方的思想教育我们，人们选择反对世界同样可以致力于逻辑的完善。这是合乎情理的，也为本文进行了规划，指出了它的局限。但严格地追寻否定世界的同时，人们（某些吠檀多学派的学者）往往得出了相似的结果，比如他们都无视著作等等。在一部相当重要的作品《选择》中，让·格勒尼埃以这种方式创建了一个名副其实的“漠视哲学”。

② 译注：阿兰（Alain），1868—1951，法国哲学家、评论家。

“但是，”神秘主义者和存在主义者回答说，“心智必须与黑夜相遇”。是的，诚然，这个黑夜并不是紧闭的双眼，也不听命于人的意志——而是心智为了投身于此而祈求上天引发的漆黑夜幕。如果心智必须与黑夜相遇，那就让它是清醒而失望的黑夜——极致的黑夜，心智的不眠之夜，这样，耀眼夺目的光明可能由此而初升，并用智慧的光芒勾勒出每一件物体。在这一刻，平衡之力与忘我的知求相遇。于是这甚至就无需去判断存在主义的飞跃了。它在人类态度的久远画卷上重新找回自己的地位。对旁观者而言，倘若他仍有意识，那这种飞跃也是荒谬的。只要飞跃自认解决了这个悖论，它便恢复了无缺的原貌。它由此亦激动人心，也正是如此，一切又各归其位而荒谬的世界也在其灿烂辉煌与无穷变化中重生再现。

但是就此而结束我们的讨论是远远不够的。我们很难满足于一种看问题的方法。我们也很难化解矛盾，因为矛盾可能是所有精神力量中最微妙一种。之前的讨论仅仅确立了思考的方法，而这一刻起，问题就是生活的方式了。

荒谬的人

倘若斯塔夫罗金[①]有信仰，那他并不认为自己具有信仰。倘若他没有信仰，他也不认为自己没有信仰。

——《群魔》

歌德说：“我的领域就是时间。”这确实是荒谬之言。那么，荒谬之人究竟是什么呢？荒谬的人是一个不否定永恒却亦不为之而劳的

① 译注：斯塔夫罗金（Stavrogin），小说《群魔》的主人公。

人。留恋之感并非与他遥遥相对，但他却偏好他的勇气和推理。前者教他义无反顾地生活并且教会他满足于现有之物；后者则让他知晓个人的极限所在。由于他明晰自由的有限和短暂，知晓反抗没有未来，并意识到人终有一死，他在自己寿命所辖的范围之内开始了冒险生活。这是他的领域。这是他的行为，他以此不受他自己判断之外任何其他声音的影响。对他来说，来世并不意味着更加伟大的生活。这会有些不公。这里，我甚至没有谈到被称之为子孙后代的那种小小的永恒。罗兰夫人[①](Mmm Roland)曾把自己寄托于这之上。这种轻率和莽撞倒是给她上了一课，因为后代之人乐于引用她的话，却忘记了对此作出评判。罗兰夫人于是对后人也冷淡漠然。

这里谈不上坚守道德准绳的问题。我曾经见过很多道貌岸然的虚伪之徒。我也注意到，平日里，诚实并不需要什么准则。荒谬的人只承认一个道德典范，一个与上帝密不可分的道德准则：被支配原则。然而，他事实上却生活于上帝之外。至于其他的道德（这里也包括非道德主义），荒谬的人只会在他们身上找到合理的解释，而他自己却不为任何东西辩护。这里，我将从他是无辜的这一原则入手。

这种无辜让人恐惧。伊万·卡拉玛佐夫[②]宣称，“一切都是允许的”。如果这不带有一丝粗俗的话，倒有了荒谬的味道。我不知道，自己是否已经充分地指出这已不再是信仰或愉悦的爆发，而是一种对事实痛苦的承认。神赋予了生活以意义，这种信仰的吸引力远超出了行恶而不受惩罚的权力。抉择不难做出，但却因没有抉择的机会而产生了痛苦。荒谬不会解放个体；它只是紧紧地缠住他。它不会批准任何行为。“一切都是允许的”，但这并不意味着没有禁区。

---

① 译注：罗兰夫人(Mmm Roland)，1754—1793，法国大革命时期著名的政治家。吉伦特党领导人之一。

② 译注：伊万·卡拉玛佐夫(Ivan Karamazov)，小说《卡拉玛佐夫兄弟》的主人公。

荒谬仅仅使行为的种种结果具有了同等价值。它不推崇罪恶，因为那是幼稚的行为，然而它却会悔恨自己的无力。同样的，如果种种经验之间没有差别，那出于责任的经验就变得最正当可行。于是出于一时兴致，每一个人都具有了德行。

行为的后果要么鼓励要么废止这一行为，一切道德体系皆基于此。混杂了荒谬之感的心智仅仅能够断定：对于结果，我们必须处之泰然。它随时准备付出代价。换言之，在荒谬的心智看来，有些人可能对此负有责任，但这不是犯罪。这心智充其量至多会同意以过去的经验为基础，规范其未来的行为。时间将延长时间的存在，生活也将服务于生活。道德体系既因诸遭可能而受到限制，又因它们而得到发展。在这一领域内，除了人的清醒，其他的一切都看似不可预料。那么，从这种不合理的秩序中显现出了什么准则呢？据他所知，这看似有所收获的唯一真实不是形式上的：这种真实具有生命并在人们之中逐渐展现自我。在其推理的尽头，荒谬的心智不会像期待找到种种例证和人类生命的呼吸一样那么期待着道德准则的发现。一些随之而来的想象皆出于此类的阐释。它们用一种特别的态度和温情拓展了荒谬的推理。

有些例证不一定值得效仿（在荒谬的世界中，如果有可能，效仿得越少越好），并且这些例证并不因此而成为什么典范。我是否还有必要拓展这一观点呢？此外，请允许我这么说：除了天职的召唤以外，如果从卢梭的思想中得出人要爬行，从尼采的思想中得出人必须要虐待其母，那他必然是荒唐可笑的。一位现代作家写道，“有荒谬之感很重要，但不能因此成了傻子”。对即将要讨论的种种态度，我们仅去思考它们的对立面就可以获得它们的全部意义。如果意识思维相同，邮局的下等职员便不亚于一个皇帝。在这一点上，所有的经验是没有差别的。但是，有些经验要么服务于人，要么危害于人。如果他有意识,它们则于他有益;否则,便无关紧要:一个人的种种失败并不隐含了他对自身所处环境的判断,而应隐含他对自己的判断。

以下的论述,我只选择了那些旨在追求穷尽自我或我认为是自我穷尽的人。我的选择并没有别的含义。此刻,我只想谈谈一个诸种思想和生命皆缺失了未来的世界。其中,让人劳作和使他兴奋的一切都在利用希望,因此唯一不与欺骗的思想则是缺乏想象的思想。在荒谬的世界中,一种概念或生活的价值是与它的贫瘠程度成正比的。

唐璜主义

倘若认为爱就足矣,那么一切就太过简单了。人爱得越多,荒谬就越是强大。唐璜沾花惹草绝不是因为缺乏爱。让他代表找寻整个爱情的神秘主义者是荒唐可笑的。然而,他的确是怀有同样的激情,每次都全身心地爱他的情人们。正是因为如此,他必须重复着他的天赋和那种深邃的感情追求。也是因为同样的原因,每个女人都希望给他前所未有的东西。然而,每一次她们都大错特错了,因为她们仅仅让他感到有重复的必要。其中有一位高声喊道:“最终,我给了你爱情。”此时,他笑着说道,“最终?不,不过多了一次而已。”我们会对此感到惊讶吗?为什么爱得深就必须要爱得少呢?

那唐璜忧愁郁闷吗?这个不大可能。我会很少提到这个故事传说。那种放肆的笑声、那种征服者的傲慢、那种活泼和快乐以及逢场作戏的爱好,一切都清晰欢快。每一个健朗的生命都倾向于自我繁殖。唐璜亦如此。再者,忧郁的人这样忧郁有两种原因:要么他们并不知晓,要么他们有意而为之。唐璜知道但不希望这样。他使我们想到那些知其能力极限、从来不去超越的艺术家们。他们以精神为凭，在那偶尔的瞬间，他们享受到了主人才会拥有的妙不可言的安逸。知其局限的智慧，这的确是天赋所至。直至肉体死亡之时，唐璜仍不知忧郁为何物。知晓之时，他便放声大笑，使人原谅他的一切所为。他憧憬之时便是他忧郁之时。现在，借那妇人之口，他品尝到了这唯一认知的苦涩和欣慰。苦涩？几乎没有：那必要的缺憾使得幸福依稀可见。

如果想从唐璜身上看到他饱读传道书的蛛丝马迹，那肯定徒劳。因为对他来说，只有期盼来世才是虚荣。既然他与上天赌以来生，这一点就不言而喻了。对欲求的渴望只有满足才可消解。这对软弱无能的人来说，再正常不过了，而对于唐璜，这根本就不是问题。前者倒是与因笃信上帝而投身魔鬼的浮士德十分吻合。而至于唐璜，事情就简化了许多。莫利纳[①]的骗子对于来自地狱的威胁总是回答说："你给了我太长的时间休息了！"死后则万事皆休，而对懂得如何生活之人，活的岁月极为漫长！浮士德渴求全世界的财富，这位不幸的人只是伸出了双手。当他无法取悦自己灵魂之时，这么做便等于是出卖灵魂。至于满足，唐璜则相反，他一直坚持如此。如果他离开了某个女人，这绝对不是因为他对她不再有欲望——一个美丽的女人总是动人的，而是因为他欲求另一个。这两者的感觉不可同日而语。

唐璜明白，过着这种生活是称心如意的，失去这种生活则苦不堪言。这疯子倒是伟大的哲人。但在这个宇宙中，那些依仗希望而生的人们是不会欣欣向荣的，在这个宇宙中，善良让渡于慷慨，挚爱让位于阳刚的沉默，而相互交流则让位于孤独的勇气。所有人都匆匆忙忙地下结论说："他是一个弱者，一个理想主义者，一个圣人。"而他

① 译注：莫利纳(Molina)，1583—1648，西班牙剧作家。在剧本《塞维利亚的骗子》中，他第一次把唐璜的形象搬上了舞台。

只得贬低这一感到侮辱的伟大。

* * *

唐璜的言语以及他那句对任何女人都管用的话(或者早有预谋故意贬低他所欣赏之物的微笑)足以让人们感到义愤填膺。然而,对于所有在欢愉中寻找经验数量的人来说,欢愉的效力才是他唯一在意的事情。爱情的口令经受住了考验,使之复杂化又有何用?男人、女人,都不会在意口令,他们只是在意发出口令的人声。口令是规则、是惯例也是礼貌。在它们被发出之后,最为重要的行为仍有待完成。唐璜已经为此已准备就绪。那为什么他还是给自己留下一个道德问题呢?他不是米洛兹[①]笔下的玛纳拉,后者妄想成为圣徒,以此而受尽地狱之苦。地狱对他来说只是个被人挑拨的概念。对于神的愤怒,他只做了唯一的答复,这就是人的名誉。他对高级骑士说,“我有名誉,我履行诺言因为我是个骑士。”但让他成为一个非道德主义者也是个极大的错误。在这方面,他“像极了其他任何人”,他有好恶的道德准则。我们只有不断地参照他通常所代表的人物才能充分地了解唐璜的形象:一个寻常的爱情骗子和一个性欲旺盛的男人。他是个寻常的爱情骗子。[②] 但是不同的是,他是有意识的,这是他为什么荒谬的原因。爱情骗子突然觉醒,但一切也不会因此而改变。诱惑是他人生的境遇。只有在小说之中,人才能够改变改善他的境遇。然而在同时,我们也能说,一切没有改变,变的只是它们的外形。唐璜在行动中悟出的就是数量准则。圣者则背道而驰,他们朝向的是质量准则。而不笃信事物深层次意义的就是这荒谬的人。至于这些

① 译注:米洛兹(Miloz),1877—1939,法国作家。在剧本《米盖尔·玛纳拉》中,他塑造了一个孑然而痛苦的唐璜。

② 译注:这是从完整意义上讲的并把他的缺陷包含在内了。即使是一种健康的态度也应包含了不足与缺点的。

热情或充满奇迹的面孔，他密切注视着它们，存储着它们并且绝不在它们附近停留片刻。时间与他齐头并进。荒谬之人与时间共生共进。唐璜并不想“收集”女人。他只想穷尽这些女人，并且与她们穷尽生活的机遇。“收集”意味着从他的过去汲取生的力量。但是唐璜拒绝后悔，拒绝这另一种形式的希望。他没有能力去观看她们的肖像。

* * *

那他是否因此就是自私呢？以他的方式看来，大概如此。但是在此，还是有必要相互理解一下。

世上有两种人，一种为生而生，一种为爱而生。至少唐璜会这么说，但是他会从极有限的词汇中挑出几个进行表达。因为，我们这里所提到的爱情隐在了永恒的幻念之中。正如所有的爱情专家教导我们的那样，没有永恒的爱情而只有被阻断的爱。几乎没有那种激情不包含斗争的。在与死亡的最终对立中，这种爱才能找到归宿。人们要么必须成为维特，要么就什么也不是。这里求死也有几种方法，其中一种就是完全的风险和自我的放弃。唐璜和其他人一样知道这种死法动人心弦。然而，他也是少数几个知道重要的问题不在于此的人。他还知道，那些通过伟大的爱情脱离所有私生活的人们自身是得到了丰富但是这样却使得他们所爱的人日渐凋零。一位母亲或一个情感丰富的妻子，她们都必须有一个自我封闭的心灵。因为这颗心与世界相分离，它于是就具有了一种单独的情感、孤独的存在以及面孔，但这一切都被吞噬了。一种截然不同的爱情影响了唐璜，这种爱就是解放的爱。它携之于身的是世间的所有面孔，它的颤栗源于它明白自己终有一死。唐璜已经选择了成为虚无得道路。

对他而言，这样他能看个更加通透。我们集合了相关的书籍和传说，参考了它们所示的意义，把我们与某种生物绑在一起的东西称之为爱情。但是说到爱情，我的理解是把我和这样或那样的生物绑在一起的欲望、情感和智慧的混合体。这种结合对于另一个人来说，又有些不同。我没有权利把所有的经验皆归于同一名下，因为这样人们就无需进行同样的行为了。这里，荒谬的人因为无法统一再次选择繁衍自我。于是，他发现了一种新的至少可以解放自身也同样解放他亲近之人的方式。高尚的爱情荡然无存，唯有一种短暂特殊的爱情留存了下来。正是这些所有的死亡和重生聚拢在一起，形成了唐璜生命中锦簇的花环。这是唐璜奉献和活跃的方式。他是否是人们常说的自私呢？我要把这个问题留给你们作答。

* * *

此刻，我想到了所有那些坚持唐璜有罪的顽固分子。他们坚持，唐璜不但来生有罪，今生也必须受到惩罚。我也想到了所有那些关于唐璜垂暮之年的故事、传说甚至是笑话。但是，无论如何，唐璜依然如故。对一个勤于思考的人来说，老年以及它所代表的征兆没有什么值得大惊小怪的。的确，只要他不去刻意隐藏这份恐惧，他依旧在思考。在雅典，人们就曾为老年人建了一座神庙，人们还带着孩子经常去参拜。至于唐璜，嘲笑他的人越多，他的形象就越是分明。因此他拒绝了浪漫主义者给予他的形象。没有人想去嘲笑这个痛不欲生、可怜又可鄙的唐璜。人们可怜他；那上天会救赎他吗？然而事实并非如此。唐璜隐约窥探到的宇宙中也包括奚落和讥笑。他会认为责罚是正常的，这个就是游戏规则。但他知道他是对的。关键问题不在于惩罚，而命运也并不是惩罚。

这就是他的罪恶。我们很容易理解为什么那些上帝的臣民要呼唤上天对他施加惩罚。他已经获得一种无需幻想的知识，这种知识否认上帝之臣民所宣扬的一切。爱情与占有、征服与穷尽——这就是他所认知的方式。（上帝之民们所喜爱的《圣经》中，“认知”也有肉体行为之意。)唐璜是他们的最大敌人,因为他无视他们的存在。据一位编写编年史的史官所述,真正的“花心郎”死于方济各修会修士的暗杀,后者想“结束唐璜的放纵无度和亵渎神灵之罪,唐璜的出生就使得他免于惩罚”。他们于是对外宣称神击倒了他。无人能够证明故事古怪结局的真实性。也同样无人能够证明与之相反的结局。然而,我们无需考虑它是否可信,而且我敢说这个结局是合乎逻辑的。这里,我仅仅想挑出“出生”一词,并借题发挥一下:正是活着这一事实证明了他的无辜。他只单单从死亡中得到了罪过。他的罪过现在也已成传奇。

那位高级骑士的石像还代表了什么呢?那个冰冷的雕像为了惩罚敢于思考的热血和勇气而开始运作着。永恒的理想、秩序、普遍道德的所有力量以及一个发怒的上帝,所有陌生的威严皆浓缩在它的身上。那个没有灵魂的庞然大物仅是象征了唐璜永远否定的那些力量。那位高级骑士的使命也就此而终结。霹雳闪电可以回到人造的天上,它们被召唤出来的地方。真正的悲剧离它们还很遥远。不,唐璜并非死于一只石手之下。我更倾向于相信那是传奇故事的虚张声势,那个健康的唐璜在疯狂地嘲笑某个不存在的神祇。不过,首先我相信,唐璜在安娜处等待的那天晚上,骑士并没有出现,而午夜之后,这个亵渎神灵的人一定感觉到了那些认为有道理的人所感受到的可怕痛苦。我甚至更愿意接受这样的描述:他最终隐居在一家修道院里。这并不是因为故事具有启发性的一面,让我们就认为这是可能的。他能够向上帝那里得到什么样的庇护呢?但对于一个完全与荒谬为伍的生命,这代表了一个相当合乎逻辑的结果;对于一个转向及时行乐的存在,这又是一个残酷的结局。耽于声色在此以禁欲而告终。我们必须意识到,这可能是一个贫瘠生活的两个方面。一个为肉体所背叛的人仅是因为他不能适时而死,所以必须一边演完喜剧一边等待着生命的结束。然后，他将面见他并无爱慕之心的上帝，像侍奉生活一样去侍奉他，并跪倒在虚无面前，双臂朝上天挥舞，失去了往日的雄辩。他知道，那个上天是无止境的。这是多么可怕的景象啊！

我看到唐璜在一个西班牙修道院的一间小室里。那家修道院就隐藏在群山之巅。倘若他在沉思，那一定不是逝去之爱的重重影像，而或许是透过烈阳暴晒之下已经龟裂的墙角缝隙他所看到的西班牙平原，一片高贵而无魂的大陆。是的，在这一幕忧郁而光辉的景象之中，帷幕是该悄悄放下了。我们等待这最后结局的到来，却不希望这样。这个结局是可以忽略不计的。

戏　剧

哈姆雷特说，“演戏是陷阱，我要从中捕捉国王的良心。”

“捕捉”一词用得恰如其分，因为良心来去匆匆，如影随行。几乎在被感知的一刻，它飞快地扫过自己，然后你会发现良心已经振翅高飞了。芸芸众生不懂得驻足栈恋。相反，一切都催促他们前行。然而与此同时，没有比他自身对他更有吸引力的了，他的潜力尤为如此。于是他对戏剧表演产生了兴趣，因为后者向他展现了那么多不同样式的命运。由此他不必悲伤就能够体会到诗韵。这里，至少我们会发现一些没有思想的人，他们匆匆赶往这种或那种希望。荒谬之人始于众人结束之所，此处，心智不再欣赏戏剧而想身体力行，深入这种种生活，感受它们的多姿。换言之，它想实践生活。我不是说一般的演员需遵循那种冲动，也不是说他们就是荒谬的人，而是说他们的命运即是荒谬的命运并可能俘获吸引了一颗清晰的心灵。为了不对下面继续的论述产生误解，我们有必要先建立起这种观念。

演员的领域是转瞬即逝的。我们知道，在所有的名望之中，演员的名望犹如昙花一现。至少我们平日是这样说的。但是各种名望都是短暂的。按照西利尤斯的观点，一万年后，歌德的所有著作将化为沙砾，他的名字也会被遗忘。或许，一群考古学家们会寻找我们这个时代存在的“证据”。这种观点总包含着一个教训。认真地思考一下，你就会发现这种观点把我们的烦恼和不安还原成了深邃且相互之间没有差别的崇高。首先，它把我们的注意力引向了最为确定的东西，即：当下发生的事物。在各种名望之中，欺骗性最少的就是当下存在的荣耀。

因此，演员选择了多重的名望，这种名望神圣且久经考验。一切都会消逝。从这一点出发，他于是得出了最佳的结论。一个演员要么成功，要么失败。一个作家，即使无人赏识，他仍有一丝希望，因为他认定他的作品将见证他的存在。而一个演员即使在他的巅峰状态，也只是给我们留下了一张照片，而他的真实自我、动作、沉默以及爱情的喘息并不会流传下来的。对他而言，不为人所知就不能演出，不能演出就是与他所赋予生气、因他所苏醒的万物共同死亡。

* * *

短暂的名望建立在稍纵即逝的创造之上，为什么我们会对此大为惊异呢？在演出的三个小时内，演员可以是伊阿古①、阿尔刻提斯②，也可以是菲德拉③或格莱切斯特④。在这短暂的时间里，五十见方的舞台上，他让这些人物生而又死。荒谬从来没有被描绘得如此深刻生动。这些辉煌灿烂的生命、这些特有而完整的命运在舞台上

① 译注：伊阿古(Iago)，莎士比亚戏剧《奥赛罗》中的反派人物。
② 译注：阿尔刻提斯(Alceste)，莫里哀戏剧《恨世者》中的主人公。
③ 译注：菲德拉(Phedre)，拉辛戏剧《菲德拉》中的主人公。
④ 译注：格莱切斯特(Gloucester)，莎士比亚戏剧《查理三世》中的人物。

展现得淋漓尽致，还有什么富于启迪的事物浓缩在一起能像这一样让我们浮想联翩呢？下了舞台，西吉斯蒙德[①]便不再有意义。两个小时之后，你会看见他在外吃晚餐。这可能就是所谓的人生如梦吧。继西吉斯蒙德之后，新的英雄将会登台。这位饱受未知命运折磨的英雄取代了那个怒吼着报仇的男人。就这样，演员不知经历了多少世纪，横跨过多少心智，模仿着他们的所能与所是，渐渐的，他与那个荒谬的个体那个旅行者，有了许多共同之处。像后者一样，他穷尽某种事物，并不断运动着。他是时间的过客，而那些最好的演员则是灵魂不断追捧的过客。要是数量准则想找寻食粮，它就得在那陌生的舞台上寻觅。我们很难判断，演员会在什么样的程度上受益于这些角色。但这还不是最主要的。这仅仅是知晓他能够从多大程度上利用这些无可替代的生命找出自己的存在。演员经常将它们携带于身，它们也常常有点超出了它们所诞生的时空。它们常伴演员左右，后者已不再轻易地与他的过去相分离了。有时，演员拿起玻璃杯时，他会继续哈姆雷特举起酒杯的姿势。不，他与他所注入生命气息的角色之间的距离并没有那么大。他日复一日月复一月总是不厌其烦地论证这样一个真实：一个人想成为之物与他现在的所是之间没有疆域。由于总是在意更好地表现，他从某种程度上展现了表象是如何创造存在的。因为那是他的艺术——绝对的模仿、尽可能深入地将自己投射到不是他自己的生活之中。经过他的努力，他的天性得以淋漓尽致的表现：全身心地投入于表现虚无或是成为若干角色。在创造他角色的过程中，他越接近他的极限，他越需要他的天赋。今天，三个小时之后，他将带着所扮演角色的假面死去。三个小时之内，他必须体验、诠释一个完整而特殊的生命。这就是

---

① 译注：西吉斯蒙德(Sigismundo)，卡尔德隆戏剧《人生如梦》中的主人公。

所谓的为了找寻自我而失去自我。在这三个小时里，他穿行在一条没有出口的道路上，而对于观众席的看客，他们将用一生的时间走完这条不归路。

……

演员若是模仿即将消亡之物，他只须在表象上充实和完善自我。戏剧的传统是心灵的自我表现，它只通过手势和肢体进行交流——亦或通过声音，这既可以是心灵之声也可以是肢体之声。这种艺术的原则坚持一切皆可夸张，一切皆可用血肉表达。如果舞台上必须要有现实中的爱情、要运用心灵的不可替代之声、或看似如同生活中的人们一样沉思，那么我们的语言就是这口令。这里，就连沉默也必须要让观众听到。爱情要高声，静止本身要壮观。身体则至高无上。“戏剧性”并非随意而为的，这个词受到了不公正的恶意贬损，其实它涵盖了一套完整的美学和道德伦理。暗示、转向和沉默，人的一生有一半是在这些事情上渡过的。而这里，演员不请自来。他解除了束缚灵魂的咒符，最后让所有的激情粉墨登场。它们用不同的姿势说话；它们的存在离不开叫喊。于是演员便创造了他的种种角色以供展示。他或描绘或雕刻，并悄悄地溜进这些想象的形式之中，将自身的热血注入给了这些重重幻影。当然，我指的是那些伟大的戏剧，那种给予演员以机会将他的命运完全地实体化的巨作。以莎士比亚为例，在那冲动的戏剧中，身体的种种激情引导着舞蹈。它们诠释一切。没有它们，一切也随着垮塌。要不是那驱逐考狄利娅和痛斥埃德加[①]如同野兽般的狂暴举止，李尔王万万不会与癫狂订约赴会。从那时起，那悲剧便在癫狂的支配下一步步地展开。灵魂在缓慢而庄严的萨拉班德舞曲中交托给魔鬼。疯子至少有四个：一个出于交易，

① 译注：考狄利娅(Cordelia)和埃德加(Edgar)均是莎士比亚《李尔王》里的人物。

一个出于意愿，最后两个则折磨而成——四个紊乱的肉体，同一种境遇却有这四种无法言传的面目。

仅限这人类肉体是不够的。这假面、这厚底靴、这还原并突出其本质特征的脸部化妆、这夸张而又简化的戏服——那个舞台世界仅仅是为了观众的视觉便把一切付诸表象。由于一种荒谬的奇迹，这肉体带来了认知。除非我扮演伊阿古，否则我永远不会真正了解这个角色。听是不够的，我只是在看到他的一瞬间才抓住了他。演员因此获得了荒谬角色那千篇一律、单调唯一的沉闷影子，并把这种既陌生又熟悉的影子从这个英雄带入到了那个英雄之中。这里，伟大的戏剧作品也有助于基调的统一。[①] 而这正是演员所矛盾的地方：同一个灵魂却又那么多种多样的灵魂皆系于一身。然而正是这荒谬矛盾本身，正是那个想达成所有一切、历经所有一切的个体，那个徒劳的尝试，组成了那毫无意义的坚持。那些总是自相矛盾的东西也进入了此身。此刻演员身体与心智交汇贯通，他的心智已厌倦了一次又一次的失败，转向到了它最忠实的同盟者一方。正如哈姆雷特所说，“能够把感情与理智调整得那么恰当，命运不能把它玩弄于股掌之间，那样的人是有福的。”

教会怎么会不去谴责演员的这种做法呢？它反对恣情享乐以及尽情放纵的可耻想法。它谴责他们对现世的偏好以及普洛透斯[②]式的胜利，因为这些都与它所教授的教义相悖。永恒不是游戏。心智若愚蠢到接受喜剧而非永恒的话，它将不会被救赎。“处处”和“永远”之间是没有妥协可言的。正是如此，那个十分恶毒的职业将导致不可估量的精神冲突。尼采说，“重要的不是永恒的生命

① 译注：此刻我想到了莫里哀的阿尔刻提斯。一切都那么简单，那么明显，那么粗俗。阿尔刻提斯对菲林特。

② 译注：普洛透斯(Proteus)，希腊神话中变化无穷的海神。

而是永远的生气。”事实上，所有的戏剧皆出于此。塞利蒙德与艾莱安瑟的对立，这整个主题是本性发挥到极致之时的荒谬结果。这诗篇本身，这“糟糕的诗行”，无论怎么强调，都不像是角色性格中的单调乏味。

阿德莉娜·勒库弗勒[①]临终之时希望忏悔、聆听圣言，但她拒绝发誓放弃她的职业。因此，她失去忏悔的优遇。这难道不是她在上帝面前维护她全神以注的激情的明证吗？那个女人在死亡的当口，包含着热泪，拒绝放弃她视之为艺术的东西，极力去证明一种她在舞台聚光灯外从未达到的伟大。这是她扮演过的最佳角色，这也是一个最难扮演的角色。上天与可笑的忠诚之间的抉择，要么忠于自我，放弃永恒，要么笃信上帝——这是个久远的悲剧，每一个人都必须扮演好自己的角色。

这个时代的演员们知道自己已无法聆听圣谕。选择这份职业无异于选择了地狱。教会把他们当做它最坏的敌人。一些搞文学的人颇为不忿：“什么？拒绝给莫里哀做最后的弥散！”但是这确实如此，尤其是对一个死在舞台上的人，一个还没有卸装、刚刚结束了一个消散生命的演员，更是如此。对此，人们引援这位天才，祈求上帝宽恕一切。但是天才却无动于衷，因为天才拒绝宽恕。

此时，演员知晓等待他的惩罚是什么。然而，比起生活本身为他所预留的终极惩罚，这些如此模糊的威胁又具有什么意义呢？这是他预先感到并全盘接受的。对演员，也对荒谬的人来说，过早的死去才是无可弥补的。什么都抵偿不了他所接触的那一张张面孔和所跨越的世纪。但无论如何，人总是要死的。因为毫无疑问演员无处不在，而时间仍旧会拂面掠过，在他身上留下印迹。

---

① 译注：阿德莉娜·勒库弗勒（Adrienne Lecouvreur），1692—1760，法国著名女演员。

稍加想象一下,你就会感到一个演员的命运意味着什么。他会适时地装扮并表演他的各种角色。同样的,他也会及时地学会掌控它们。他所经历的各种生活越多,他便对他们越疏远。这样,他必须为世界而死在舞台上的时机也成熟了。他所经历的一切与他相互对峙。他看得一清二楚。他感到这种遭遇有种令人伤心而又无法替代的东西。他知道了,现在死去了。有些养老院就是专门为年老的演员而设的。

征　服

“不,”征服者说。“不要因为我喜欢行动就以为我已经忘记了如何思考。相反的,我能够完全定义出我所笃信的东西。因为,我坚信它的存在,我确信我能清楚地看见它。你会常听人说:‘我太了解这个了,已经到了无法表达的地步。’你要当心这些人。因为,他们无法清楚地表达是由于他们不懂,亦或者是由于他们太懒了,他们的思考只停留在了事物的表面。”

“我的意见不多。生命结束的时候,人们会注意到他们花了那么多年才明白了一个真理。但这个真理如果是显而易见的,那它就足以指导一个存在。至于我,我决定要就他们的个体说说自己的看法。人们提到这个问题一定会直言不讳,如果需要的话,还会带有一丝轻蔑之情。”

“人之所以为人,更在于他所隐忍不发的东西而不是他所高声喧哗的事情。许多事情我会保守秘密的。但是我坚信,所有这些对个体有所判断的人较之我们,判断的经验都稍有欠缺。智慧,这激动人心的智慧,可能已经预见到它值得注意的事物。但是这个满目疮痍、血淋淋的年代仅用事实就让我目不暇接。古老的民族、甚至近代直至我们机械化时代的民族，都可能要掂量一下社会道德与个人道德，试图找出究竟是哪个应该服从哪个。这之所以可能，首先是因为在人的内心深处总存在着某种逆反心态，而这种心态总顽固地认为人类被创造出来，要么侍奉他人，要么被他人所侍奉；其次是因为无论是社会还是个人都还没有彰显自己的全部能力。”

“我看到，许多明理之人对在弗朗德勒战役的腥风血雨之中诞生的荷兰作家的作品大为惊叹，他们也对在恐怖的三十年战争中长大成人的西里西亚神秘主义者的祈祷颇为惊奇。在他们惊讶的眼神中，永恒的价值观总能在世俗的动乱中幸存下来。然而一切都在进步，现在的画家就失去了这种宁静。即使他们本质上有一颗造物的心——我指的是一颗封闭的心——这也毫无用处的；对于每一个人，包括那些圣人，他们的身体也会被动员起来。这一点我可能深有体会。战壕中每一次失败的冲锋，描绘、隐喻、祷告每每践踏于铁骑之下，永恒就将因此而落败一个回合。既然我意识到无法独立于时间而存在，那么我决定就和时间融为一体。这是我为什么尊重个体的原因，后者能让我深深地感到荒诞和屈辱。既然知道这里没有胜利的事业，那么我就喜欢去探索那些失落的事业：这些事业需要一个未曾被污染过的并且能够公平地看待它的失败和暂时胜利的灵魂。对任何一个感到与世界的命运紧密相连的人而言，文明的冲突有种让他苦恼的东西。我已经产生了那种苦恼的东西，与此同时，我也想参与其中。在历史和永恒之间，我选择历史，因为我喜欢必然之物。至少，我相信历史是可靠的。我怎么能敢否认这种压倒我的力量呢？”

“人们必须在思考和行动之间做出选择，这一刻总会到来。这就是所谓的长大成人。这种痛苦十分可怕。但是，对于一个高傲的灵魂而言，妥协是不存在的。或者上帝，或者时间，要么十字架，要么宝剑。这个世界有一层更高的意义，这层意义已经超越了它的烦恼。

或者，这个世界只有这些烦恼，再无其他真实可言。人们必须与时间共存亡，或逃避世界、追寻更高远的生活。我知道人们可以笃信永恒，以此为妥协而立于世界之上。这被称作为接受。但我厌恶这个术语，要么获得一切，要么一切都不要。如果我选择了行动，你们不要以为，思考对于我来说就成了一个陌生的国度。不过它无法给与我一切并已经丧失了永恒。我想与时间为盟。留恋也好，苦涩也好，我不想将此二者归于我的账上。我只是想将这看得明明白白。我告诉你们，明天你们就要应征入伍了。对于你我，这都是一种解放。个体不能做什么，但是他却可以达成一切。在那种没有外界干涉的完美状态下，你们理解我为什么颂扬他同时又在打压他。世界将他碾成了碎片，而我要解放他。我向他提供他的所有权利。”

“征服者们知道行为本身毫无用处。而有用的行为只有一个，即重塑人与世界的行为。我永远也无法改造人们，但是必须做到‘似乎如此’。因为斗争之路让我通向血肉之躯。即使它被羞辱过，但血肉仍然是我唯一的必然，我只能依赖它。这是我为什么站在斗争一边的原因。就像我说的那样，时代将其赋予此。而迄今，征服者的伟大都只限于地缘。伟大的衡量标准是攻城略地。如今这个词语的意义已经改变，不再表示胜利的将军了，而这就存在了一个为什么的原因。伟大已经转变了阵营。现在它隐在反抗与无望的牺牲之中。当然，这绝不是说偏好失败。我们渴望胜利，但是胜利唯有一种，那就是永恒的胜利，也是我从未得到过的。这是我一路跌跌撞撞也要紧紧把握的。革命总是在于与诸神的对抗。它始于普罗米修斯，当代征服者的第一人。革命就是将人的欲求与他的命运对立起来；满足穷人的要求只是托辞。然而我只能在历史语境中抓住那种精神。正是在此之中，我与它相通。但不要认为我以之为乐：相对于本质矛盾的对立，我坚持人的对立矛盾。我将我的清醒置于了对它的否定之中。我称赞那些即将被压垮的人，我的自由、我的反抗以及我的激情也就在那紧张的态势中与这份清醒和这种过分的重复融为了一体。”

“是的，人就是他自己的目的。他是他的唯一终点。如果他想有所作为，那么他的生活就此会写下一笔。现在我太了解这一点了。征服者有时会提到战胜与超越。但那往往是指‘超越自己’。你们也很清楚那意味着什么。曾几何时，每一个人都曾有过与神平起平坐的感觉。至少历史有过这样的表述。但这源于这样的一个事实：灵感忽闪之中，他突然感到人类心智的壮美并大为惊诧。征服者仅仅是那些充分认识到自己的实力足以使自己不断生活在那高点、感受那种壮美的人。这是个算术问题，一个或多或少的问题。征服者能够让自己多一些站到高处的机会。但是他们的机会不会比那些有这种想法的人多。这是为什么他们从来不离开人间的熔炉，沉醉于革命之魂的慰藉之中的原因。”

“那里他们发现造物被分解而不完全，但是他们也遇到了唯一喜欢仰慕的价值，即人与他的沉默。这既是他们的窘困也是他们的财富所在。对他们来说，人类的种种关系之趣是他们唯一的奢侈。人们如何不能明白在这脆弱的宇宙中万物皆有人性，但只有人才会具有某种更为鲜明的意义呢？在人们之中，紧绷的面孔、受到威胁的友爱、强烈而忠贞的友谊——这些才是真正的财富，因为它们短暂有限。在它们之中，心智最能够感受到它的强大和缺陷，也就是说，它的能效。这时一些人会想到天才，但天才一词太过简单，我更想说是智慧。应该说，它那时相当壮观宏伟，能够照亮、支配整个沙漠。而且它知道它的义务所在，并一一将加以阐释清楚。它将与这肉身一同消亡。然而知道这一点也建构了它的自由。”

“我们并非没有看见一切教会都反对我们的事实。一颗欢欣鼓舞的心避开了永恒，而一切的教会，无论它们是神圣的还是政治的，都宣称拥有永恒。幸福和勇气，报应或正义，这些都是它们次要的目的。它们带来了一种信条而每一个人都必须服从于它。但是我却对这些观点或永恒之念不抱有任何兴趣。在我的领域内，诸遭真实皆可以用手触摸。我与他们已融为一体。这就是为什么你们不能以我为依靠的原因：‘征服者之物没有永存之说，甚至他的信条也是如此。’”

“在这以后，万物的终点仍是死亡。我们还知道，死亡结束一切。这是为什么那些坟墓遍布欧洲大陆丑陋无比并让我们中的一些人心神不宁的原因。人们只会美化他们之所爱，但死亡让我们反感并消磨我们的耐心。死亡同样有待我们去征服。因瘟疫而成了空城的帕多瓦[①]被威尼斯人团团围住之后，最后一个卡拉拉人[②]，这个被困于其中的囚徒，一边尖叫一边跑遍了宫殿空无一人的各个大厅，他召唤魔鬼，请求它让他速死。这是一种超越死亡的方法。同样这也标志了西方人勇敢的性格。它使得那些死亡受到尊崇的地方变得丑陋。在叛逆者的宇宙中，死亡颂扬不公。它是最高层次的滥用。”

“其他人如若不妥协便会选择永恒并指责世界的这种幻象。他们的坟墓在无数的鲜花和鸟儿的飞翔中绽放笑容。那非常适合征服者，因为这为他清楚地描绘了他所拒绝的生活。相反，他已经选择了与黑黑的铁栅栏或忙忙碌碌的田野为伴。上帝之民中出类拔萃的家伙有时想到那些与死亡的影像一起生活的心智就不由地会产生怜悯，但他们同时也会有一丝胆颤。然而那些心智正是从死亡中汲取了力量和为自己的辩护之词。我们的命运就站在我们面前，而我们

---

① 译注：帕多瓦(Padua)，一座古老的意大利北部城市。

② 译注：卡拉拉(Carrara)，意大利的名门之一。

也故意向它挑衅。这不是出于高傲之气，而是由于我们意识到了自己无力的境遇。我们也有时自怜自爱。这看似是唯一我们所能够接受的怜悯：这种感情你们几乎无法理解，对你们而言，这似乎缺乏阳刚之气。然而我们中最勇敢的人却很少有人能够感觉到它的存在。不过我们还是称那些清醒之人为具有男子气概的人，我们不需要那种独立于清醒之外的力量。”

* * *

我还要重申，以上种种影像提出的不是道德典范，没有判断涉及其中：它们是一些图样而已。它们仅仅代表了一种生活方式。情人、演员或冒险家都扮演了荒谬的角色，而如果愿意，圣人、公仆乃至共和国的总统，他们同样能够演好这个角色。只要知晓并不去刻意遮掩就足够了。意大利的博物馆中，人们常常会发现一些油画用的小屏风，这是牧师放在死刑犯的面前遮挡他们前方的绞架用的。所有形式的飞跃都会朝着神圣或永恒之处飞奔而走并屈服于日常的幻念或观点的幻想之中——所有这些小屏风就用于遮挡荒谬。然而，公仆是无可遮挡的，我打算谈谈他们。这里我选择了那些最极端的人。在这一层面上，荒谬赋予了他们一种王权。当然这些王子们是没有封邑可授的。但是他们优于其他人：他们知道所有的王室都是虚构之物。他们也知道，这正是他们的高贵所在。要是说起暗中尾随的不幸或幻灭的灰烬时，人们便提到他们，尽管这毫无意义。被剥夺了希望并不等于是绝望。大地之焰足以媲美天堂的芬芳。这里我们谁也不能对他们做出评判。他们奋斗不为活的更好，他们只为始终如一而努力。如果“智者”一词适用于依其之所有而不思其所无来过活之人的话，那么这些人就是智者。他们中的一人，这位心智上的征服者、认知领域的唐璜、智慧之中的演员对此甚是了解：倘若你所珍视犹如小绵羊一般、臻入化境的脉脉温顺之感，那天上地下便都没有你的特权；然而你倘若在最佳状态之时仍然犹如一只荒唐的长着羚角的绵羊，仅此而已——你就不会因虚荣而死，不会因扮作法官之态而引起蜚议。

无论如何，我们都应该为荒谬的推理多找一些由衷的例证。想象可以增加许多其他与时间和放逐密不可分的人。他们同样知道如何与一个没有未来没有弱点的宇宙和睦相处。然后这个荒谬无神的世界就会住满了思想清晰、不再抱有希望的人。不过，最为荒谬的角色还没有登场，它就是这造物之人。

荒谬的创造

倘若没有哪种深邃的思想会一成不变，为之灌输力量的话，那么所有那些在荒谬的稀薄空气中维持的生命都将无法继续。正是于此，它可能成了唯一一种奇怪的忠诚之感。我们发现，那有思想意识的人们总是在最为愚蠢的战争之中履行自己使命而从来不去考虑他们是否在对立矛盾之中。这因为他们无需躲避任何东西。于是他们在忍受世界的荒谬之中就产生了一种形而上学的荣耀。征服或角色扮演游戏、多重的爱恋以及荒谬的反抗，这些都是人们在一场未战而先败的战役中为自己的尊严所表示的敬意。

这仅仅是一个是否忠实于战争规则的问题。这种想法可能足以维持一个心智的存在；它一直支持而今它仍在支持着整个文明。无人否定战争。人们要么死于战争，要么幸存下来。荒谬也是这样：这是个与之共呼吸、共存亡的问题，也是承认教训并重塑其血肉的问题。在这方面，荒谬无与伦比的快乐就是创造之娱。尼采说，“艺术，唯有艺术。我们拥有了艺术，才不会为真实而死。”

在我正试图描绘并且强调的几个经验模型中，一个苦痛的消亡之处必然会出现另一种新的苦痛。孩子气式地追逐忘却之感、满足之态现在不会引起任何的共鸣。但那让人不断直面世界的紧张之感以及催促他接受一切、井然有序的种种谵妄，这些只会让他再度狂热。于是在这个宇宙中，艺术作品是让他保持清醒、确立种种冒险的唯一机会。创造是双重的生活。一个普鲁斯特式的焦虑探索以及对花朵、对地毯、对焦躁细致入微的描述，就意味着这种创造而无其他。与此同时，这种创造也不会比那演员、征服者和所有荒谬之人每日乐此不疲且持续不断而又无法感知的创造更具有深意。所有人都是用他们的双手去模仿、重复，从而重新创造属于他们的真实。我们最终总会收以自身真实的表象。对一个背离永恒的人来说，一切的存在不过是遮掩在荒谬之下的一个庞大模仿。这个伟大的模仿就是创造。

这些人首先知道，然后他们努力探索、扩大并丰富了这个他们刚刚上陆的瞬时之岛。但是首先他们必须知道，因为荒谬的探索与那个酝酿未来的激情并使之合理化的时间停顿是同时发生的。即使没有福音书的人也会有他们的橄榄山。而且在他们的山上，他们一定不会睡觉的。对荒谬的人来说，这不是解释和解决的问题，而是体验和描述的问题。一切都始于神智清醒的冷漠。

描述——这是一个荒谬思想的最后一个志向。同样的，产出了种种悖论的科学最终也会不再提问并且止步静观而描绘诸种现象尚未改变的表象。心灵于是得知，当我们观察世界百态之时，愉悦我们的情感并非来自于它内部深处而是来源于他们的千姿百态。解释是毫无用途的，但是情感却会保留下来。有了这种东西，宇宙连续不断的吸引力在数量上依然不可穷尽。在此我们便会理解到艺术作品的地位。

艺术作品标志着某种经验的死亡以及这种经验的增多。它不断重复着世界已经演响的、或单调或热情的主旋律：身体，寺庙三角门楣上无尽的画像，它们要么样式各异，要么颜色斑斓；要么数量众多，要么姿体沉重。因此要是在创造者美妙而幼稚的世界中再次遇到本文的这些主题，这就不再是一个一笔带过的问题。人们在那之中要是看到了一种象征，把艺术作品当成是荒谬最后的安身立命之所，就大错特错了。艺术作品本身就是一种荒谬的现象，我们只是对它所描述的内容感兴趣。它无法为理智上的苦痛提供逃避之法。相反，它是那种苦痛利用人的全部思想自我折射出的诸遭病状之一。不过它第一次让人的心智脱离了本体，并将心智与其他种种对立起来，这不是让它迷失自我而是向它展现清楚所有的人都曾踏上的迷途。荒谬推理之时，创造尾随着漠视与发现。它标明了荒谬的激情涌现之时，也指明了推理的停止之处。本文中创造的地位也如是被证明的。

我们只要揭示创造者和思想家的一些共同之处便足以发现艺术作品中所有涉及荒谬的思想矛盾。的确，他们所作出的证明心智与之相关的一致结论与他们所共同的矛盾并不完全一样。思想和创造之间也是这样。勿需我多言，一样的痛苦促使人们采取了这两种态度。它们一开始就碰到了一起。但是在这所有以荒谬为起点的思想之中，我看到，只有极少数人坚持了这两种态度。因此从它们的偏移和不忠之中，我能够十分轻易地辨别出属于荒谬的东西。同样的，我必须要问一下：一件荒谬的艺术作品是可能的吗？

* * *

艺术和哲学的对立古已有之，过分地坚持这种对立具有随意性是不可能的。倘若你坚持以一种极其有限的方式理解这种对立，那么你的方法肯定有误。倘若你仅仅认为这两种学科各自有着其独特的风貌，那这种理解可能有道理，但其内容却含混不清。唯一可以接受的理解就是，这对立是一个被密封在自身系统之内的哲学家和一个被置身于其作品面前的艺术家之间所产生的矛盾。这适用于某种我们这里认为是次要的艺术或哲学形式。那种认为艺术超脱于创造者之外的观点非但有点过时，而且是不正确的。人们指出，与艺术家相仿，没有哪位哲学家建立起了几种哲学体系。这确实也是有些道理，因为任何艺术家都从来没有从不同的角度表达过一种以上的事物。艺术转瞬即逝的完美以及其时时更新的必要性——仅从一种先入为主的观点上出发，这两者无疑都是准确无误的。因为，艺术作品同样是一种建构，而且每一个人都知道那些伟大的创造者们有多么的单调无趣。出于与思想家同样的原因，艺术家在作品中投入了自我并成就了自我。这种潜移默化的作用提出了美学中最重要的问题。为此，对任何确信心智具有单一目的性的人来说，没有任何东西会比这些基于方法和目标的特征更加无用的了。事实上，这些学科的分类都是为了便于人们的理解和出于热爱而建立设置的。它们相互联系，就连它们产生的焦躁之感都是相同的。

我们有必要在一开始就提到这一点。为了让荒谬的艺术作品成为可能，思想必须将它最清醒的形式赋在作品之中。但与此同时，除了做为支配作品的智慧存在以外，它就一定不能是显而易见的。这种悖论可以用荒谬来解释。智慧否认实体的理想化，而艺术作品就诞生于此。艺术创造标志着肉体的胜利。正是清醒的思想激发了它，但是又是在这种行为之中，思想否定自己。它不会屈服于认知的诱惑：虽然有人将这种认知称为获取某种更深层次的意义，但是它知道这是不合情理的。艺术作品体现的是智慧的表演，但它只是间接地证明了这一点。荒谬的作品需要艺术家认识到这些局限性并且要求一种实体只表现自我的存在而不得存在有其他的艺术。艺术作品不是结局，也不是生活的意义，更不是它的补充。创造和非创造都改变不了什么。荒谬的创造者不会以他的作品为荣。有时他甚至可能拒绝接受自己的作品。就像是兰波[①]，有一个阿比西尼亚[②]就足够了。

与此同时，我们可以发现一种美学的规则。真实的艺术作品总是以人为衡量标准的。它本质上是那种说的“较少”的作品。艺术家的总体经验和反映经验的作品之间有种确定的关系，如《威廉·迈斯特》[③]和歌德的老成之间是有一定联系的。如果作品企图在叙述文学的花边纸上展现整个经验的时候，那这种关系就是有害的。但是如果这作品旨在揭示一部分的经验，那这种关系就是有益的。此时，它就犹如是钻石的一个侧面，内在的光晕凝聚其中，有着无限的光辉。在第一种情况下，作品承载过重，永恒矫作虚荣。而后一种情况，作品由于其所暗含的整个经验而变得富有成效，因为人们可以猜到这些经验是无比丰富的。对荒谬的艺术家而言，他的问题在于获得这种超越世故的处世之道。最后，在这种气候下的伟大艺术家首先是一个伟大的生者，因为人生活在这种境遇之下，他既需要大量地体验生活也要进行大量的思考。这作品于是就象征着智慧的表演。而荒谬之作就成为了思想放弃了名望并且顺从于命运的例证，因为它不比智慧，后者精心制作出了表象并且用种种影像掩盖了那些毫无道理可言的东西。如果世界是清晰的，艺术则不会存在。

这里，我没有谈及形式艺术或颜色艺术，因为在此之中，描述便独自以它无比的谦逊便独占鳌头。[④] 表达始于思想终止之处。那些两眼无光的年轻人雕像挤满了寺庙和博物馆之中——他们的哲学是用姿势表达的。对于一个荒谬的人来说，这种哲学比所有的图书馆更让人受益。另一方面，音乐也是如此。如果任何艺术都失去了教

① 译注：兰波(Rimbaud)，1859—1891，法国诗人，古典诗歌的代表。

② 译注：阿比西尼亚(Abyssinia)，即现在的埃塞俄比亚。这里暗指兰波之死。

③ 译注：《威廉·迈斯特》(Wilhelm Meister)，歌德的一部小说。

④ 原注：人们很惊讶地发现，最为聪颖明达的绘画是那种极力将现实还原成本质元素的绘画：它最终留于世界的只是它的颜色，给人带来视觉的愉悦。(莱热尤其如此)

益，那它就成为了音乐的艺术。它非常接近数学，你无法从中借用它们的无效性。心智根据原先制定好且分寸拿捏到位的法则和自己玩起了游戏。这游戏是在我们这个铿锵有力的区域内展开，而它们的共鸣之声相互交汇在了这个区域之外一个非人的宇宙中。这种感觉纯净无比。这些例证很容易就能找到。荒谬之人把这些和谐之律和这些形式皆归于其所有。

然而我还想在这里谈到一种作品。在这一作品中，解释的诱惑最为强烈，幻念不断地自我显现，并且结论几乎是不可避免的。我指的是小说的创作。我打算探讨的就是在一过程中荒谬是否能够维持它自己的存在。

* * *

思考首先就是创造一个世界（或是明晰一个世界，其意相同）。它从人和经验的基本分歧出发，利用留恋的伤感，企图以理性架构宇宙或因类比而明晰的宇宙，并在这宇宙中为人与经验这二者找到共同的基础，给两者一个机会，以弥补它们之间难以忍受的背离。哲学家，即使是康德这样的哲学家，都是创造者。他有属于他自己的角色，代表的象征以及秘密的行为。他还拥有着故事的结局。相反的，小说之所以超过诗歌和散文就是因为它不受表象的影响，而彰显了艺术知性化的伟大过程。这里我们不要有所误解；我说的“伟大”之前应该再加上一个“最”字。文学形式的丰富内涵和重要性常常是由它所包含糟粕来衡量的。水平低下的小说无论多少，都一定不会让我们忘却那些优秀小说的价值。与这些小说同在的当然就是它们的宇宙。小说有它的逻辑、推理、直感和假设。它也有对明晰程度的要求。①

① 原注：如果你停下来思考一下，这使为什么有些小说糟糕透顶的问题迎刃而解了。几乎所有人都认为自己善于思考。在某种程度上说，无论结果好坏，他们的确在思考。相反，很少有人能够把自己想象成精通言语的诗人或艺术家。但从思想胜过形式的那一刻起，暴徒们就大举入侵了小说的世界。

以上我所提到的经典对立在这种特殊的条件下是很难自圆其说的。但要是此时分离哲学与它的作者，对立就会出现了。现在，当思想不再追求普适的道理之时，当它最为出众的历史业已成为它的悔恨史的时候，我们知道，如果体系在此刻具有了价值，它与它的作者必然不可分离。《伦理学》[1]，就其诸多面貌中一面而言，只不过是一种漫长而详尽的个人忏悔。抽象的思考最终将回归并依附于肉体。同样，身体和诸多激情的虚构活动多多少少会按照某种世界观的要求进行编排。作者已不再是讲“故事”，而是在开创属于自己的宇宙。伟大的小说家都是带有哲学家的风采——也就是说，他们和论文作家相对立。巴尔扎克、萨德、麦尔维尔、司汤达、陀思妥耶夫斯基、普鲁斯特、马尔罗、卡夫卡以及许多其他的作家都是如此。

但是，事实上，这些作家的写作偏好印象，而不是推理论述。这种偏好揭示了他们所有人共同的一种思想，即他们相信，任何解释原则都是无用的，而可感知的表象中承载了教化的信息。他们认为，艺术作品既是终点也是起点。它是一种常常无法言传的哲学结果，是这种哲学的例证和完满。但它只是在这种哲学的暗示之下完成的。它最终维护了一个古老主题变体的合理性：只有少许思想远离了生活，而大多的思想与生活达成了和解。思想不能净化现实，那必会止于模仿。这里探讨的小说就是这种既相对又无法穷尽的认知工具，它与爱情的认知具有一定的相似性。对于爱情，小说的创作最初为此惊叹，进而对此进行了卓有成效的反思。

* * *

这些最少是我在一开始所看的魅力。但是我也同样在那些有着屈辱思想的王子身上看到了这些东西，于是我便能够后来见证他们

① 译注：《伦理学》(*Ethics*)，斯宾诺莎的著作。

的自戮。

诚然，我所感兴趣的是了解和描述那种引导他们回到共同的幻想之路的力量。这里，我将是使用同样的推理方法，它将有助于我以下的论述。事实上，因为我们已经采用了这种方面，论述也会就此而缩短，我们只需要用一个特殊的例子便能加以总结。我想知道，在义无反顾地接受了生活之后，人们是否会同意去义无反顾地工作和创造。而且，我还想知道通往这些自由的捷径又在何处。我想将我的宇宙从它种种幻影之中解放出来并且用那些我无法否定的真实，那些血与肉的真实，充满这个宇宙。我能够进行荒谬的创造，选择创造的态度而不是另一种态度。但一个荒谬的态度如果依然如此就一定会感到自身缺乏理性。艺术作品也是这样。如果荒谬种种指令不去理睬，如果作品没有阐释背离与反抗，如果它完全迎合幻念并激起种种希望，那么它就不是非理性的，我也无法超然以视之。我的生活或许能够发掘出自身的价值，但是这已无足痛痒。它不再是那种超脱与激情的尝试，它也结束了人生的壮美与徒劳。

在解释的诱惑最为强烈的那种创造之中，人们能够战胜这种诱惑吗？小说的世界之中，对真实世界的意识极为敏锐，而我能依然忠实于荒谬不去迎合评判的欲望吗？在最后一次的努力中，我们需要思考那么多的问题。但这些问题意味着什么呢？想必大家都已经清楚了。这些都是意识的最后顾虑，它害怕偏好最终的幻念会让它放弃最初那个难以对付的教训。一个意识到荒谬存在的人会把坚持创造的原因看成是他可能采取的态度之一，并且这一坚持也使得他见识了所有一切的生活方式。征服者或演员，创造者或唐璜，他们可能忘记了：倘若没有意识到其癫狂的一面，他们的生活实践将无法进行下去。人很快就会适应生活。他想赚钱以求得幸福，于是他的所有努力和生命的精华部分都投入了赚钱的活动中，而把幸福抛之脑后，而他所采取的手段是服务于他的目的。同样的，那个征服者的全部努力转移到了他的雄心壮志上，但这只是一种通往更为伟大生活的生活。唐璜也进而屈服于命运，并对这只因反抗才有价值、才显高贵的存在心满意足。对前者来说，这就是意识；对后者来说，这便是反抗。在这两种状况下，荒谬却均已消失不见了。人的内心深处有了太多执着的希望。那些极度贫乏之人最终往往接受了幻念。那种渴望内心平和的需要促成了他们的赞同。这种赞同和存在主义的赞同，二者极其相似。因而，我们也就有了光明之神和泥塑之雕的分别。从而，找寻到通向表现人各种面貌的中间道路至关重要。

至此，我们讨论了源于荒谬的紧迫需要种种失败。这些失败也让我们充分认识到了荒谬的紧迫需要究竟为何物。同样，我们如果想了解这一切，那只需注意：小说的创作能够产生出与哲学同样的含糊不清。因此，我可以选择一部囊括一切指向荒谬意识、具有明晰起点和氛围的著作加以说明。这部著作的种种结局将对我们有所启迪。如果书中不尊重这荒谬，那么我们应该知道幻念作为权宜之计溜了进来。那时，只需一个特别的例子、一个主题或是创作者的某种忠诚就足以说明这一点了。这还涉及分析的问题，而这种相同的分析我们已经花了很大力气做过了。

我将考察陀思妥耶夫斯基所钟爱的一个主题。我也可以去研究其他的作品。[①] 但是在这部作品中，陀思妥耶夫斯基以他高贵的品质和丰富的情感直接探讨了我们之前已经分析过的存在主义哲学思

① 原注：例如马尔罗的作品。不过那势必会涉及到社会问题。事实上，社会问题也是荒谬思想不可回避的问题（尽管后者可以提出几种截然不同的解决方法）。所以这里，我只选用了陀思妥耶夫斯基的作品。

想。这种并行式的分析有助于达成我的目的。

基里洛夫

陀思妥耶夫斯基作品中的所有主人公都曾质疑过自己生活的意义。这样看来，他们具有了现代人的气息：他们不畏惧嘲笑。现代人的情感和传统的情感的区别就在于：后者喜欢道德问题和前者在意形而上学的问题。在陀思妥耶夫斯基的小说中，问题的提出紧迫而强烈，这样一来，所提出的解决方案只会非常的极端。存在要么只是幻觉，要么就是永恒。如果陀思妥耶夫斯基止于此，他就是个哲学家。然而，他却阐明了这种智力活动对人们生活造成的种种后果。从这一点上看，他是一个艺术家。在这些后果中，最终的后果即在他的《作家日记》中被称之为逻辑的自杀，引起了他的特别注意。果然，在 1876 年 12 月出版的那几册[①]中，他构想出了“逻辑的自杀推理”。因为作家坚信，对没有笃信永恒的人来说，人之存在是彻头彻尾的荒谬，于是这个绝望的人得出了以下的结论：

“我曾提出了幸福的种种问题，而有人以我的意识为媒介给我的回答却是：我唯有与万物和谐相处才会幸福，因为这样的话我不用思考而且也永不会处于需要思考的位置。既然是这样，那么显而易见的是……”

“既然存在着这种联系，既然最终我既是被告又是原告，既担当犯人又担当法官；既然我认为自然导演的这出喜剧是愚蠢透顶；既然我认为同意让我去表演这出戏是对我的侮辱……”

“毋庸置疑，我同时具有了这被告和原告、犯人和法官的双重身

---

① 译注：《作家日记》陆续发表于 1873—1881 年间。

份，于是我要审判自然。它粗鲁冒失，让我存在，让我受苦——我判处它与我一起灭亡。”

这种立场还带有了一丝幽默。他之所以自戕是因为在形而上学的层面上，他被激怒了。从某种意义上说，他是在伺机报复。这是他证明谁也“得不到他”的方式。然而，众所周知，同样的主题出现在了《群魔》的主人公基里洛夫身上，他同样支持逻辑的自杀——不过这个角色具有更加广泛的概括性。在小说中，工程师基里洛夫宣称，他想夺取自己的生命因为这是他的“想法”。很明显，对于“想法”这个词，我们的理解应从它的本义去入手。正是为了一种想法，一种思想，基里洛夫决意寻死。这是最高级别的自杀。随着小说的发展、场景的更替，基里洛夫的假面被逐渐揭开，那种驱使着他的致命思想也呈现在我们面前。这位工程师事实上沿袭了《日记》[①]的推理。他感觉到上帝是重要的，他必须存在。但是他知道他不存在也不能存在。他大声高呼，“为什么你没有意识到这种推理足以让人自杀呢?”对他来说，这种态度同样包含一些荒谬的结果。冷漠使他同意别人利用它的自杀，即使这会有益于他所鄙视的事业。“昨天晚上，我已下定决心，此事我无所谓。”最终，他带着一种交织着反抗与自由的复杂心态准备他的自杀。“我应当自杀，既因为我不愿顺从命运，也是因为为了肯定我崭新而可怕的自由。”这不再是复仇的问题，而是反抗的问题。基里洛夫因此成为了一个荒谬的角色——然而本质上，他又有所保留：他杀死了自己。但他解释了这一矛盾，同时他又以同样的方式揭示了荒谬最为纯粹的秘密。事实上他给致命的逻辑一种不同寻常的野心，这种野心也反过来全面诠释了这个角色：他想自杀而成为神明。

① 译注：以下《日记》均指《作家日记》。

这种推理传统而明晰：如果上帝不存在，基里洛夫就是神明；如果上帝不存在，基里洛夫必须自杀；因此基里洛夫必须自杀而成为神明。这种逻辑是荒谬的，不过却是所需要的。然而有意思的是，赋予那种神秘以意义就会招致他的死亡。这等于说是澄清了一个仍然相当晦涩的前提假设："如果上帝不存在，我就是神。"我们首先需要注意到，四处卖弄这种疯狂信仰之人确实是这个世界上的人。这一点很关键。他每天早晨会坚持健身以保持健康。他会因为沙托夫与妻子重逢而激动不已。[①] 人们将会在他死后发现一张纸，他想在这纸上画一个向"他们"伸舌头的鬼脸。[②] 他天真幼稚却容易暴躁，为人热情、做事有条不紊却又非常敏感。他只有超人的逻辑和执着却又有着作为人的种种不幸。正是他能平静地谈论他的上帝。他没有疯，要不然，就是陀思妥耶夫斯基疯了。因而，并不是妄自尊大的幻觉让他激情四射。而且若人们只是从字面意义去理解基里洛夫这个人物的话，那一定贻笑大方。

了解基里洛夫本人有助于我们深入理解这个问题。在回复斯塔夫罗金问题的时候，他就已经说得很清楚，他说的不是一个神人。我们可能认为这出于区分他和基督的考虑。但事实是，他是为了将基督融入自身之中。基里洛夫在那一刻是在幻想：耶稣死后并非去了天堂，然后耶稣发现自己所受到的酷刑折磨是毫无意义。这位工程师于是说道，"自然法则让耶稣生活在谎言之中，耶稣也是为了一个谎言而死的。"只有在这一层面上，耶稣的确体现了整个人类的悲剧。他是一个完人，因为他实现了最为荒谬的环境。他不是神人，而是人神。我们每一个人都可能会像他一样受苦受难——因而在某种程度上，我们就是他，人神。

---

①② 译注：《群魔》中故事情节。

由此可见，这里所说的神明完全是人间的神明。基里洛夫说，“我花了三年的时间寻找我的神格，我发现了它。我的神格就是独立。”现在人们便可以发现基里洛夫的假设颇具深意：“如果上帝不存在，那我就是神明。”成神仅仅是为了在这地上能自由自在地生活，而不是去侍奉更高的主宰。当然，这首要的就是从那痛苦的独立之中得出所有的结论。如果上帝存在，一切皆取决于他，我们不能违背他的意愿。如果他不存在，一切将由我们而定。对于基里洛夫和尼采，杀死上帝是成神之路；这是福音书上所倡导的在世间获得永生之法。① 但是假设这种形而上学的罪恶足以实现人的个人价值，那么为什么还要加上自杀呢？为什么自寻短见，为什么在已获自由的情况下还要离开这个世界呢？这是矛盾的。基里洛夫很清楚地意识到了这一点，因为他还补充说：“如果你感到这一点，你就是沙皇，那你绝不会自杀，你的生活亦将大富大贵。”然而，总的来说，人们是无法感受到“这一点”。他们犹如在普罗米修斯时代一样依赖着盲目的希望来愉悦自己。② 因此出于对人性的爱，基里洛夫必须自戕。作为先行者，他必须向他的兄弟们展现一条高贵而艰难的道路，这是教化之殇。于是基里洛夫牺牲了自己。但倘若他因此而被钉在了十字架上，他便无法受到欺骗。他始终是个人神，因为他坚信无望的死亡，心中充满了福音式的忧郁。他说：“我不幸福是因为我有义务坚守我的自由。”

一旦人们最终因他的死而清醒，那么这个世界上将到处是沙皇，而人类荣光也会遍及四周。基里洛夫自戕的枪声将是这最后革命的信号。由此，并不是绝望催生了他的死亡，而是出于对邻人的爱致使

---

① 原注：“斯塔夫罗金：‘你相信另一个世界中存在永恒的生活吗？’基里洛夫：‘不，但我相信永恒的生活存在于这个世界中。’”

② 原注：“人们创造了上帝，只是为了不自杀。这就是迄今以来一般史的全部内容。”

他走上了绝路。他倒在血泊中,结束他无以言表的精神之旅之时,基里洛夫说出了一句与人类苦难同样古老的话:“一切皆善。”

这样看来,陀思妥耶夫斯基的作品中,自杀的确是一个荒谬的主题。在继续我们的论证之前,我们只须注意基里洛夫又幻化过其他人物,这些人物再次使得荒谬的主题运转起来。斯塔夫罗金和伊万·卡拉玛佐夫在实际生活中检验荒谬的种种真实。基里洛夫之死解放了他们。他们试图成为沙皇。众所周知,斯塔夫罗金过着一种“讽喻”的生活。他引起了周围之人的仇恨。然而,理解这个角色的关键却是在于那封告别信:“我怎么也恨不起来。”他在冷漠中成为了沙皇。伊万同样也是这样,因为他拒绝向心智至高无上的王权低头。对那些犹如兄弟一般却用自己的生命证明信仰必须要卑躬屈膝的人,他可能回答他们说,这种境遇是丢脸的。他的警言是:“一切皆是允许的。”这句话带着一丝恰到好处的忧郁。当然,和尼采这位最负盛名的刺杀上帝之人一样,他终于癫狂。但是这是值得一试的冒险。面对这些悲剧性的结局,荒谬的心智出于本质的冲动,必然会提出这样的问题:“这证明了什么呢?”

* * *

于是这些的小说像《日记》一样,均提出了荒谬的问题。它们建立了通往死亡的逻辑,展现了兴奋、“可怕的”自由以及沙皇具有人性的荣耀。一切皆善,一切皆是允许的,没有任何能够引起仇恨的东西——这就是荒谬的判断。不过,对我们来说,小说中那些冰与火的人物看似是如此的熟悉。陀思妥耶夫斯基的创造是多么神奇啊!这个在他们心中轰鸣的冷漠世界充满着激情,因而在我们眼中,它看似并不那么可怕,而且我们也在这个世界中找到平日的焦躁。大概没有哪个作家能够达到陀思妥耶夫斯基的境界,能够赋于这个荒谬世界如此亲切而又令人痛苦的魅力。

那么他的结论是什么呢？书中有两段话表现了这个形而上学的大逆转致使作家披露了其他的发现。逻辑的自杀，这一推理引起了许多评论家的不满，因此陀思妥耶夫斯基在《日记》随后出版的章节中详述了他的立场并以此总结道："如果信仰永生对人的存在是如此之必要（达到了倘若没有它人就会自杀的地步），那这就因此成为了人性的常态。既然如此，人类灵魂的永生是毫无疑问存在的。"然后，在他的最后一部小说的终章部分，即与上帝激烈的抗争结束之时，一些孩童问阿廖沙[①]："卡拉玛佐夫，宗教说我们会死而复生，我们还会再次相见，这是真的吗？"阿廖沙回答道："当然，我们还会再重逢。我们将快乐地告诉对方过去发生的一切。"

于是，基里洛夫、斯塔夫罗金和伊万失败了。《卡拉玛佐夫兄弟》回应了《群魔》。它也的确是结论之作。阿廖沙的情况并不像梅什金公爵[②]那样含混不清。后者是个病人，他总是带着微笑，生活在永远的现实之中，他对一切都漠不关心，这种幸福的状态可能就是这位公爵所说的永生。反过来，阿廖沙明确说道了："我们一定会再见。"这便不再是一个自杀或癫狂的问题了。对任何确信不朽、迷恋其欢愉的人来说，这有什么用处呢？人们将用自己的神性交换了幸福。"我们将快乐地告诉对方过去发生的一切。"这样，基里洛夫的手枪又在俄罗斯的某处响起，但是这个世界继续怀揣着种种盲目的希望而不为所动。人们没有理解"这一点"。

因此小说中，向我们讲话的不是一个荒谬的小说家，而是一个存在主义小说家。这里，飞跃也是令人感动的，它将高贵赋予了艺术，这个对它有所启发的事业。它赋予了一种激动人心的默许，一种充

---

① 译注：阿廖沙（Aliocha），卡拉玛佐夫兄弟之一。

② 译注：梅什金公爵（Prince Muichkin），陀思妥耶夫斯基的小说《白痴》的主人公。

满了疑虑、不确定和炽热的激情。谈到《卡拉马佐夫兄弟》，陀思妥耶夫斯基写道：“整部小说都在探求的主要问题是我毕生无论有意还是无意都会为之痛苦的问题，即上帝的存在。”很难相信一部小说就足以将这一生的苦难转化成了愉悦的必然。一位评论家[1]就曾正确地指出，陀思妥耶夫斯基是在伊万一边的——陀思妥耶夫斯基足足花了三个月的时间才完成了书中表示肯定伊万做法的章节，然而那些他称之为“渎神”之语却在他的精神亢奋之中用了三周的时间就写成了。他笔下的人物没有一个不是肉中带着这根刺，不去刺激它，也没有一个人不是在情感和永生中寻求解决之法。[2] 无论如何，我们都得带着这个疑虑继续我们的讨论。这部作品其中的明暗对比的反差比白昼之光还来的强烈，我们能够因此而抓住人对希望的反抗和斗争。创作者在创作终了之时，选择走向了书中人物的对立一面。这种矛盾让我们对此有所区别：这部小说不是一部荒谬的作品，而是一部提出荒谬问题的著作。

陀思妥耶夫斯基的回答是屈辱，即斯塔夫罗金的“羞耻”；而一部荒谬作品不会对此给予回答。这就是二者的最大区别。在结论部分，我们要特别注意：那部小说中与荒谬背道而驰的不是信仰基督的角色人物，而是它对未来生活的宣扬。人们可能既是基督教徒也同时是荒谬之人。而且世上也有许多基督教徒并不相信未来生活。因此至于一部艺术作品，我们能够勾勒出荒谬分析的方向，而在从它开篇的寥寥数笔中我们甚至已然能够感知到这一导向。这一导向会导致“福音书的荒谬性”的问题。它使得一个反响各异的观点重新浮出水面：信念不会妨害轻信。相反，人们很容易就会发现，《群魔》一书

---

① 原注：鲍里斯·德·施莱泽(Boris de Schloezer)。

② 原注：纪德对此有着奇特而又入木三分的评语：陀思妥耶夫斯基作品中几乎所有的人物都是有着多配偶的。

的作者虽是轻车熟路，但结果去走向了一种截然不同的道路。创作者之于他的人物，陀思妥耶夫斯基之于基里洛夫，就此我们可以一言以蔽之：存在是虚幻的，也是永恒的。

瞬间的创造

因此在这一点上，我感觉到，人们无法永远避开希望，那些想摆脱希望的人会不断地为它所困扰。这就是我迄今在这些作品中所发现的有趣之处。至少在创造的王国内，我能够列出一些真正的荒谬作品。[①] 但万事必有一个开始。这次我们探讨的对象是某种忠诚。教会之所以对异端分子格外的严酷，只是因为它认为没有一个敌人会比自小就走上歧路的人更加难以对付。然而，比起一切的祷告，大胆的诺斯替教[②]之历史和摩尼教[③]潮流的持续对正统教义的建构贡献更大。稍微比较一下就会发现荒谬也是如此。人们探索那些偏离荒谬的种种小径却从而认清了荒谬的道路。当荒谬的推理趋于结论之时，荒谬的逻辑决定了立场，此时，希望将以一种最为动容的外表重新复归。这不再是无关紧要的了，因为这展现了荒谬苦修的困处。它首先就指明了永远保持警惕的重要，而这又再次肯定了本文总纲。

但是如果现在列出荒谬作品还为之尚早的话，人们至少可以得出结论，即：存在一种创造的态度而这一态度将成就荒谬的存在。而艺术创作从来没有如此顺畅地为一种否定的思想所侍奉。它隐晦而屈辱的过程对于理解一部伟大的作品就像黑之于白一样绝对必要。进行无目的的劳动和创造、用泥土进行雕刻、知晓他的创造没有未

---

① 原注：如麦尔维尔的《白鲸》。

② 译注：诺斯替教(Gnostic)，盛行于公元一至三世纪的早期基督教派。

③ 译注：摩尼教(Manichean)，公元三世纪由波斯人摩尼所创建的宗教。

来、意识到他的作品本质上不比那些历经多少世纪的建筑物更加重要而发现他的劳动一日即被毁去——这些就是带着荒谬思想烙印、不可捉摸的智慧。一边是否定，一边是放大，同时进行这两种任务便是摆在荒谬创造者面前的路。他必须赋予虚无以颜色。

这导致了艺术作品一种特殊概念的产生。长久以来，创造者的作品一直被看成是一系列孤立的证言。于是人们把艺术家和作家混为一谈。一种深邃的思想在不断地成长；它汲取了某种生活的经验，具有了它的形态；一个人其独一无二的创造同样在它连续不断、样式繁多的各个层面中得到巩固加强，从而形成了他的各种作品。它们一个接一个，相互补充，相互更正或校正对方，甚至也会相互对立。如果有什么会让创造结束的话，那不会是艺术家盲目地呼喊的胜利和幻象："我什么都说过了。"而是创造者之死，他的故去将会永远合上他的经验和智慧之书。

对读者来说，这种努力，这种超人的意识并不一定是显而易见的。人类的创造是没有口令可言的。意志创造了奇迹，但我们至少可以说没有秘密就没有真正的创造。确切一点，一系列的作品只是相同思想的一系列无限接近的衍生品。不过把它们并置在一起，人们可能会想到另一类的创造者。他们的作品可能看似相互缺乏联系，甚至相互矛盾、对立。

但是，一旦把它们放在一起，整体而观之，那么它们就会恢复天然序列。比如，它们会从死亡那里获取了自己的终极意义。它们也会从作者的生命之中获得无比灿烂的光辉。在死亡的一瞬间，作家的一系列作品只不过是一系列失败的集合。然而，如果所有这一切失败发出同样的余音，那么创造者就能够设法重现出他本身境遇的镜像，使得天空中回荡着他所拥有那些没有结果的秘密。

这里，支配的强大是不容忽视的，但人的智慧足以超越其之上。

这仅仅清晰地表现了创造自发的一面。在其他地方，我已经摆出了这样的事实，即人类唯有保持意识的意愿，而再无其他目的。但倘若人们不加以自我约束，光有这种意愿也万无可能。在所有主张耐心和清醒的学派中，创造是最有实效的。尽管这有些难以置信，但创造却也是人类至高尊严的见证：锲而不舍地反抗人的境遇、没有结果却依然坚持不懈地追求。它要求每日努力、自我克制、对真实的界限精准的估计、理解创造的衡量标准和力量。它成了一种苦修。一切“无为”而动都只是为了重复和标记时间。然而，或许伟大的艺术作品，其重要性与其说是在其本身之中，不如说是在它要求人所经历的苦难之中。这一苦难亦是一种机会，他可以以此战胜它自身的幻象并且稍稍接近他裸露的真实。

* * *

这里，我们不要犯了美学上的错误。我所要求的不是耐心地询问或无休止地阐述一个没有结果的论点。如果此前我已经表述地非常明白的话，事情恰恰相反。论点式小说，即以证明为目的的小说，是所有小说中最可恨的一种，它经常是由一个自鸣得意的思想所激发而展开的。在小说中，人们展现他们确信拥有的真理。但这些真理是某一个人所发起的观念，而这些观念与思想是截然相反的。这些创造者是哲学家，他们为自己而感到可耻。而我所提到或想象的创造者则相反，他们是清晰明了的思想家。在思想回归自身的那一刻，他们把自己作品的意象高高竖起，从而象征了一种有限而终有一死又带有反抗意识的思想。

这些作品或许证明了某种事物的存在，但是这些证据，与其是小说家为这个平凡的世界所找，不如是他们为了他们自己而寻求得到的。其本质就是这些小说家必须在实体的世界中胜出从而建构了他们的伟大。这种完全肉体上的胜利通过一种思想已为他们准备妥当。而正是在这种思想中,抽象的力量受到羞辱。小说家完全获得这种胜利的同时,肉体让创造闪耀出荒谬的光芒。于是这些嬉笑怒骂的哲学家创造出了激情四射的作品。

任何放弃统一的思想都会颂扬多样性。多样性也是艺术的发源之所。唯一要解放心智的思想就是那能够独立存在、明晰自己的局限并觉悟到终点即将到来的思想。没有哪种学说能够诱惑它。它等待着作品和生命都瓜熟蒂落的一天。而超然于这种思想,作品将再次让永远摆脱了希望的灵魂不再低声耳语。或者,如果创造者厌倦了他的行为打算掉头而走的话,那作品便会沉默不言。这二者是等同的。

* * *

因此,我要向荒谬的创造索要我曾向思想要求过的东西——反抗、自由和多样性。创造随之便会彰显出它的徒劳无功。在日常不懈的努力中,智慧和激情相互交织并相互取悦对方,而荒谬的人将会从中发现一种构成他种种力量之源的规律。这种必要的勤奋、不屈不挠的意志和清醒的意识于是酷似征服者的态度。同样,创造也是命运具有了形体。对所有这些角色而言,他们所在的作品界定了他们的存在;他们也反之至少规定了这些作品。戏剧演员教育我们:存在与表象之间是没有边界的。

我必须重申:以上的一切都不具有真正的意义。在这通往自由的路上,我们仍有亟待提升之处。这些相关的人,创造者也好征服者也好,他们的最终努力是设法从自己的事业中解放自己——承认这工作,不管是征服、爱情还是创造,它们可能都不存在从而结束任何个体生命彻底徒劳的努力。的确,这给了他们更多的自由来实现这一工作,就犹如意识到生活的荒谬会使得他们无所节制地纵声于生活一样。

剩下要讨论的就是命运了。它的唯一归宿必然是死亡。而在这唯一致命的死亡之外，一切快乐或幸福都是自由。世界乃存而人是其唯一的主宰。束缚着他的是另一世界的幻象。他的思想止于否定而最终活跃在意象之中。思想的嬉戏当然是在神话之中，不过这些神话的深刻之处便在于人类的苦难。而像思想一样，它们不可穷尽。寓言神话不是嬉戏和盲目的产物，它们具有人的面貌、姿势和情节。这其中概括了一种难以理解的智慧和一种转瞬即逝的激情。

西西弗斯遭受了天谴

西西弗斯遭受了天谴，诸神命他日夜无休地推滚巨石上山。到了山顶之时，巨石会因自身的承重而滚落。出于某种缘由，他们认为，没有比徒劳无功和毫无指望的劳役更为可怕的刑罚了。

依荷马之言，那西西弗斯乃世上最聪颖明达之人。然而，另一种传说却称，他干的是拦路抢劫的营生。我倒是觉得这两种说法并无矛盾之处。至于他为何被打入阴曹地府做起那无望的苦役，却一时众说纷纭。首先，有人指责说，他对待诸神略显轻浮并偷走了他们的秘密。河神伊索普斯之女伊琴娜为朱庇特[①]所掳。作为父亲，伊索普斯对此极为震惊，乃向西西弗斯诉苦。西西弗斯知道这桩诱拐案的原委，便以河神向科林斯的城塞给水为交换，表示愿意说出真相。他喜欢水的恩典，远胜过天上的雷霆。但因为他泄露了天机，所以被打入了地府受苦。荷马也告诉我们，西西弗斯曾一度给死神套上了镣铐。冥王普路托不甘地府黄泉的一片荒凉寂静，于是派遣战争之神，把死神从她征服者的手中救了出来。

---

① 译注：朱庇特(Jupiter)，希腊神话中的主神。

也有人说，西西弗斯在行将就木之际，轻率地想出一个法子考验妻子的爱情。他命令她不得将他的遗体下葬，而是将它扔到广场的中央。西西弗斯在地府醒来，对这有违人间情爱的顺从十分恼怒，于是他征得了普路托的同意，重返人间来惩罚他的妻子。但是当他重拾这地上的景色，领略过阳光与河水，轻抚了石头的温暖和大海的波涛，便不愿再回到那阴森可怖的地方。冥王的召唤、愤怒和警告，他一概置之脑后。面对着蜿蜒的海湾、闪烁的海洋和微笑的大地，他又活了好些年。诸神于是下达了律令。神的使者赫尔墨斯被遣来，他一把抓住了这个轻率之人的衣领，把他从乐不思蜀的境界中硬生生地拖了出来。而回到阴间之时，那里已为他备好了一块巨石。

你已经明白了，西西弗斯便是这荒谬的英雄。确实如此，无论就他的激情还是他所受到的苦刑而言，他就是一个荒谬的人物。对诸神的嘲弄、对死亡的愤恨以及对生命的激情，这些为他赢得了无以言表的刑罚。这刑罚使他耗尽全力而无所得。这是热爱尘世而必须付出的代价。至于地狱里的西西弗斯，我们无从得知。神话是专为想象量身定做的，后者进行润色并将生命的气息赋予了前者。在这个神话中，我们只是看到了一个人用尽全身力气推起巨石，一次又一次地沿着斜坡把它滚上山顶；我们看见了他扭曲的脸、紧贴巨石的面颊，肩膀一力承受着这沾满泥土的庞然大物；也看见了他双脚深陷入泥泞中，双臂展开重新开始推动巨石以及那双泥泞的手支撑了全身的安危，直至以飘渺的空间和无底的时间才能量度的尽头。漫长而辛苦，目的达到了。然后，西西弗斯眼睁睁地看那巨石以迅雷之速滚下山去。而他则必须将这块巨石重新推向山顶。于是他再度朝着山下走去。

正是西西弗斯这山巅伫足回首的片刻使我对他萌生了兴趣。一张如此紧贴巨石的面孔，本身已化为僵石！我看到那人托着沉重但规律的步子走下山去，走向那永无止境的苦难。那喘息的一刻，如同他的苦难一般确凿，将永复，那一刻也正是他恢复意识的一刻。每每离开山顶，逐渐深入诸神的居所之时，他便超越了命运。他比那撼动的巨石还要坚强。

如果说这个神话具有悲剧色彩，那是因为它的主人公是有意识的。倘若他每跨出一步都有成功的希望支撑，那么他的苦刑还算什么呢？今日的工人毕生都在劳作，每日进行同样的工作。就荒谬而言，他们的命运与西西弗斯相差无几。然而只在偶尔当它成为有意识的劳作，悲剧才浮现出来。西西弗斯，诸神脚下的无产者，无权无势却桀骜不驯，他完全清楚自己的悲惨境遇：在他下山之时，他便进行如此的思考。清明构成了他的痛苦，同时也给他加上了胜利的冠冕。轻蔑，一切命运无不在它脚下臣服。

* * *

下山时，他若偶尔悲伤，那他也必有愉快之时。这不是言过其实。我再度幻想西西弗斯回到千钧巨石之处，他的悲伤也再次开始。当尘世的景象与记忆紧紧相缚之时，幸福的召唤频频相催之机，忧郁之感便从人的心灵深处油然升起：这就是巨石的胜利，这就是巨石的本身。无尽的悲痛沉重得难以负担。这就是我们的受难夜。① 然而，一旦我们认识到这一点，沉重的真实便破碎无存。因此，俄狄浦斯在一开始便不知不觉地顺从了命运。但是从他知道的那一刻起，他的悲剧开始了。而与此同时，在失明和绝望的那一刻，他意识到联系他与世间唯一的纽带就是一个女孩冰冷的手。他于是道出一句惊人之语："纵然历经如许磨难，盖吾之垂暮与灵魂之尊崇，吾必有所得：一

① 译注：客西马尼之夜(nights of Gethsemance)，客西马尼，福音书中所说的耶稣受难之处，位于橄榄山下。耶稣在此作最后的祷告后，于次日被犹大出卖。这里采取的是意译。

切皆善。"因此，索福克勒斯的俄狄浦斯，和陀思妥耶夫斯基的基里洛夫一样，为走向荒谬的胜利指出了诀窍。先贤的智慧与现代的英雄主义不谋而合。

人们不免要付诸笔墨，写一本幸福指南，之后便可悟出荒谬的精髓。"什么！以这么狭窄的方式——？"然而，这里唯有一个世界。幸福与荒谬是同一块土地的双生子。他们形影不离。若说幸福必然产自荒谬的发现，那可能有误。荒谬之感亦有可能来源于幸福。"我的结论是一切皆善。"俄狄浦斯如是说。这一说法圣洁凛然。它回荡在人狂野而狭窄的宇宙之中。它教训我们道，一切都不曾，也从来不会穷尽。它将那个带来不满和无谓苦难的神祇逐出了凡间。它把命运变成了人的事务，必须有人类自己来决定。

西西弗斯一切无声的喜悦均包容于此。他的命运属于自己，那巨石也为他所有。同样的，当荒谬之人思索自身的痛苦之时，一切的偶像形同泥塑。当宇宙间突然恢复了往日的宁静时，世间无数诧异的细语便纷然而起。下意识的秘密呼唤、来自八方面孔的邀请，这些就是胜利必然的逆转和代价。有光必有影，我们必须认识夜晚。荒谬的人对此必会首肯，他的努力将夙夜匪懈。倘若个人的命运存在，那就不会有更高一等的命运。或，即使有，那也只有一种他认为是不可避免且可鄙可憎的命运。至于其他的一切，他知道自己才是一生的主宰。他人回首人生旅程之时，在那曼妙的一刻，西西弗斯则回到巨石旁，那微小的枢轴上，他思考着那些一串毫无联系的行为，这些行为由他产生，却构成了他的命运。这些命运的细流在他记忆的审视之中汇集而成，不久也因他的死亡而缄默。于是，他相信，人事百般，其原委皆源于人，因此一个盲人渴见天明，虽然尽知长夜漫漫，他仍坚持不懈。那巨石似乎也在轰轰作响。

就让西西弗斯留在山脚下吧。一个人总会再次发现他的重荷。

但西西弗斯教会我们以更高的忠诚否定诸神，举起重石。他也下结论说，一切皆善。对他而言，这没有主宰的宇宙既不贫瘠，也不徒劳。那石头的每一个原子，夜色朦胧的山峦上的每一片砾岩，它们本身便是一个世界。推石上山此种挣扎本身已足以让人心底充实。我们应该认为西西弗斯是快乐的。

附录：卡夫卡作品中的希望与荒谬

卡夫卡的整个艺术需读者反复诵读。他的作品，或有结尾，或无结尾，都包含了某些缘由。但这些缘由并不是以明晰的语言写在书中，读者需要从另一个视角重读故事方可体会这些看似合理的东西。有时同样的文本还可能有两种不同的阐释进而要求读者阅读再三。这正是作者想看到的。然而如果有人竭力咀嚼卡夫卡作品中的种种细微之处，那就走上了歧途。象征总是泛泛而言，无论它的字面翻译多么精确，艺术家也只能还原出它的轨迹而已：逐字逐句的释义是不存在的。而且最难理解的莫过于一部象征作品。一个象征往往超越了使用者，并且事实上，使用者会在无意识中表达更多内容。在这一点上，要抓住象征意义，最确定无疑的办法就是不要去触发意象，不要带着先入为主的态度阅读作品，更不要试图寻找文中隐藏的暗流。卡夫卡的作品尤为如此，因此我们不如欣然接受他的种种规则，由外而内地走近他的戏剧，由表及里地理解他的小说。

对于较为随意的读者而言，这些戏剧小说，乍一看，似乎描述了种种令人不安的游历，那些浑身战栗却不知疲倦的人物随着故事的发展试图求解一些作品尚无明确阐述的问题。在《审判》中，约瑟夫·K获了罪，但却不知罪名如何。毋庸置疑，他希望为自己辩护但却不知从何说起。律师们也觉得他的案子棘手难办。在此期间，他没有漏过任何一次去爱、吃饭或是读报纸的机会。然后他便站在了被告席上,而法庭光线昏暗不明。他一点也不理解。他只是推测他被认定了有罪,但几乎想不起具体的罪名。他时常也在怀疑,并带着这种疑惑继续生活。一些天以后,两位衣冠楚楚的绅士找到了他并很有礼貌地邀请他一起散步。他们更是殷勤地把他带往了一个废弃的郊外,抓住他的脑袋往石头上磕去,最后还撕开了他的喉咙。临死之时,这位有罪的人仅仅只是说了一句,"像狗一样。"

你会发现,这很难称得上是故事中的象征,象征最显见的特征恰恰就是自然性。但是,自然性是一个难以理解的范畴。有些作品,故事情节读者看似很自然。也有些作品(确切的说,是极少的作品),其故事中的人物认为发生在他身上的事情是极为自然的。一个古怪而又显而易见的对立矛盾就是,故事人物的经历越异乎寻常,这个故事的自然性就越容易为我们所发现。它与我们所感到的离异成正比,而这种离异是一个人对生活的陌生与他接受这种生活的直率之间的矛盾。似乎,这种自然性是卡夫卡式的。准确地说,有人十分清楚地认识到了《审判》的意义。我确信有人提到过人类境遇的意象。然而这种概念既简单又复杂。确切的说,对卡夫卡来言,这本小说别具深意。从某种程度上来看,K 是那个一直在喋喋不休的人,而他倾诉的对象甚至是我们的读者。他活着,犯了罪。在小说的前几页,他就了解到了这一点。这个世界中他也一直在追寻这一点。然而一旦他力求适应,他丝毫不惊奇自己能够做到。自己缺乏惊奇之感,而对此,K 从来也没有表现过足够的诧异。正是通过这种矛盾,我们捕捉到了这部荒谬作品最初的种种迹象。心智投射在实体世界中的是它的精神悲剧。它之所以可以做到这一点,是因为一个永恒的悖论,后者赋予了色彩表达虚无的能力,给予了日常行为转化不灭壮志的力量。

同样，或许《城堡》一书就是某种信仰的实践产物，但它首先是一个灵魂追求它的优雅而走过的历史，也是一个人向世界万物追问他们高贵的秘密，向女性们诘问沉睡在她们心中诸神的记录。当然《变形记》进而代表了清醒的某种准则所具有的恐怖意象。而当人意识到自己可以轻易变成野兽时，他所产生的这种难以预料的错愕和震惊也成就了这本书。在这种本质的模糊之下就隐藏了卡夫卡的秘密。在自然和超然之间、个人与宇宙之间、悲剧与每日之间以及荒谬与逻辑之间，人在其中的犹豫和摇摆贯穿于这部作品之中，这就回应和赋予了《变形记》以意义。为了理解这部荒谬的作品，我们必须一一历数这些似是而非的悖论，强化其中的对立矛盾。

诚然，象征具备了两个层面并形成了两个由观念和情感组成的世界以及一本联系双方的字典，但这本字典纷繁复杂、不便查找。然而觉悟到这两个世界对峙的存在就相当于走上了揭开他们秘密关系的道路。在卡夫卡的书中，这两个世界，一方就是平日的生活，而另一方就是超自然的焦狂。① 这里，我们又看见了尼采之语的无休止重现："伟大的问题总是出现在街上。"

人类的境遇彰显了一种本质的荒谬和与之难以共处的高贵（所有的文学都是如此）。它们不期而遇，我们则谓之自然而然地发生。我要再次强调：这二者也隐含在了我们精神上的放纵和肉体上瞬间愉悦间的荒唐背离之中。这荒谬之事就在于身体必须过度地超越灵魂。任何想表征这种荒谬的人都必须给与荒谬以生命，让它历经一系列相似的对比。于是卡夫卡用平日诠释悲剧，用逻辑比照了荒谬。

一个演员灌注在悲剧角色的力气越多，他越是谨慎小心，尽量不

① 原注：值得一提的是，卡夫卡的作品亦可以从社会的角度予以合理的剖析（如《审判》）。甚至我们可能都没有必要去刻意去选择文本。这两种分析皆可行。正如我们所看到的，从荒谬的角度上讲，反抗人类也是针对了上帝：伟大的革命总是形而上的。

去夸大。如果他的举止得体，那么他所激发出的恐惧就会让观众有所失态。在这一方面，希腊悲剧富于教训。在希腊的悲剧作品中，命运总是伪装在逻辑和自然性之中并自我感觉良好。我们预先就得知了俄狄浦斯的命运。他将犯下杀人和乱伦之罪，这在冥冥之中就已经注定了。而戏剧则努力展现了其内在的逻辑架构，即它是如何一步一步引诱主人公走上灾难之路的。它若仅是告诉我们他的命运异乎寻常，这也不吓人，因为我们知道故事是不合常理的。然而如果在每日生活、社会城邦以及熟悉的情感框架中表现出了故事的必然，那么这种恐惧就值得我们顶礼膜拜了。在那反抗命运的斗争之中，人们会被震撼并高呼："那是不可能的。"而绝望的一丝必然就深藏在"那里"。

这就是希腊悲剧的全部精髓，也至少反映了它诸遭面貌的其中一种。因为，它还存在另一种与之相反的风貌。这种风貌会帮助我们更好地认识卡夫卡。人的内心中还有一种讨厌的倾向，即只把所有压倒命运的东西标识为命运。幸福同样是莫名的，因为它不可避免。然而现代人无法意识到这一点，于是便对幸福大加赞赏。反过来，希腊悲剧中那些高贵的命运和那些传说故事中的宠儿是他们无以复加的焦点。如尤利西斯。无论环境有多么的险恶，他总能化险为夷，但只是归返伊萨卡岛①却不是那么一帆风顺。

我们都必须牢记，每一个故事都是逻辑推理、日常生活与悲剧的秘密合谋。这是为什么《变形记》的主人公萨穆沙只是一个行脚商人的原因，为什么在他的奇异之旅中让他惶惶不安的是他老板对他的愤怒而不是变化成虫。他长出了许多小腿和触角，他的脊椎高高拱

---

① 译注：伊萨卡岛(Ithaca)，希腊西海岸附近爱奥尼亚海中的一个岛屿，为希腊神话中奥德修斯的故乡。

起，肚子上浮现了白色的斑点——我不敢说这不让他感到诧异，因为这样的话就冲淡艺术渲染——但这只是让他“稍稍有些烦恼”。卡夫卡的艺术作品在此与其他小说有了区别。他的核心之作《城堡》中，每日的生活细致入微，让人眼前一亮，而是这本怪异的小说却没有给出任何结论。故事一切又周而复始，回到了起点。这本小说本质上展现了灵魂追求其高洁尊崇之气的历程。将问题转化为行动，特殊与一般的巧合，这些小把戏也出现在了每位大家之作中。《审判》的主人公或许曾被称为施密特或弗兰兹·卡夫卡，但现在他是约瑟夫·K。他只是个普通的欧洲人。他和大家别无二异。但是他也是实体的K，是这个肉体等式的未知数x。

同理，如果卡夫卡要想表现荒谬，他就会利用前后一致性。你一定知道疯子在浴桶里钓鱼的故事：一个精通心理治疗的医生曾问他，“是否鱼儿在咬钩”，结果却得到了一句刺耳的回答：“当然不会了，你这个笨蛋，这是浴桶！”这故事有点巴洛克式[1]的风格。但是在这个故事中你可以清楚地发现荒谬的渲染与过度逻辑之间的联系。卡夫卡的世界是一个难以表述的真实宇宙，在此之中，人可以在享受到明知无所得、却依然浴桶边垂钓的痛苦。

因此这里，我认识到作品其荒谬也体现在了它的创立原则上。比如就《审判》而言，我确实要承认这是一大成功之作，因为肉体胜出了。

书中不缺乏任何荒谬的元素，有无法表露的反抗（这显现在文字之中），有清醒的神志和无言的绝望（这表述在内容之中）。但更令人惊讶的是，小说中的人物均展示了各种自由的风尚，他们把这些风尚

---

① 译注：巴洛克风格（baroque），17、18世纪欧洲盛行的一种建筑、音乐和艺术风格，以华丽的细节为著称。

一直保持到了终极的死亡来临之时。

* * *

然而这个看似封闭的世界并不是滴水不漏的。卡夫卡正打算向这个停滞不前的宇宙中引入另类的希望。这一点上,《审判》和《城堡》的方向不尽相同但它们互为补充。这两本书,从一本到另一本之间,希望的转变几乎是察觉不到的,从而代表了人们在逃避领域上取得的巨大成功。从某种意义上说,《审判》提出了问题而《城堡》给与了解决。前者以一种半科幻的方式进行描述但未能给出结论。而后者则从一定程度上解释了前者。《审判》进行诊断,而《城堡》则设想了一种治疗方法,但它所提出的补救措施却无法治愈前者的疾痛。它仅仅是将这种疾病送还给了正常的生活,从而帮助人们接受它的存在。从某种程度上说(我们可以想想克尔凯郭尔),它使得人们把这疾痛视为珍宝。土地测量员 K 想象不出此外其他的任何焦虑能让他如此痛苦。他周围的人对这种虚无和无名的痛楚情有独钟,仿佛这里苦难是享有特权的人才有的。弗丽达对 K 说,"自从认识你以来,我感到多么需要你。没有你的日子,我非常的孤单。"这种难以描述的疗法把爱情当成了凌驾于我们之上的东西,并在平和的世界中让希望一跃而起,使这种突如其来的"飞跃"改变了万物的原貌,于是这既成为了存在主义革命的秘密,也成为了《城堡》本身的核心所在。

就小说的建构而言,很少有比《城堡》更为严谨的小说了。K 是以土地测量员的名义来到了村庄,准备丈量那个不知名的城堡。但是村庄和城堡之间并无沟通。在数百页的小说中,K 不屈不挠追寻着他的方式,不断地向着目标前进。他机关算尽,依然微笑如常。他有些不安,但是保持着善意,并极力完成他人托付的责任。每一个章节既是一个新的挫折也是一个新的开始。小说的逻辑欠佳但写作手法却一致连贯。坚持不懈构成了作品的悲剧性。当 K 向城堡里打电话时，他听到的是疑惑且混杂的人声、模糊不清的笑声以及远处的挑逗声。这足以挑起了他的希望，就如同夏日天空中些许迹象或夜空种种憧憬给了我们以生的理由一样。这里，我们会发现卡夫卡特有的秘密忧郁。事实上，普鲁斯特的作品或普罗提诺的风景画中也均有相同的发现——对失落天堂的留恋之情。“当巴纳巴斯今天早上告诉我他将去城堡的时候，”奥尔加说到。“我非常地沮丧：这可能是趟徒劳的旅行，可能又浪费了一天，可能希望又要落空。”

“可能”——在这一个词上，卡夫卡赌上了他的所有作品。然而奇迹并没有出现：追寻永恒的旅程依然一丝不苟地进行着。卡夫卡笔下这些的人物为我们展示了一幅幅逼真的图画。如果我们失去了娱乐消遣[①]，完全被置于神明的羞辱之下，我们也会和它们别无二致。

《城堡》，屈服于每日的生活成了一种道德准则。K 的最大心愿就是希望城堡能够接受他。由于无法独自完成这一心愿，他便极力迎合上，努力成为了村庄的一员并失去了陌生人的地位，这原本是他从每一人身上感觉到的东西。他想得到的是一份工作、一间房和一个健康的寻常之人所拥有的生活。他无法忍受自己的疯狂。他想变得理性起来。他想打破那个专门为他所施的咒语，不想成为村中的陌生看客。在这一点上，他和弗丽达的故事就显得意义非凡。这个女人认识城堡中的一位官员，因此如果他把她纳为情妇，那么这完全是因为她的过去。这使得我们想起了克尔凯郭尔对雷吉娜·奥尔森的秘密爱恋。对某些人来说，耗尽他们生命的永恒之火足以灼伤那些他最亲近的人。这致命的错误就在于他们给了上帝一些不属于上帝的东西，而这个主题同样包含在了弗丽达的故事之中。但在卡夫

① 原注：《城堡》中，帕斯卡式的“消遣娱乐”是由 K 的助手们所展现的。他们想让处于焦躁之中的 K“娱乐”一下。如果弗丽达最终成为了其中某个助手的情妇，那么这是因为她想过上每日真实的生活，与人共同分享痛苦。

卡看来，这似乎并非是一个错误，而是一种学说和一个“飞跃”：一切皆为上帝所有。

更为重要的是，这位土地测量员为了接近巴纳巴斯姐妹而与弗丽达分了手。因为，巴纳巴斯一家是村里唯一一个同时被城堡和村庄彻底抛弃的人家。大姐阿玛丽娅，回绝了城堡里一位官员的无礼求婚，随之便被一种不道德的诅咒缠身，失去了上帝的宠爱。因为人无法将人的尊严完全依托给上帝，所以这就意味着他与他的高贵优雅不相称。这里，你会发现一个存在主义哲学熟悉的主题，即真实与道德的对立。从这一点上看，事情远没有那么简单。因为，无论是弗丽达卡还是阿玛丽娅、这些卡夫卡笔下的主人公所追寻的道路正是那条从相信爱情到把荒谬奉若神灵的道路。卡夫卡的思想于是再次与克尔凯郭尔的交汇到了一起，所以作者把“巴纳巴斯的故事”置于了书的最后，这一点毫不奇怪。土地测量员最后一次的尝试就是想通过否定上帝的方式来发现上帝、取信于他。他没有通过我们概念中的美德和善行打动上帝，而是以发掘上帝空洞而鲜为人知的一面，如他的冷漠、偏袒、愤恨，以此来认识上帝。此时的他已被疯狂的希望支配，为了竭力进入那神性优雅的荒漠，他对自己不再忠诚如一，他放弃了道德、逻辑和知性。那个曾要求城堡接受他的陌生人在旅程的尽头反而离他的目标更加遥远了。①

* * *

“希望”一词用在这里并非荒诞不经。相反，卡夫卡把人的境遇描述得越富有悲剧色彩，希望也就变得越坚定、越具侵略性。《审判》愈是真实荒谬，《城堡》的激情“飞跃”就愈是看似让我们动容、让我们

① 原注：考虑到卡夫卡在《城堡》中给我们留下了尚未完结的故事，这一点是不言自明的。但让人不解的是，这样做，作者在终章部分就破坏了小说的统一性。

感觉不可思议。然而，这里我们又发现了存在主义思想悖论的纯粹体。例如，克尔凯郭尔对此曾有所表述："尘世间的希望必须湮灭；而那时，人们才会被真正的希望所救赎。"[①]在这里，这种观点又转化成了："人必须先写下《审判》再着手《城堡》。"

诚然，那些提到卡夫卡的人，他们中的绝大部分把他的作品定义为"人类走投无路时所发出的绝望呼喊"，但这里我们重新审视这种看法。其实他的作品中存在无数的希望。据我所知，亨利·波尔多[②]的乐天派作品看起来独有一种沮丧。这是因为他的作品对万物皆无所区别，而马尔罗的思想则相反，它一扫阴霾之气。但他们二人作品所争论的希望（或绝望）却不尽相同。我只是发现荒谬作品本身可能导致我极力避免的不忠。荒谬作品曾为人类无果遭遇的苍白再现，并明确颂扬了短暂之生命，而在这里它化身为摇篮，孕育了种种幻念。它对此的解释是它赋予了希望以形体。创造者无法将其置之度外，而它也并非那个昔日的悲剧游戏。它使得卡夫卡的生命具有了意义。

奇怪的是，卡夫卡也好，克尔凯郭尔也好，甚至是舍斯托夫——简言之，这些旨在揭示荒谬之神和它诸遭影响的存在主义小说家和哲学家——与他们相关的灵感之作从长远看，均不约而同地高呼希望的出现。

他们拥抱这位即将吞噬他们的神祇。正是他们的谦卑召唤了希望。因为，这一荒谬的存在让他们多少相信了超自然的现实。倘若这一生命之旅将通往上帝，那么这毕竟也是一种结局。而克尔凯郭尔、舍斯托夫和卡夫卡笔下的人物在他们各自的人生之旅中所展现

---

① 原注：心灵的纯粹。

② 译注：亨利·波尔多（Henri Bordeaux），1870—1963，法国作家，传统主义流派的代表人物之一，法兰西学院院士。

出的不懈与坚持便是为那种必然的提升提供了担保。①

卡夫卡拒绝将道德、实证、美德和连贯托付于他的神，这么做只是为了使自己更好地投入到后者的怀抱之中。认识荒谬、接受荒谬，然后委身于它。然而我们知道，从委身的那一刻起，荒谬就不再是荒谬了。鉴于人类境遇的种种局限，又有何种希望比那允许人们逃出生天的希望来得伟大呢？正如我再次看到的那样，在这方面，存在主义思想宛如浩瀚的希望之海中的一叶孤舟（这和当今的观点恰恰相反）。在早期的宗教时代，正是这希望随着佳信的频传点燃了古之世界。然而，若以一切存在主义思想所独有的飞跃，以他的不懈与坚持，人在纵览已无遮掩的神性之后怎么会看不到其中清醒自我否定的标志呢？他仅仅把这称之为是人的高傲为了自我救赎而退出了王座。这种自我否定应该有所产出，但这却改变不了人高傲的本性。但在我看来，仅是像一切高傲一样，称清醒的道德价值是无效的，这种做法无法使之磨灭。因为真实，就其定义而言，同样是无结果的。所有的事实也是这样。在一个万物皆已给出而却不加以解释的世界中，价值或形而上学的多产性只是个意义尽失的概念。

无论如何，你在这里都会发现卡夫卡的作品在何种思想传统中具有了一席之地。若是把从《审判》到《城堡》的这一转变看成是不可避免，那么这倒不失为是英明之举。约瑟夫·K和土地测量员K不过是吸引卡夫卡的两个极点而已。② 我应该模仿他的口气说，他的作品可能并非荒谬之作。但这不应阻碍我们看到作品的高贵和普遍性。卡夫卡成功地表现了平日中众生从希望到悲伤，从绝望的智慧

① 译注：阿玛丽娅是《城堡》中唯一不抱希望的人物。她和土地测量员K形成了极为鲜明的对比。

② 原注：就卡夫卡思想的这两个方面而言，比较一下在《南方杂志》(*Les Cahiers du Sud*)（以及美国《党派评论》——英译者注）上发表的《在流放地》："毋庸置疑，（人是）有罪的"和小说《城堡》的片段（莫墨斯的报告）："土地测量员K的罪行难以成立。"

到刻意迷茫的过程，高贵和普遍性这二者也自此而生。他的作品具有普遍性（真正的荒谬之作并非如此），因为他的作品描绘了感情激动、令人动容的众生之相：他们逃避人性，从诸遭对立矛盾中获得信仰的理由，从内涵丰富的绝望中汲取希冀之光；他们带着恐惧高呼：生乃死的过渡。这就是普遍性，因为它的灵感来源于虔诚。正如笃信一切宗教一样，人们从中摆脱了自身生命的重荷。但即使我知道普遍的存在，即使我可能甚至对它顶礼膜拜，我也很清楚，我之所求并非普遍而是真实。二者或无法同时出现。

我若是说，真正无可救药的思想仅是碰巧被与之相反的准则所规制而悲剧作品可能是一部描写人类放逐一切未来希望之后的快乐生活，那么以上这种特别的观点就更好理解了。生活越是激动人心，那失去这种生活的想法就越荒谬。这也许就是我们在尼采作品所感到高傲和无望的秘密之所在。以此看来，尼采似乎是唯一从荒谬之神那里获取了某种极端美学并加以演绎之人，因为他的最后之语充斥了他的无望，却又带着征服者的清醒并以此坚决否定了任何超自然的慰藉。

尽管如此，前文的论述足以说明了卡夫卡在本文架构中的关键地位。这里，他向我们展现了人类思想的局限之处。就其完全的字面意义而言，我们可以说，他作品的一切都是至关重要的。无论如何，它提出了这个荒谬的问题。若是把这些结论与我们起初的论述、把内容与形式、把《城堡》的隐含意义与使其成型的自然艺术以及K的激情高傲之旅与每日生活的场景放在一起加以比较的话，那么我们将意识到它可能的伟大之处。因为，如果对往日的留恋之思是人类的印记，那么或许还无人给过这些悔恨的幻影以血肉之身。而与此同时，我们将会感觉到荒谬作品所需要的那种独特的高贵，但在这里，我们可能也无法找寻到它的身影。如果艺术的本质是一般与特殊的结合，是一滴水珠落下的瞬间永恒与其光影之美的依恋，那么凭借他所展现出的这两个世界的距离来判断这位荒谬作家的伟大，这种方式将更加真实。他的秘密在于他能够捕捉到这两个世界极度不成比例之时所交汇的那一点。

老实说，心底纯净之人到处都会发现这种人性与非人性交汇的几何轨迹。如果说浮士德和堂吉诃德是艺术创作的杰出代表，这是因为他们用尘世的双手向我们指出了无限崇高之处。而总有一刻，心智将否认这双手所触及的真实。那一刻起，这一创作就不再被看成是悲剧之作：人们仅仅会严肃地对待它。于是人们思考希望的存在。但这并不是他应该做的。他应该远离欺骗与谎言。然而，我在小说结尾之处，卡夫卡对整个宇宙发出强烈诉求之中发现的只有这么多。卡夫卡的裁定也是难以置信的：在这个丑陋而颠倒的世界，即使是籍籍无名的鼹鼠也应该勇敢地希望未来。①

① 原注：很明显，上述的内容便是对卡夫卡作品的阐释。但为了不失公允，我们还有需补充一点：在种种其他的阐释之中，我们也完全可以从纯粹的美学角度分析这部作品。例如，B·格罗图森(B·Groethuysen)要比我们巧妙许多。他给《审判》写了一篇相当出色的序，而文中他仅仅阐述了他称之为无限憧憬之人种种痛苦的幻想。这本小说描述了一切却没有因此而加以肯定。这是命运或许也是小说的伟大之处。

艺术家与他的时代

阿尔及尔之夏

致

雅克·欧尔贡[1]

我们对某个城市的挚爱往往是秘密的爱。有着古老城垣的市镇，如巴黎、布拉格，甚至佛罗伦萨这样，总是自固封畛，因此它们拥有的世界十分有限。但是阿尔及尔（连同其他被眷顾的城市，比如那些海边城市）就像是人的嘴巴或伤口，面朝着苍穹。在阿尔及尔，寻常的事物更可爱：街道尽头的海洋、一抹阳光亦或是脚下澎湃的急流，还有城市一如既往散发出的那种无所顾忌的神秘芳香。人在巴黎会渴望天空和飞翔的翅膀。而在这里，至少他会快乐地许愿，了解自身的渴求，最终斟酌他的所有。

想了解自然予人的慷慨之丰，你可能不得不在阿尔及尔住上一阵。对任何渴求知识、自学自修或提升自我的人来说，这里空空如也，这个国家亦无课可授。这里没有遮掩，你一眼望去，便看个通透。阿尔及尔不介意你的一瞥，相反的，它会向你展现它的博大和广袤广阔。它的美会完全展现在你的眼前——在你了解到这一点的那一刻起，你就会沉迷于其中。这种愉悦不可救药，这种快乐压倒一切。想

① 译注：雅克·欧尔贡(Jacques Heurgon)，加缪的挚友。

理解这种美，首先需要具备极具洞察力的灵魂——即无需慰藉的心灵。它要求为人处事光明磊落且充满信仰。陌生的国度啊，给人带来的既有光彩也有苦楚！对出生于此且有些敏感的人来说，感官上的丰富应与物质上的极度匮乏并存。这一点不奇怪，真理从来都会带有一丝苦涩。那么如果我喜爱这个国家又怜爱这个国家中低层的人民，又有什么值得惊讶的呢？

正值青春年少的人们会发现这里的生活和他们的美丽成正比。后来，渐渐的，生活开始下坡，变得难以捉摸起来。他们赌上了血肉，尽管知道必输无疑。在阿尔及尔，年轻富有活力的人们随时随地都能寻觅到庇护和快乐：沙滩、阳光、海边阳台的玩乐游戏、充满鲜花和新奇的体育场以及细腰长腿的姑娘。但是对那些青春不再的人们，这里遍地哀愁、无可眷恋。

其他地方，如意大利的梯田景园、欧洲的修道院或是普罗旺斯的群山侧影——所有这些地方，人们能够远离本我，在轻柔中解放自我。然后阿尔及尔一切的一切只有寂寞和年轻人的热血。老迈的歌德临死之时呼喊光明，历史皆为之一振。而在贝尔库和巴勃圣乌尔德[①]，老人们则坐在咖啡馆的深处，听着头发梳理整齐的年轻人高谈阔论。

阿尔及尔，夏天把人生的起点和终点展现给了我们。这几个月，城市里空无一人，然穷人依然，青天恒在。我们加入了前者的队伍中，和他们一起去了港湾，奔向男人们的珍宝：温和的海水和女人们古铜色的身躯。夜晚，餍足的人们铺开油布，点上油灯，他们毕生的布景便是如此。

在阿尔及尔，没有人说“去游泳吧”，他们只会“尽情地畅游一

① 译注：贝尔库(Belcourt)、巴勃圣乌尔德(Bab-el-Oued)，均为阿尔及尔的城区。

番”。意思很明显：人们在港湾里游泳，在浮标的地方休息。如果有个可爱的女孩在浮标上晒太阳，任何一个正巧接近浮标的人都会向他的朋友喊道，“我告诉你们这里有只海鸥。”这些是健康的消遣活动。显而易见，这些活动构成了年轻人的理想，因为在冬季，这些年轻人中的大部分依然过着同样的生活——每日正午在阳光下脱去衣服，享受一份简单的午餐。这不是因为他们读过裸体主义者无聊的戒语，亦或是新教徒的肉体论（新教徒们对肉体有着一套理论，不过这种理论和他们的精神论一样索然无趣），而是因为他们只是“觉得在阳光下很舒服”。我们决不能低估这种风俗对我们纪元的重要影响。两千年来，这是第一次裸露的身体出现在了海滩上。两千年来，男人们一直力求给希腊式的傲慢和天真找回一丝体面，力求减少肉身的裸露，让着装复杂化。如今，尽管那段历史赫然在目，地中海的海滩上追逐的小伙子们依旧重复着得洛斯岛①上运动健儿的姿势。因此，生活在众多的肉身之中，又经历着个人身体的变化，人会意识到身体有着属于它自己的内涵和生命，遭遇一些愚蠢的行径，也会形成独有的心理。② 身体的进化，如同思想的演变一样，有着它自己的历史、沉浮、进步和不足。然而，其特别之处在于肤色的变化。夏天，你若频繁光顾海滩，便会意识到所有的皮肤都在经历着一样的转变，从白色到金色，从金色到黄褐色。最终的烟草色便是标志了这一转变中身体所能的极限。卡斯坝③，白色方块状的城堡林林总总，矗立

① 译注：得洛斯岛(Delos)，爱琴海中的希腊小岛，相传是阿波罗和阿尔忒弥斯的诞生地。

② 译注：我能否借这个机会表达一下我的浅薄之见吗？我不喜欢盖德(Gide)的肉体之颂。他提倡克制欲望而使肉体变得更加敏锐，因此他岌岌可危，逐渐成了那些在青楼小曲中被称为思想复杂者或脑力劳动者的人。原注：基督教也希望禁欲，但它多是出于抑制戒嗔的本性。我的好友文森特，修桶匠兼初级蛙泳冠军，对此有着更加清晰的看法。他若是口渴就会大口喝酒，若是看上了哪家的闺女就想方设法和她上床，若是爱上了她就会娶她（现在还没有出现过）。过后，他总会说：“我感觉好极了。”这句话犀利精辟，一语带过了任何因餍足而产生的歉意。

③ 译注：卡斯坝(Kasbah)，阿尔及尔的旧城区，十世纪时，由阿拉伯人和柏柏尔人共同建立。

在港湾的远处。当你处在水平线位置,在以阿拉伯城镇为背景的鲜明衬托下,你会发现这些人体为其镶上了一条古铜色的饰带。随着八月一天天地过去,太阳也在变大,白色的房宅更加炫目,人的皮肤则呈现出了更加温暖的暗色调。那时候,配合着阳光和季节,人们怎么会不去参与礁石和肉身的对话呢?整个早上要么潜泳、要么戏水吃笑、要么在红黑相间的货船旁激情划桨(挪威的货船带有木材的芳香,来自德国的货船油腥味十足,而在海岸线上起伏的船只则混杂着酒香和老酒桶的霉味)。当阳光从天空的各个角落无限溢出之时,满载棕色肉身的橙色独木舟已经载着我们拼命地往家的方向赛跑。双桨整齐划一,桨翼光彩夺目。突然,这一节奏被打断,我们已缓慢滑行在内港的静水中。此时,我怎会不感到我是在平静的海域上为一船神祇导航呢?这些野蛮的神祇,我却认作是兄弟。

但在城市的另一端,夏日以一种相反的方式向我们展现它的繁余。这里我指的是,静寂与乏味。静寂并不总是如一,这取决于它迸发自阴影还是来源于阳光。政府广场[①]上,正午的静寂环绕在周围的林荫之中,阿拉伯人叫卖着五分钱一杯却有着橘花香味的冰柠檬水。"凉啊,凉啊",他们的叫嚷声回荡在空无一人的广场上。叫嚷之后,静寂再次降临到烈日之下:街头小贩的罐中冰块晃动着,我可以听到它们叮当作响。还有午睡时的静寂。马林[②]的街道上,邋遢的理发店门前,静寂可以用空芦苇帘后苍蝇悠扬的嗡嗡声衡量出来。其他地方,如卡斯坝的摩尔人餐馆,肉体沉默不语,既无法摆脱自身,也难以舍弃那一杯清茶,更不能在自己跳动的血脉中找回逝去的时间。但无论如何,那儿总有着夏夜的寂静。

---

① 译注:政府广场,Place du Gouvernement。原为法语。
② 译注:马林(Marine),阿尔及尔的城区之一。

昼夜交替的短暂时光必定充满了神秘符号和教谕，使自己和我的阿尔及尔密不可分。当我一时远离那座城市，我会把它的晨曦化作幸福的希望。城市背后的小山上，乳香树和橄榄树的深处，总有羊肠小径曲折蜿蜒。望着它们，此刻，我心向往之。我看见成群的黑色鸟儿从绿色的地平线振翅高飞。突然融释了太阳的天空舒展开来。一小抹红霞倏起，扩张直至天边。几乎紧随其后，在天空的深处，第一颗晨星成形、固定。然后突然一切消逝，黑夜倾至。转瞬即逝的阿尔及尔夜晚还有什么特质能让我心情如此顺畅呢？我来不及厌倦遗留在唇间的残香，它便消失在了夜幕之中。这难道是它久久不去的秘密吗？这个国度的爱势不可挡却又遮遮掩掩。但是，它来临的那一刻便至少会完全俘获你的心。帕多瓦尼海滩[①]日日笙歌。在一面完全敞向大海的长方形大厅内，邻里贫穷的年轻人舞动到华灯初上。我往往在那儿伫足到那异常美妙的一刻。白昼时分，倾斜的模板凉棚外罩在大厅的表面。日暮之后，凉篷就被撑起。那时候，大厅充满了天空和海洋两层叠加所造成一种奇异的绿光。如果一个人坐得远离窗户，他只能看到天空，以及衬托其上，一对对依次走过舞伴的面庞。有时，当华尔兹演奏之际，绿色背景上的黑色侧影固执地旋转着，就像是附在唱机唱盘上的人像侧影一般。夜幕迅速降临了，灯也亮了。但我无法描述那微妙的瞬间顷刻产生的震撼和神秘。我至少还记得，有一个身材高挑、魅力四射的女孩曾经跳了整个下午。她穿着一袭紧身的蓝衫，带着一个茉莉花环，从纤小的后背到女孩的双腿，她的全身都被汗湿透了。她边舞动，边甩头，并且周围回荡着她的笑声。每每她舞过桌子，身后便会散下混杂鲜花和肉体的芬芳。黄昏来临之时，我便看不到她紧贴着舞伴的身体了，但是我会看到白

① 译注：帕多瓦尼海滩(Padovani Beach)，位于阿尔及尔的巴勃圣乌尔德区。

色茉莉和黑色秀发不停旋转，交替映在夜空之上。当她往后摆动着高耸的胸脯时，我会听到她的笑声并看到她舞伴的侧影突然往前一挺。承蒙这些夜晚，我才有了纯真的念想。总之，我明白了，不应拆散这些有着狂暴精力的生物，他们爆发出的精力源于天空，他们的欲念亦回旋于九霄之上。

* * *

阿尔及尔，周围的电影院有出售的薄荷糖，并且有时其上会贴有红色标签，写着一切能唤起爱情的话语：（一）问："你何时娶我？""你爱我吗？"和（二）答："明年春天。""疯狂地。"你若是准备妥当，就把它们递给身旁的人，他的回答要么一模一样，要么就会装聋作哑。贝尔库当地的婚姻就是借这种方式定下的，所有的海誓山盟便是从交换薄荷糖开始。这恰好成了此地人民童稚的最佳写照。

年轻人的与众不同之处，或许就是他们有着轻易逸乐的不凡才能。但是首先，浪荡的日子去也匆匆。和巴勃圣乌尔德一样，巴尔库的人们年纪轻轻便有了家室。他们很早就开始工作，十年的光阴耗尽了一生的精力。三十岁的工人就已经打光了他手中所有的牌。他在老婆和孩子之间徘徊，等待时间的终结。他的快乐犹如他的一生，快速突然，缺乏情义。他认识到，他出生的这个国度，一切的恩赐必会被收回。多彩繁茂的一生紧接着就是，无比的激情横扫而过，其来时突然、耗人心力，然大方慷慨、尽其所需。生命不应步步为营，而需被点燃焚烧。若停下静思以谋发展，则问题重重。举例来说，地狱之论在此不过是个有趣的玩笑，只有德行兼备的人才会有此等想法；而我肯定德行二字在阿尔及尔是个毫无意义的字眼。并非因为这些人无规无矩，他们有他们的法典，一部颇为特别的法典。你不能对你的母亲无礼不逊。你会发现你的妻子在街头也会礼遇有加。你对一个怀孕的妇人也体贴备至。你不会对敌人捏紧拳头，因为"那不够体面”。无论任人，如果不守这基本戒律“就不算个人”，这个问题已成定论。对此，我的观感是公正与实在。我们中仍然有许多人自动地遵行这条街头法典，据我所知，这条据是唯一公平公正。而与此同时，开店迎客之人，他们伦理原则却是不得而知的。每每有人被警察架在中间之时，我往往见到周遭的人们脸上露出怜悯的神色。在真相大白，弄清到底这人犯了偷窃之罪，还是有弑父之恶，或者仅仅是个违规者之前，他们会说：“可怜的家伙啊！”，再不就是略有些钦羡，“不错，他是个海盗。”

有些种族为骄傲和生命而生。他们孕育了寻求无聊的奇怪才能。对待死亡，他们也深恶痛绝。除了肉欲的欢乐以外，这种族的诸般消遣是再愚蠢不过了。保龄球协会、餐饮俱乐部、三法郎的电影以及教区飨宴，这些皆供三十岁以上的人打发时间。阿尔及尔的礼拜日最为不祥。这个缺乏灵性的种族，那时，怎么可能为其生命深层次的恐怖披上神话的外衣呢？任何与死亡有关的话题，在这里要么可笑，要么可恨。这些没有宗教、没有偶像的百姓在熙攘的人群中度过一生，然后独自迈入坟茔。我知道，没有比不悔大道①上的墓场更可怕的地方了，它的正面便是世上最美丽的风景。而黑色围墙内日积月累的霉味使得这地点笼罩在一种可怕的忧郁之中，死亡在此展示了它的真实写照。心形的许愿碑上铭刻着：“万物凋谢，唯记忆尚存。”一切都在坚守那不足道的永恒，而那些曾经爱过我们的心正是这廉价的提供者。这同样也适用于一切绝望。他们向死者说话，总以第二人称（我们的记忆永不舍弃你的存在）；阴郁的托辞归皆指向肉体和种种欲望，称其不过是一摊黑水。其他地方，在冷艳的花儿和鸟儿犹如死寂一般的繁茂之中，你会发现此种大胆的言论：“你的坟

① 译注：不悔大道（Boulevard Bru），阿尔及尔的街区之一。

前，鲜花常驻。"但不必惶恐：铭文周围缠上了一圈镀金的灰粉花束，对活着的人来说，这倒是省了不少时间。（正如那些山鼠曲草①，承蒙那些仍然能跳上开动中的公共汽车的人们的谢意，它们得以盛名远播。）正因为能赶上时代才是当务之急，所以古代的林莺有时会被一架令人惊奇不已的蓝灰色飞机所取代。它由一个傻傻的天使操控着，这天使不懂逻辑，却拥有一对让人印象深刻的翅膀。

然而如何才能宣称死亡的种种意象与生命只一线之遥呢？这里，这些价值是紧密联系着的。在阿尔及尔，殡仪馆的工人喜欢开这样的玩笑：他们驾着空的灵车，在路上碰到漂亮的女孩时，就会喊道："小妹，想搭车吗？"我们不反对你看出其中的象征意义，尽管这有点事与愿违了。同样地，听到凶耗时，你若是眨眨左眼说，"可怜的家伙啊，他再也不会唱歌了。"那你的答复说不定会显得对死者不敬。或者，像奥兰②的那个妇人，她从来没爱过她的丈夫："上帝把他赐给了我，上帝又把他从我身边带走了。"总之，我发现死亡不再神圣肃穆，相反的，我也非常明白恐惧和尊敬之间的遥远距离。此地的一切都表明，客死在一个邀人生存的国度中才是可怖的。尤其这墓地的墙垣下，贝尔库的青年们幽会着，女孩们让人亲吻爱抚。

我深深明白，这样的民族是不可能被所有的事所接受的。这里不同于意大利，聪明才智没有立足之地。这民族对心智异常冷漠。他们迷信肉体，对它顶礼膜拜。这种崇拜导出了该民族的力量，它纯真的玩世不恭，以及一种幼稚的虚荣，这种虚荣心便解释它为何如此遭受非议。人们通常将此归咎于这民族的"心智状态"，换言之，一种理解和生活的方式。诚然，生命的强度与不公正是无法分割的。然

---

① 译注：山鼠曲草（immorteue），法文亦有不朽之意。此草虽枯萎，其色泽仍鲜艳如生。

② 译注：奥兰（Oran），阿尔及利亚第二大城市。

而，这是一个没有过去、没有传统的民族，但它并非没有诗歌——这种诗歌的特征我十分了解，粗鲁、香艳、不知体贴、绝不矫情，就像他们头上的天穹，这就是唯一真正感动我、赋予我内在平和的诗歌。在文明国度的对立面上是一个富有创造力的国家。我有一种疯狂的希望，或许这些徜徉在海滩上的野蛮人自己还尚不知晓，他们实际上正塑造一种文化形象，在这种文化中，人类的伟大终将找到其真实写照。这民族完全投身于现在，不与神话同生，不与慰藉同活。它将其所有洒遍大地，因此对于死亡，它毫无防备。它不吝惜在大地上展现一切身体美感的禀赋。与之同往的是一种奇特的贪婪，后者将永远陪伴那没有未来的财富。当地人的所作所为，都显示出一种对安定的恐怖和对将来的漠视。人们匆匆忙忙，只为了生存，若艺术诞生于此，那它必定会遵从那种对永恒的仇恨原则，正是这种仇恨使得多利安人打造了第一根木头廊柱。是的，你可以在这民族狂野而殷切的面庞上找到衡量之法和纵情之愉。在这谈不上温柔的夏空下，在它的面前，一切真相皆可大白；在它之上，任何欺蒙的神性都不会留下希望或救赎之信。在这苍穹和面对它的千张面庞之间，没有什么神话、文学、伦理学或宗教，有的只是峭壁、血肉、星辰和那些双手可及的真实。

* * *

感受他人对某地的独钟之情，对某类人的依恋之爱，知道总有一处心安平和之所，对于一个单独的个体来说，这些正是生命的种种必然。然而这还不够。总有一刻，一切会渴求精神的家园。“不错，我们必须回到那里——是的，就在那儿。”在世间寻求普罗提诺所向往的融合统一，难道荒诞不经吗？此间的统一便在阳光和海洋里。凭借着某种体香，人的内心敏锐地感触到统一，而这肉身就构成了其中的痛苦和壮丽。我体会到，除岁月飞逝以外，没有什么超人的幸福，更没有永恒。这些细微却紧要的财产，这些与之关联的真实，才是唯一让我激动之物。至于其他什么“完美的”真实，我没有足够的灵魂来了解它们。这并不是说人应为禽兽，但我却觉得天使们的幸福于我们无益。我只知道，苍天会比我活得更久。那除了这些我死之后依然长存之物，我还应该称何物为永恒呢？在此，我并非要说我对个人境遇心满意足。这完全是两码事。人之为人尚且不易，更何况做一个纯洁的人呢？然而，力求纯洁无异于恢复精神的乐土，在那里，人们能体会到这世间的关联；在那里，人的脉动将会与正午太阳狂暴的震动同时发生。众所周知，故土之情，往往等到客在他乡之时，才会领悟。对于那些对自身存在深感不安之人，乡土正是否定他们的东西。我不愿显得野蛮或也不想看似放肆。但终归一句话，否定我此生之物，首先，必是扼杀我存在之物。每件称颂生命的事物同时也增加了生命的荒谬。这阿尔及尔之夏，我感到，唯有一事比历经苦难更具有悲剧色彩，那就是快乐之人的生命。但它可能也是通往更加宏大之生命的途径，因为它教导人们诚实无欺。

事实上，许多人假装热爱生命，进而逃避爱之本身。他们磨练享乐的技巧，“纵情于种种体验之中”。但这不过是一场虚幻。做一个享乐之徒，需要有罕见的才能。只要他能做后退与前冲的运动并兼有生命的落寞与存在之感，那么他的生活不必依仗心智，就能获得满足。亲眼目睹着贝尔库的人们辛勤劳作、保护妻儿老小而经常不生怨言，我想一个人会感到心底的秘密羞愧。当然，这并非是我的错觉。我所提及这些人们之间没有太深的爱情。或者，我应当说他们之间已没有多少爱情。但至少他们从不逃避。有些字词的含义我从来就没弄懂过，“原罪”便是其中之一。但我相信，这些人不曾犯下过有违生命的原罪。因为，倘若确有一种违背生命的原罪存在，或许在其构成要件之中，生的绝望还远没有期盼来世和逃避今生难恕的壮美重要。这些人诚实无欺。他们二十出头便因生命的激情而成了夏日的神祇,现在他们却依然如昔,只是失去了希望。我曾目睹他们当中两人的离世。他们皆充满了恐惧,但依然默默不语。这样倒是不错的结局。人性中的一切邪恶自潘多拉的盒子之中蜂拥而出之后,希腊人从中取出了希望:那万恶之中最为可怖的东西。当然,据我所知,也没有比它更激动人心的象征了;因为,和一般信念相对,希望等同于隐退,而生存却不应如此。这至少是阿尔及尔之夏的苦涩训诫。

季节正在更替,夏日已步履蹒跚。历经如此的狂暴和磨难,九月第一场雨就像这大地解放后的第一滴泪水,仿佛几天里这国度将伸出它温文的小手。然而,此时,角豆树散发出爱的芬芳,这氤氲之气弥漫在整个阿尔及尔之中。黄昏时分或阵雨过后,这片大地带着湿气,孕育着有苦杏仁味芳香的种子。在迎合了这长夏的骄阳之后,她会恬然休憩。那种芳香再一次地将人与大地的统一奉为神灵,并唤醒我们,让我们认识到这世间唯一生生不息的阳刚之爱:它短暂而高贵。

1936 年

艺术家与他的时代

Ⅰ. 作为一位艺术家，你选择了见证这个世界上的角色了吗？

这个问题的回答可能需要大量的假设推理或者用到我所没有的禀赋。个人而言，我不需要担当任何角色，因为我有且只有一个实实在在的职业。之为人，我渴望幸福；身为艺术家，似乎我还得让各个舞台人物动起来，而且还不能借战争和法庭之名。然而，我已是选中之人，每一个人都是。昔日的艺术家面对暴政苛律尚能默默不言；而如今的种种暴政却变本加厉，再也容不下沉默和中立了。你须有个立场，要么赞成，要么反对。好吧，若是那样，我选择反对。但可这不等同于选了一个舒服的证人角儿。这仅仅是承认这个时代该当如此，简而言之，就是做自己的事而莫问他是他非。并且不要忘了：今日的法官、被告还有证人正以惊人的速度变换着他们的角色。我的选择(如果你认为我已经做出了)，至少不会是坐在法官的长椅上，也绝不会像那么多哲学家那样，往人家椅子下面钻。除此之外，行动的机会相对而言也是层出不穷。当今的工会运动便是第一个也是最富有成效的行动了。

Ⅱ. 你最近作品中为人所诟病的堂吉诃德式思想，难道不是对艺术家角色的理想主义和浪漫主义解读吗？

无论文字如何被曲解，它暂时还保留着自身的意思。据我所知，所谓浪漫主义者就是那些选择了历史的永动和庄严的史诗并常在时代结尾之处对近似神迹的事件大喊小叫之人。我若试图明晰某物则必然相反，此物定会是历史或人的普遍存在，我也会竭力揭示日常之生活或是描述与自己、与他人的堕落而进行的不屈斗争。

同样的，理想主义中拙劣的那种就是以扼杀一切具有历史意义的行动和真实而告终的行为，因为历史就明确地包含在种种历史事件之中且无论如何，这些行动和真实都包含了某个神秘的目的。那么我们因此把未来当成是历史规律就是现实主义了吗？换言之，那些还未成为历史、其本性我们尚不知晓的东西是什么呢？

相反，在我看来，我似乎会站在真正的现实主义一边，反对那既无逻辑又置人于死地的神话，也反对那不切实际的虚无主义，不管这虚无是资产阶级的东西还是所谓革命创新之物。说句实话，我绝非什么浪漫主义，但我坚信规则和秩序的必要。我只想说，无论怎样，有了规矩便可成方圆。此外，如果我们所需的法规来自于这个无序的社会，或者从另一方面上讲，由那些自称从所有规则和顾虑中解放出来的教条派手中颁布的话，那我们也将无所适从。

Ⅲ. 马克思主义者和其追随者同样认为他们是人文主义者。但对于他们来说，人类的本性将在未来的无阶级社会形成。

首先这证明了目前他们排斥人的本质特征：这些人道主义者谴

责人的存在。这种论断竟然能在世界的法庭审判中成立，这怎么能不让我们诧异呢？他们借未来人类之名排斥今日的人类。这种论断在本质上具有了宗教色彩。那么，它为什么会比那种宣告天国降临的断言更加合乎情理呢？事实上，由于人类境遇所辖，历史的终结不会具有任何明晰的意义。它只可能是某种信念或某个新的神秘之物。就拯救异端灵魂的必要性而言，今日的这种神秘主义不比旧时那些基于殖民压迫的统治更加伟大。

Ⅳ. 难道不是现实中的东西使你有别于左翼知识分子的吗？

你说的就是把那些知识分子和左翼人士相区分的东西吗？一直以来，左翼知识分子都是与非正义、蒙昧主义和压迫为敌。人们总是认为，这些现象互相依存，相互联系。只是到了最近有人才认为，蒙昧主义能够导致正义并激起整个民族追求自由。而事实的真相却是：现在的某些左翼知识分子（幸运地，不是全部）如今崇尚暴力和效力，像极了二战之前和战时的右翼知识分子。尽管他们的态度大相径庭，但就屈从的行为而言，他们却是一样的。前者想成为现实的民族主义者；而后者则想成为现实的社会主义者。最终他们不约而同地借现实主义之名背弃了民族主义和社会主义。现实主义也从此变得空无一物，纯粹而飘渺，作为一种能够达到目的的手段而为人所喜。

这种诱惑我们还尚可理喻。然而无论人们如何看待这个问题，那些自称或自认是左翼的人中却出现了一种新的高度，即认为：某些压迫是合乎情理的，因为它们顺从了历史发展的方向，不合理的只是这一方向。他们于是堂而皇之地臆断，享有特权的行刑者可能是存在的，只是这特权源于虚无。约瑟夫·德·迈斯特[①]曾在另一个语境下这样表述过。约瑟夫·德·迈斯特从未被看成一个具有煽动性的人物。但个人而言，我无法接受这种观点。请允许我对迄今传统意义上被称作为左翼人士的概念稍稍做一点修改：所有行刑者皆一脉相承。

Ⅴ. 当今之世，艺术家能够做些什么？

没人叫他去写些合作互助的东西；相反地，也没人让他以史书中人的诸遭不幸为伴，与之悄然共枕而眠。既然你问我的个人之见，那么我自会从重从简。作为艺术家，我们或许无意干预世间之事。然而作为人类，我们自然无法避免卷入其中。那些或受剥削或被枪决的矿工，集中营里的奴隶们，殖民地的百姓以及世上受尽迫害的芸芸众生——他们需要那些能够与他们的沉默交流并与其保持联系的人。我没有日复一日去写些战斗的檄文，也不愿参与平日的争斗，因为我渴望这个世界遍是希腊的雕像和大师之作。怀有这种希望的人一直存于我心。不一样的是，为了极力赋予他想象出来的创物以生气，那个人做了更多的事情。而从最初的那些文章开始一直到新近出版的那本小说，我已经写了许多，或许是太多了，这完全是因为我无法抗拒生活的诱惑，亦无法抗拒那些被羞辱、被贬低的形形色色之人。他们需要希望，如果他们都保持沉默或在两种羞辱之中被迫接受某种选择，那么他们会永远失去希望，我们将失去他们。一直想到这，我似乎便无法忍受，而无法忍受的人自然不会高高在上、一隅偏

① 译注：约瑟夫·德·迈斯特（Joseph De Maistre），1753—1821，法国萨瓦人。思想家、哲学家，法国大革命时期的重要代言人。

安。如你所见，这并不是道德的偏执，而是某种近似于器质性的偏执，一种让你感到若有若无的偏执。我真的看见过许多人无法感知到它，但我却不嫉妒他们的安睡。然而，这并不意味着我们必须为了这种或那种的社会说教而牺牲艺术家的本性。我在其他地方已经说过了为什么艺术家比以往更加为人们所需要的原因。不过，我们若以人的身份介入其中，这种经就会影响到我们的语言。如果我们首先在语言上都称不上是艺术家，那么我们搞的是哪门子艺术呢？即使在生活中我们是激进的一派，即使我们在作品中描述荒漠、描述自私的爱，而导致我们与人交流使用那种特殊腔调描述荒漠和自私之爱的唯一原因是这激进的生活。我当然不会选择在我们正开始远离虚无主义之时愚蠢地否定创造的价值以彰显人性之伟大，反之也是如此。因为，据我所知，这两者从未背离，而我衡量一个艺术家（莫里哀，托尔斯泰，麦尔维尔）是否伟大，其标准就是他是否有能力在这两者之间保持平衡。今天，在众多事件的层层压力之下，我们同样有责任把这种压力融入到生活之中。这就是为什么有如此之多的艺术家不堪重负而选择了在象牙塔中寻求庇护，或是相反地在公共教堂里找寻慰藉。但对于我而言，我在两种选择中找到了一种颇为相似的顺从之举。我们必须同时侍奉苦难和美好。长久的忍耐以及侍奉所需的秘密狡黠是我们重现这一复兴所需要的美德。

对了，还有一句话要说。我知道，这项事业唯在种种危险和苦痛之中才能涅槃重生。我们因此必须有所担当：围着椅子转的艺术家时代已经结束了。但我们也必须拒绝苦痛。艺术家所受到的一大诱惑就是自信孤独，而事实上他带着某种卑贱之愉独自忍受苦痛的肆虐。但这不完全如此。他和那些工作着的和奋斗着的人一起，与他们同属一个阶层，既不高高在上也不卑躬屈膝。面对压迫，他的使命就是打开监狱的大门，说出一切的悲伤和欢乐。这就是艺术面对它的敌人而进行的自我辩护——去精准地证明它并非是他人之敌。通过自身的表现，艺术可能无法产生孕育正义和自由的复兴。但是没有了艺术，复兴便失之形，去之体，最终将成为一纸空谈。没有文化以及文化所隐含的相对自由，社会即使再完美，也不过是个丛林社会。这就是为什么货真价实的创造是给与未来的最佳礼物的原因所在。

1953 年

海伦的放逐

地中海的太阳有几分悲剧色彩，这跟雾的悲情大不一样。夜晚，太阳藏匿于海边群山之中，夜幕降临在小小的港湾之上并划出了一道优美的弧线；此时，静静无言的河流则升起了一丝悲凉的现实之感。面对此情此景，你就会明白，倘若希腊之民知晓绝望，那他们必是凭借美和它令人窒息的特质而获取的。就在那场堂皇的灾难之中，悲剧上演了巅峰的一幕。相反，我们的时代，丑陋与诸遭动乱也正孕育着绝望。这就是为什么苦难若是一如既往下去，欧洲之民将会变得邪恶可鄙的原因。如今，我们将美放逐在外；而往昔，希腊人却为她拿起武器。这是我们和他们之间的第一个不同之处，而这个不同之处却有了历史的渊源。希腊的思想往往躲在种种局限的概念之后求得庇护。于是事事虽有神性和理性之分，但有了这种思想便不会走上极端；因为，无论是神性之事还是理性之物，后者从不加以否认。它总是考虑周全，让光与影平衡处之。相对而言，我们的欧洲，追求完整却偏离了正轨，就像是一个比例失调的孩子。她否定美，因为她否定任何她不称道之物。她固有万般的变化，而却只称颂一物——未来的理性原则。在几近癫狂的追逐之中，她拓展了永恒的疆域。正值此时，复仇女神厄里倪厄斯降临在欧洲大陆之上，于是她便分崩离析。正义而非复仇女神尼弥米西斯，向来忠于职守。所有那些逾越界限的人们都将受到她无情的鞭笞与惩罚。

几个世纪以来一直质疑正义究竟为何物的希腊人是无法理解我

们的正义观的。就他们而言,正义暗含了某种局限,而现如今,我们的整个大陆却陷入了寻求某种完满正义的混乱之中。希腊思想诞生之初,赫拉克利特[①]已经开始在猜测,是否正义为物质的宇宙本身设下了种种障碍:“太阳不会逾越自己的权限,一旦超出了,正义之仆厄里倪厄斯定会把它踢将出局。”将宇宙和精神置于领域之外的我们对这种威胁论嗤之以鼻,因为我们升起那些我们喜欢的太阳,使它们照亮了烂醉的苍穹。但是无论如何,这一界限总是存在的。这一点我们心知肚明,而当处于精神错乱之巅,我们便梦想能找到一个我们已经遗忘的均衡——我们天真地期盼历经所有错误之后就会达到均衡。孩童般的自以为是只证明了一个事实,即延续了我们愚蠢之见的子孙后代,如今正在引导着历史的方向。

历史的另一部分可同样归于赫拉克利特言简意赅之语:“自大,进步之殇。”在这位以弗所[②]人的百年之后又历经了多少世纪,苏格拉底,面临被处死的威胁之时,承认自己唯有一个高人一等之处:不懂的东西他绝不装懂。多少年来,生活和思想之典范就是敢于承认自己的无知。忘记了这一点,我们便忘记了阳刚之力。我们偏好模仿伟大之功,先是亚历山大,然后是罗马的征服者。教科书的编者也是用颇为粗俗的语言教我们对他们顶礼膜拜。同时,我们也确实征服了上天和尘世,拓展了它们的边界。理性驱赶走了一切而最后却只留得孤立无助的我们统治荒漠。我们遗留下了何种想象,能让我们到达一个更高的平衡,让自然、历史、美和德行和谐发展,甚至让音符也能飘响在血腥的悲剧之中呢?我们背对自然;我们以美为耻。从那惨痛的悲剧中你可以嗅到与之如影随形的责任,而其中汩汩的血

① 译注:赫拉克利特(Heraclitus),约公元前500年,希腊哲学家,认为火是万物之源,永恒是一种虚幻,万物都处在不断变化之中。

② 译注:以弗所(Ephesus),吕底亚古城,位于小亚细亚西岸,原是古希腊的重要城邦。

水，我们却当成是绘画颜料的色彩。

这就是我们如今不宜自称是希腊之子的原因。又或许我们是叛徒的后代。若是把历史置于上帝的王座之上，那我们就像那些被希腊人称为野蛮人或他们在萨拉密斯岛[①]死战到底的波斯人一样，正一步步迈向神体政权。为了认识到我们有何不同，我们必须转到我们的哲学大师黑格尔那里。作为一个与柏拉图真正势均力敌的哲学家，黑格尔曾大胆地写道，“唯有现代的都市才为人类的心智提供了一块可自我感知的精神领域。”我们于是便生活在大都市时期。世界也被刻意分割成搭建永恒的小块——自然，大海，山巅和夜晚的沉思。因为历史只显现于街角，所以意识必须也只显现街角——这成了金科玉律。结果，我们绝大部分的重要作品都表现出了同一种偏见。自陀思妥耶夫斯基之后，伟大的欧洲文学再无亮丽的风景。因为，历史既解释不了在它之前就业已存在的自然宇宙，也无法阐明凌驾其之上的美。于是历史选择了忽略它们。柏拉图的哲学包含了一切：荒谬、理性与神秘，然而我们的哲学却只有谬论与理性，而再无其他，这是因为它们对其他的事物已经闭上了双眼。只有籍籍无名的鼹鼠正在冥思沉吟。

正是基督教开创了用灵魂的悲歌取代尘世之思的先河。但至少基督教涉及到精神本质，因而保持着一定程度的稳定。上帝死后留下的只剩历史与强权。曾几何时，哲学家殚精竭虑旨在用境遇之论取代人性之论，用概率的无序衍生或理性的无情发展取代旧时的和谐。希腊人赋予意志以理性的界限，而我们却把意志的莽撞摆在了理性的中心，其结果是致命的。就希腊人而言，价值先于行为，于是定会限制行为。而现代的哲学则把价值置于行为之后。这些价值只

① 译注：萨拉密斯岛(Salamis)，公元前480年，希腊海军在此大败波斯海军。

是在形成之中，在历史终结之际，而我们只会在历史终结之际全面地认识它们。由于这样的价值观，种种界限亦不复存在。既然孰是孰非，理解的价值理念尚有差异，既然没有了相同价值观的束缚，于是一切斗争便迅速扩张，无休无止。如今，救世的信仰也相互对峙，相互倾轧，他们的喧哗之声也融入到了帝国的征战之中。赫拉克利特说过，失调是场大火。而这场大火正在蔓延；尼采落后了。欧洲人的哲学思辨不再是木槌小敲式的平和争辩，而是依仗巨炮齐鸣的战争来解决了。

然而自然依旧。它天穹宁馨，理性蔚然，与人类的癫狂相映生辉。这场大火直至蔓延到原子，历史终以理性的胜利和物种的悲痛而宣告结束。但希腊人却从来没有说过界限无法逾越。他们说过，界限确实存在，不管是谁，只要胆敢超出，就会被无情击倒。当今的历史中无一物可反驳之。

历史之魂和艺术家都想重塑这个世界。但艺术家天性使然，能够本能地明白他的界限，而历史之魂却浑然无觉。这就是后者致力于暴政苛律而前者向往热情自由之故。所有这些为当今自由而战的人都最终会为美而战。当然，这不仅仅是为了美而捍卫美的问题。人类与美相辅相成。除非与之共赴险共患难，否则我们无法赋予这个时代以高贵和宁静。因此我们不应与世隔绝。没有了美，人也不能生存，这是千真万确的，但我们的时代却假装无视这一点。它坚忍刚强，只为了获得绝对的权威；它想在穷尽世界万物之前美化世界，想在完全了解世界之前给它种种特权。然而无论它万般凭说，我们的时代正在抛弃这个世界。告别卡里普索岛之时，尤利西斯可以在不朽与父辈的土地之间作出选择。他选择了土地和与之同亡。这种朴素的高贵，对于今日的我们，却是十分的陌生。其他人会说我们缺乏谦卑之态，但倘若综合考量，谦卑一词本身就很模糊。陀思妥耶夫斯基作品中的那些蠢人吹嘘一切，响彻云天，最后即使在任何公共场合也会把自己的羞耻拿出来炫耀一番。我们缺乏的只是人类的骄傲，忠于人类界限的决心和对个人境遇的清醒之爱。

圣-埃克苏佩里①行将就木之前写道，“我憎恶自己所处的时代”，其原因和我以上所提到种种这些不无关系。但是，不管这个来自于一个因众生所具有的美好品质而热爱他们的人之断言多么令人苦恼，我们都没有义务去相信他。然而在某些时刻，拒绝一个荒凉飘渺的世界确实诱惑巨大！不过这是我们的时代，我们不能活在一个仇恨自己的世界之中。这个时代，曾充溢着美德，也曾罪恶连连，而今它的帷幕已缓缓拉上。我们应为历史久远的美德而战。那，什么是美德呢？帕特洛克罗斯②的马为战死沙场的主人而呜咽。死者长已矣，但阿基里斯却回到了战场，胜利是必然的，因为友谊刚刚在此被扼杀：友谊是一种美德。

承认无知、拒绝狂热、相信世界的界限和人的界限、为了爱人的面庞而追寻美——认同了这些，我们将与希腊之民为邻。从某种程度来讲，历史并不是沿着我们所设想的方向前行。创造和探索的争斗决定了历史的走向。尽管艺术家赤手相搏并为此付出了代价，我们仍希望他们取得胜利。这样，黑暗的哲学将会被打破，其盛蜃也将在炫目耀眼的海上慢慢褪却。哦，白昼之思啊，特洛伊战争远不只是战场的搏斗！现代都市那可怖的城垣将再次倒塌，向世人传达“灵魂如海水般平静”的美——海伦的美。

1948 年

---

① 译注：圣-埃克苏佩里(Saint-Exupery)，1900—1944，法国作家。

② 译注：帕特洛克罗斯(Patroclus)，希腊战士，死于特洛伊战争，阿基里斯的好友。

弥诺陶洛斯[1]或奥兰小憩

致
皮埃尔·加林多[2]

这篇散文要追溯到1939年。读者需将此铭记于心,从而与今日的奥兰有所区别。事实上,这座美丽的城市直至今日都抗议不断,这是使我有理由相信它的一切不完美之处都已(或将会)被弥补。另一方面,本文所颂扬的奥兰之美也招致了它方的嫉妒。奥兰是个美丽而现实之都,她不需要更多的读者,她在等候您的大驾光临。

1953年

再无沙漠,再无岛屿,然而却有了需要之感。为了理解尘嚣,人必须偶尔远离尘嚣;为了更好地服务他人,人也必须与之有所距离地过上一段时日。然而,他从何处可以寻得独处而得以养精蓄锐,如何深呼一口气以平息心智的纷扰,让勇气重知其深浅呢?这全在大城

① 译注:弥诺陶洛斯(Minotaur),希腊神话中的人身牛头怪物,为帕西法厄和她爱的公牛所生;被禁闭在克里特代达罗斯造的迷宫里,后被忒修斯所杀。

② 译注:皮埃尔·加林多(Pierre Galindo),奥兰一家粮食进出口公司的合伙人。1938年加缪与之相识,并结为挚友。

市之中。简言之，都市之中，这些条件均已备齐。

欧洲之城给我们带来的多是昔日的喧闹熙攘。那里，有经验的耳朵能够识别出振翅之声与灵魂的悸动。那里，我们可以感觉得到多少纪元、多少革命以及沉淀下来的名声盘旋在城市之上，令人眩晕。那里，你绝不会忘记，就在这一系列的喧嚣之中有了西方文明。这一切不足以产生静寂。

巴黎常常是人之内心的沙漠，但某些时候，拉雪斯神父墓①高高刮起的变革之风，猛然间让这片沙漠遍是旗帜和堕落的荣光。佛罗伦萨、布拉格和西班牙的某些市镇也是如此。没有了莫扎特，萨尔茨堡也会平和一些，但萨尔扎河②上时不时会响起唐璜投身地狱时的那伟大而高傲的呼喊。维也纳看似静默；在诸城市之中，她还是个少年家。她的石头还不曾有过三个世纪之久的历史，年轻的石头是不会有忧郁之感的。然而，维也纳处于历史的岔口。她的四周还回荡着帝国相轧的余音。那些夜晚，天空弥漫了血色，环形纪念碑的石雕战马看似展翅待飞。在转瞬即逝的片刻，一切勾起了强权与历史的回忆，此刻，你会清楚地听到波兰联队的冲锋与奥斯曼帝国的轰然倒塌。这也不足以产生静寂。

无可否认，人们在欧洲大陆找寻的却是在它处才有的孤独和寂寞。至少，人生有所追求的人是这样。这里，他们能够选择他们的伙伴，要么带走，要么离他而去。有多少的心智徘徊在了旅馆房间到圣路易斯岛③的路途上！确实，在这里，也有些人死于孤独。对第一类人来说，无论如何，他们总能在巴黎找到自我成长、自我肯定的理由。他们既孤单也不孤单。数百年的历史和美、昔日千条生命的炽热证

---

① 译注：拉雪斯神父墓(Pere-Lachaise)，巴黎的一块墓场，许多名人皆葬于此。

② 译注：萨尔扎河(Salzach)，又称盐河，一条贯穿萨尔茨堡的河流。

③ 译注：圣路易斯岛(Ile Saint Louis)，巴黎市中心塞纳河上的一座小岛。

词，这些沿着塞纳河畔与他们为伴，并向他们诉说着条条传统和种种征服。而年轻会敦促他们迎合这个伙伴。也曾有过一刻或是一段时间，它不受欢迎。面对巴黎无边的老旧与陈腐，拉斯蒂涅[1]高呼："这是我们俩之间的事！"。两个，是的，但这仍太多！

沙漠自成意义；它欲壑难填，诗歌也湮灭其中。尽管有着世上一切的忧愁，它却仍是一块神圣之所。但某些时候，心之所需不过就是一块诗歌全无的地方。打算默思冥想的笛卡尔选择了他的荒漠——那个时代最为繁华的贸易之城。那里，他找到了孤独和时机，谱写了或许是我们雄壮诗歌中最宏伟的一曲："箴言一，永不接受任何真实之物，除非吾知其确实如此。"这有些壮志缺缺且留恋之感过胜之嫌。但在过去的三百年里，阿姆斯特丹却出现了大量的博物馆。为了逃避诗歌而又能重获石头的平和，我们需要其他沙漠，其他没有灵魂、无需救赎的场所。奥兰正是这样的一个地方。

街 道

我常常听到奥兰的百姓抱怨："这里有趣的小集体一个也没有。"不错，确实没有！你也一定不想要！一些头脑清醒的人士曾试图把另一个世界的风俗引入到这片沙漠，而风俗之选择皆忠实于这样的原则——若不联合，艺术与思想便无法进步。[2] 结果，这些尚存的有所教益的小团体不过是些纸牌社团、拳击爱好者或保龄球俱乐部和当地的一些组织机构。这里，至少，质朴的思想占了上风。毕竟，这里存有某种高贵，它不会让自己之名附在高远险峻之上。它天生贫

① 译注：拉斯蒂涅(Rastignac)，是巴尔扎克《人间喜剧》中的一个主角。他在巴黎大都市的诱惑下一步步走向利令智昏。

② 原注：我在奥兰就曾遇到过果戈里笔下的克莱斯塔托夫(Klestakov)。他那时打着哈欠说："我感到我将很快志存高远。"

瘠无望。这些想找寻此物之人需离开“社团集体”，走上街头。

奥兰的街道注定是尘土飞扬、砾石遍地、酷暑不堪。若是下雨，这里洪水滔滔，宛如菏泽之国。然而无论阴雨绵绵还是阳光普照，街头的店商都会一如既往，摆出奢侈荒谬的行头。欧洲和东方的一切恶俗业已聚集于此。这里你会找到旋转滑梯、灰色的长腿猎狗、悠然的芭蕾舞演员、狩猎女神戴安娜绿色塑料装的玩具、掷铁饼的人、稻田收割者以及一切生日和婚礼馈赠的小礼物，或一整套摆出痛苦表情的小雕像，它们被有商业头脑的快乐精灵召唤出来并摆到了我们的壁炉前。但对这种糟糕品味的坚持却有着巴洛克式的一面，这使得你会忘记一切的不快。这里，满是灰尘的盒子里承装的本是在商店橱窗背后的东西：让人生畏的畸形脚趾的石膏模型、恶作剧称“每幅只要一百五十法郎”的伦勃朗的油画、三色的钱包、十八世纪的彩粉画、长毛绒制的呆板驴儿、有着普罗旺斯之水用于保存绿色橄榄的瓶子以及一个木质的不幸少女雕像。她的脸上还露着不适宜的微笑，这样没有一个行人会过而不见，“管理层”在她的底座上还插入了一张卡片，上写“木质少女”。在奥兰，你还能够发现：

1）咖啡馆光滑的柜台上有着少许苍蝇的腿脚和翅膀，老板总是微笑满面，尽管他的咖啡馆常常空无一人。一小杯黑咖啡要花去十二苏①，而大杯的十八苏。

2）自感光纸发明以来，摄像师的工作室就没有太大的进步。他们会展示一些街上不易见到的东西，要么是一个倚在桌案的水手人型，要么是田园背景下穿着放肆、搔首弄姿的适龄少女。我们能够猜到，这不是来源生活的肖像，它们是创造之物。

① 译注：苏(sou)，法国旧时的一种低面值硬币。

3）葬礼的摆设也品种繁多，富于教益。倒不是因为较之它处，奥兰辞世之人更多，但我只是猜测生于奥兰的人们太多。

这个国度，商人的天真烂漫也颇吸引人，甚至在他们打出的广告中也有所展示。在奥兰一家电影院的传单中，我居然读到了一则三级影片的广告。我注意到它用的修饰词语：“奢华”、壮美、不同寻常、令人惊异、瞠目结舌以及“硕大”。最后，电影院告诉公众，它们牺牲巨大才呈现出了这部震惊四座的“现实大作”，但票价公道，没有增长。

要是认为这种爱的夸张仅是南方特有的表现，那你就错了。相反，这张绝妙传单的作者们透露了他们的心态。在这个国家，一谈到抉择的问题，两出表演、两个职业，常常甚至是在两个女人中的选择时，你必须要战胜那种深邃的冷漠和无动于衷，这种感觉你随处都有体会。人们只有在被迫如此之际才会下定决心。广告就是清楚这一点。因为同样的缘由，它处处揉入美国的成分，一切只为了能够提升票房，使之风靡。

奥兰的街道向我们倾诉了本地少年的两大主要愉悦：把鞋擦锃亮并在大街上秀出这些靓鞋。为了清楚地了解这些愉悦，你还是先找个星期天早上十点的时间，把鞋交给加利尼[①]大街的擦鞋匠。稳坐在高高的扶椅上，看到其他那些热爱自己手中工作的人，即使是一个毫不起眼的人也能感觉到那特有的满足。奥兰的擦鞋匠给你的感受也是如此鲜明。他们的工作细致入微。几个鞋刷、三种布料、掺杂着汽油的乳膏。你可能会想，柔软的鞋刷刷出完美的光亮，整双鞋焕发活力之时，他们的工作就结束了吧。其实不然，那只忙个不停的手依

① 译注：加利尼(Gal-lieni)，巴黎地铁3号线东站。

然会再次将鞋油涂在光洁的表面，揉啊，搓啊，让乳膏渗透到皮革的深处，然后在同样那把软刷的滋润下，使皮革的深处由内而外地焕发出了双重而完整的光润。然后，这样的奇迹再呈现到诸位鉴赏大师的手中。为了在大街上欣赏这种快乐，你一定要看看每晚在城市的主干道上属于年轻人的假面舞会。"奥兰社"中，年龄在十六到二十岁之间的小伙子们从美国电影中借用些华丽的形象，在外出吃饭前就把这些梦幻的礼服穿在身上：毡帽斜戴，盖过左耳，露出右眼；如波浪般的卷发，油光可鉴，从礼帽下摆稍稍突出；脖子上围了一个大大的衣领以应对凌乱的散发；领带后细小的结点因一根定型针固定到位；齐腰的外套紧贴臀部，下身配有亮色而颇显招摇的短裤，脚上穿着炫目耀眼的三孔鞋。每天晚上这些年轻人行走在行人道上，他们有着金属尖端的鞋叮当作响。在所有借用的形象之中，他们对克拉克·盖博的仪态、气质和优越之感如痴如醉并纷纷效仿。因为这个原因，当地一些挑刺的主儿通常借用了谐音之便，戏称他们为"克拉克"①。

无论如何，下午晚些时候，奥兰主要的几条大街上都会被大批迷人的年轻人所占领，他们不怕麻烦却酷似一群不良少年。依据奥兰的风俗，这些善良的流氓们往往能够俘获那些少女的芳心。同样，这些女孩的举手投足间都带有着美国流行女星的时尚和华贵。于是，同样的那群睿智之士称她们为"玛琳"。因此，夜间的大街，当棕榈树响起百鸟齐鸣之时，成群结队的克拉克和玛琳们相聚在一起。他们相互端详打量，他们活力十足，因崭露头角而开心雀跃，就这样，沉浸在一个小时的极度欢愉之中。那时也有亲眼目睹之人。嫉妒的人会说，这是美国式的集会，字里行间道出了年过三旬、与此消遣缘分已尽之人的辛酸。他们已无法再次领略这些充满年轻浪漫之色的日常

---

① 译注：法文中"Clarque"一音与英文中的"Clark"相近。

集会。事实上，这些是印度文学中才能见到的百鸟团聚之景。但奥兰大街之上，无人讨论或担心如何臻于完美。这里只有振翅待飞的雄姿、爱惜羽毛的骄傲之色、风情万种的胜利之态以及无忧无虑的放声歌唱，那旋律盘旋于夜空，久不能消逝。

这里，我能听到克莱斯塔托夫的言语："我将很快意于高远之物。"唉！他是完全能够做到啊！若是有人敦促，他必会在这片沙漠久居些时日。但是当下，一个有些神秘的灵魂必须在这个伶俐乖巧的城市之中解放自我，然而这里的女孩虽有万般颜色却无法调动情感，虽知卖弄风情，但她们拙劣的掩饰一下子就会被戳穿。意在高远之物！想想看：屹立于岩石之中的圣克鲁兹、那群山、那一平如镜的海洋、那狂暴之风、那太阳、港口处那硕大的起重机、那火车、那机棚、那码头、沿城市之岩攀援而上的巨型斜坡，以及城市之中的些许消遣之物、这厌倦、这熙攘之声和这独处的静谧。的确，或许，所有这一切称不上高远。但是这人口甚密的群岛，它们的伟大价值就在于，这岛屿上心灵无可遮护。唯有在喧闹的市镇中，沉默方可独善其身。阿姆斯特丹，笛卡尔在给巴尔扎克的信中写道："我每天外出走在庞大人群的混乱之中心中一片自由和宁馨，与你花园小径的漫步别无二致。"①

奥兰的沙漠

有感于面对并生活在一副壮丽的风景画之中，奥兰之民业已克服了那可怖的磨难煎熬——城市中到处是些相貌丑陋的建筑物。我们期待寻找到一个面朝大海、夜晚海风拂面的城市。而除了西班牙之角②以外，你会发现奥兰是一座四面城垣，背朝大海的城市。在建

① 原注：毋庸置疑，为了缅怀这些美好词语，奥兰的一个报告和讨论俱乐部最近就成立了，其名曰"我思故我在"。

② 原注：新大街称为滨海街。

筑时它已经背朝着自己，如同一只蜗牛。奥兰是一个巨大的环形城市，它的赭黄色城墙在铅灰色天空中若隐若现。一开始，你在这迷宫中徜徉，你会寻找大海，把它作为阿里阿德涅[①]留下的记号。但是你在这苍白压抑的大街上左拐右转，直至最终弥诺陶洛斯吞噬了奥兰之民：这弥诺陶洛斯就是厌倦。奥兰的人们业已放弃徜徉，他们接受被吞噬的命运。

我们无从知晓哪块石头不能远至奥兰。在那些灰尘弥漫的城市中，鹅卵石就可称王。颇为值得赞赏的是，商铺的主人会把它放在橱窗之中，以镇纸物，亦或仅仅为了展示之用。成堆的卵石沿街堆放，无疑让人赏心悦目，因为一年以后这堆石头依旧会摆在那里。任何从这个单调的王国中获得了其诗学之物都有着一副石头的面孔。商业繁华地段，你会发现百十棵小心沾满灰尘的大树。它们是石化的生物，连枝叶都散发出一种刺鼻的粉尘之气。阿尔及尔，阿拉伯人的墓碑有着一种皆知的怡然。奥兰，拉斯艾艾因[②]峪谷之上，面对着大海，与蓝天齐高的是白垩脆石园。这里，太阳以其熊熊烈焰夺其目燃其魂。在光秃秃的石块间隙中，紫色天竺葵不适地探出头来，以它的生气和鲜红的血液点缀着这片大地之景。整个城市因这多石的母岩而赖以巩固。从这花坛处放眼望去，周围的悬崖峭壁深不可测，这景色因此变得虚幻，石块繁余。在这里，人是非法之徒。美丽如此沉重，好似来自于另一个世界。

倘若沙漠被定义成全无生气、天空独自为大的不毛之地，那么奥兰一直在等待着先知的到来。城市的周围和上空中，在她热情奔放的魅力之下，隐藏了非洲原始的野蛮本性。她引爆了她所遮蔽的一

---

① 译注：阿里阿德涅(Ariadne)，希腊神话中克里特国王弥诺斯与帕西淮之女，给了忒修斯一个线团，助其逃出弥诺陶洛斯的迷宫。

② 译注：拉斯艾艾因(Ras-el-Ain)，奥兰城西的峡谷。

切不幸场景;她放声尖叫,其声音穿透了所有房屋,越过了一切的屋顶。假如有人攀爬在通往圣克鲁兹山的丛道上,映入他眼帘的首先是散布于奥兰各处的彩色方块城堡。往高处望去,那高原周围已然错落的峭壁犹如一只只兽禽蹲伏于海中。若是再往高去,他将会发现,风与太阳形成的巨大旋涡扫过四野,净去了浮沉,并遮掩了这个在巨石景观之上杂乱无章的不洁之城。其对立就体现在了人类壮美的混乱无序与大海永远的波澜不惊之上。这足以让生命的惊愕之气沿着山间小道一步步蜿蜒而上。

沙漠也有郁郁难平之事。奥兰,矿物的天空、街道与树丛都蒙上了一层尘土——所有的一切都协力创造了这密不透风的宇宙,于此,心灵与神智皆无法摆脱自我,也无法从它们的客体——人,那里逃出生天。这里,我说的是,很难找寻到静修之所。修书立传最好在佛罗伦萨或雅典城。这两个城市塑造了许许多多欧洲式的心智,因而其后必隐藏了某种意义。它们能催人泪下也可以让你慷慨激昂。它们能够给予记忆的食粮,满足精神上的饥渴。但是你若身处一个无以魅惑心智的城市、一个四处皆为无名之丑的城市,一个历史还原成无物的城市,你如何才能被感动呢?虚空、倦怠、冷漠的上苍,这样的地方魅力又在何方呢?孤独无疑便是它的魅力,或许,人类也是其一。

就某个民族而言,人类绽放美丽之地需是一片苦涩的原始大陆。而奥兰便是这大陆千百个首府之一。

运　动

奥兰丰布克街[①]上有个称为“中央体育俱乐部”的地方,每晚都会有一场拳击赛。它坚持认为,真正的拳击爱好者绝不会错过。换句话

① 译注:丰布克,rue du Fondouk。

说，它的意思是，海报上列出的选手绝非明星大腕，他们中的一些甚至是首次亮相擂台，因此你若技艺不精，倒可以赌一下对手的勇气不足。一个本地人向我信誓旦旦地保证“鲜血直流”，这倒是让我热血沸腾了一把，那天晚上，我也掺和到了真正的拳击爱好者队伍之中。

而后者显然从来不知什么是温文尔雅。擂台自然就设在四壁涂有白石灰的车库后方，擂台外包上了刨光的锡铁，强光下十分晃眼。绳索周围安放了一排排折椅，它们呈正方形放置。这是“荣誉之擂”。赛场的绝大部分空间都摆满了席位，但座位后面多少也留出一片被称为“休息室”的巨大空间，毕竟这五百个买票进来的观众总有一两个身体不好的需要拿出手绢，出来走走，这样就不至于酿出大祸。这个长方形的盒子里共同呼吸和生活了上千号男士和两三名女士——据我的邻座称，这些人是些“想找新鲜乐子”的人。每个人都汗如雨下。等待“希望之星”对决的当口，一台巨大的留声机不断播放着提诺·罗希[①]的唱片，这倒像是谋杀前的镇魂歌。

真正的拳击爱好者是能够按捺性子等待的。说是九点钟进行的拳击九点半还没有开始，不过无人抱怨。暖春，衣袖中散发的体味甚是激动人心。配合柠檬苏打汽水一阵阵爆起的开瓶声和那位科西嘉歌手不止疲倦地忧伤曲调，观众席也在进行着热烈的讨论。聚光灯将刺眼的强光投向擂台之际，迟来的人进席便要颇费些周章了。因为此时，希望之星们的搏击开始了。

这些希望之星，亦或者因为有趣而初涉此道的小伙子们，为了证明拳击之美，总是期望着在最初的几次交锋中就打得对手落花流水，从而往往无视技术。他们的比赛从来就不会超过三个回合就已经分出胜负。从这一点来看，今晚的英雄莫过于平日里在咖啡街那边做

① 译注：提诺·罗希(Tino Rossi)，1907—1983，流行歌手、电影演员，法国科西嘉人。

着买彩票营生的年轻的“飞机男孩”。当然，他的对手也好不尴尬，在第二局的一开始就被他一记胜似螺旋桨的勾拳击出了擂台。

人群中此时有些激动，但这还算出于礼貌，有些克制。在跌打药剂的神圣气味之中，人们的呼吸变得粗重。他们密切注视着这一幕幕缓慢进行的仪式和不规范的祭品。惨白的墙上倒映出那些选手取悦神灵的身影，一切让他们倍感真实。野蛮宗教的祭典序章就此从容地奏响。那催眠的音符直至后来才慢慢消褪。

于是喇叭中传来了下一场比赛的预告，由阿玛尔，“未尝败绩的坚韧奥兰之民”，对阵法勒斯，“阿尔及尔的强打者”。从未看过比赛的新手会把观众的叫嚷之声错当成是对台上拳击手出场的致意。他可能会想象一些快意恩仇的对决——这些选手间要在台上了断观众早已耳熟能详的口角。说实话，他们要做一了断的正是这口角之争。不过，这更是阿尔及尔和奥兰不共戴天的百年之争。在历史的长河中，这两个北非城市就已常常相互攻讦，与较之而言尚处幸福时代的比萨和佛罗伦萨之间的倾轧同出一辙。选手之间的对抗会更加激烈一些，尽管可能没有什么缘由而已。既然他们之间没有任何相敬如宾的原因，那么相互憎恶就更加相称一些。奥兰人指责阿尔及尔的市民，说他们是“骗子”。阿尔及尔之民则意指奥兰人土气。由于都是些形而上的东西，他们之间看似还有一些更为血腥的责斥之声。既然双方势均力敌，谁也压不住谁，奥兰与阿尔及尔便在体育、数据和市政工程上相互比拼，一较高下，甚至相互侮辱。

于是历史的一页在擂台上展开了。坚韧的奥兰之民在千名观众的呐喊和支持下，用生命和城市的骄傲来防御法勒斯的攻击。事实如此，我不得不承认阿玛尔的争论进展不顺。他的论证有一个缺陷：臂展不足。相反，阿尔及尔的强打者则有了争论必备的出拳臂展。他的拳头让人信服地落到了对手的眉骨之间。疯狂的观众之中爆出了一阵喧嚷——奥兰人挂了彩，流血不止。尽管楼道和我的邻座不断加油助威，尽管有无畏的叫嚣："杀了他！""打倒！打倒！"有细声窃语"不公平！""看，裁判漏吹了那个！"有乐观的估计，"他已经筋疲力尽了。""他一拳就能打倒。"然而在场下的一片嘘声之中，裁判宣布阿尔及尔的选手靠着点数获得了胜利。倾向于谈论体育精神的邻座不停地鼓掌并侧过身来和我说话。由于周围的喧哗之声，他的声音依稀能分个大概："这样，他回去阿尔及尔，就不能再说我们奥兰是野蛮人了。"

然而纵观场下的看客，一场节目单上没有的争斗爆发了。人们挥舞着椅子，警察不得不清出一条道来，场中的气氛达到了顶点。为了安抚这些淳善之民，让擂台回归寂静，比赛的"管理层"没有片刻的倦怠，喇叭中立刻响起了军乐《马斯河和桑布尔河》。不一会儿，观众脸上露出了剑拔弩张的战争之色。惶恐的好战分子和那些跳出来进行裁决的好事之徒在警察的簇拥中被请出了赛场。楼道里一片欢腾，要么"喔喔喔"地纷纷叫嚷，要么模仿淹没在军乐那不可抗拒的洪流之中的嘘声，要求继续剩下的比赛。

但此时广播或者一场大的搏击足以让场下恢复平静。这突如其来，但并不做作，犹如表演一结束演员们马上离场一般。观众对此亦漠不关心，他们掸掸帽子上的尘土，把椅子放回原位。顷刻间，所有人的脸上露出了和善的表情，与坐在观众席上已经为全家人购买了演唱会门票的那个受人尊敬的客人无二。

最后一场比赛是海军拳击比赛的一位法裔冠军对阵一位奥兰本土的拳击手。这次，臂展对后者有利。不过一轮过后，他的优势并没有引起观众的兴致。上次激动的余韵正在慢慢地消退：他们渐渐冷静下来，尽管仍有些气息不匀。倘若他们鼓掌，那也是稀稀拉拉，没有激情。嘘声也失去了敌意。观众分化被两大阵营，这样倒不失偏颇，有助于公平正义。但在激情的消耗殆尽之时，每个人的选择遵循了冷漠和无动于衷。如果那个法国佬保持体式,或者如果这个奥兰选手忘记了规则,用脑袋攻击对方,他们都会招致连串的嘘声而心存惭愧,但随后就又有一片喝彩给他们拨乱反正。直到第七局,比赛才初露端倪,同时真正狂热此道之人也开始从疲劳之中缓了过来。说实话,那个法国人体力已经所剩无几,但由于想赢回点数,他又全身冲向了对手。“我以前有没有告诉你?”我的邻座说道,“现在正是最后的一击。”这确实是最后一击。无情的灯光下,这两个拳手大汗淋漓,他们放弃了防守,皆闭上了双眼,向对方冲去。肩膀对肩膀,膝盖对膝盖,他们推搡着,血流交织在一起,鼻孔亦发出愤怒的喘息声。观众席上,所有的人都整齐划一地站了起来,不时地打断着这两位英雄的努力。他们似乎也遭受到打击,他们会将之反弹回去,并使之回荡在千名观众空洞的喘息声中。同样,那些之前随意选择了他们喜爱选手的观众也始终如一地固守着他们的选择并积极地为他辩护。每隔个十秒钟,我的邻座就会发出震耳欲聋的叫喊声:“坚持住,水手;冲啊,海军!”而我们正前方的一个男子则朝着那个奥兰的拳手大呼:“男子汉,上吧!”男子汉和水手来到了这个由白石灰、锡铁以及水泥构成的神庙,与他们同时闯入的还有一群完全把自己托付于诸神的观众。后者因为经常观看比赛,耳朵也已然变形。当拳头落在另一个选手耀眼的胸肌之上,其沉闷的响声也同样激荡在观众的身体之上。不单是选手,就连旁边的看客也在做着最后的努力。

在这种环境下,平局是难以接受的。诚然,这也与观众的摩尼教众倾向相违背。既然善恶须分明,那么赢输也应明辨。人要么正确要么错误。完美逻辑的结果很快就由一千个精力充沛、要么大声谴责裁判被收买、要么斥责他们卖分的观众所展现出来了。不过水手还是走上前去,一把抱住了他台上的竞争对手,感受着后者友情的汗水。观众为此也大为改观并报以热烈的掌声。我的邻座是正确的:

他们奥兰之民不是野蛮的氏族。

刚刚打完了一场精疲力竭的比赛之后，人群如潮水般涌出，只留下一片满天星斗的寂静夜空。他们似乎连投胎的力气都没有了，走得偷偷摸摸、轻巧无声。有善必有恶——这种宗教信仰是冷酷的。虔诚的教众现在不过成了一群隐没在夜色之中黑白相间的鬼魅而已。因为，强迫与暴力是孤寂的诸神，它们不会给记忆留下一丝一毫，相反，只会将大把大把的奇迹洒向当今。它们正是为这个没有往昔的民族量身打造的，后者则在拳击场上与它们交流、庆贺。庆典的仪式相当困难却简化了一切。善与恶，输与赢。希腊的科林斯也并肩耸立着两座神庙，一曰暴力，一曰需求。

纪念碑

由于许多经济与形而上的原因，奥兰式风格，如果存在，就可能毫无疑义地体现在被称作为科隆大厦[①]的那幢非比寻常的建筑物之中。奥兰不缺纪念碑。这座城市拥有一定比例的帝国元帅，大臣，和当地慈善家的雕像。你会发现这些雕像就放置在满是灰尘的小广场上并任凭其日晒雨淋，久而久之，它们也转化成了倦怠的石头。但无论如何，雕像都代表了来自外部的贡献。而在这快乐的北非伊斯兰教盛行之所，它们表征了文明，这倒让人有所嗟叹。

另一方面，奥兰搭建了她的祭坛和讲台纪念并宣传自身的价值与荣誉。在奥兰，由于无数的农业组织赋予了这座城市以活力，因此在商业城市的中心地段，奥兰人民不得不为其建立一个共同的家园。他们相信若是树立一个令人信服并融合了他们种种美德的形象将能够更好地巩固这些美德。基于这种理念，诞生了科隆大厦。从这座

① 译注：科隆大厦，Maison du Colon。

大厦来判断,那些美德有三:品味大胆、崇尚暴力以及历史杂糅之感。埃及、拜占庭和慕尼黑都曾参与建造了这座精美的大厦,完成了这个倒碗形状、油酥糕点式的建筑。让人实感活力无限的五色彩石被引入进来,用于勾勒天花板的轮廓。这些马赛克的饰物纵横恣肆,极具说服力。你首先只能看到一些不规则闪烁的亮点。但你若走近一点并关注这闪烁的话,你会发现这其中的隐含之意:一位系着蝴蝶形领结、头戴白色软盔,举止优雅的殖民者正在接受一列穿着传统服饰的奴隶游行队伍的致意。[①] 这座大厦以及它的彩色图案倒映来往于广场中心的双车厢有轨电车上。这电车的污秽也是这座城市的魅力之一。

奥兰格外珍视供游行之用的达姆广场[②]上的两只石狮。自 1888 年以来,它们就盘坐于市政大楼对面的街道上。石狮的作者叫做该隐。这些石狮宏伟壮丽,有着粗短的躯体。据说,华灯初上,它们会一个接一个地从墩座上跳下来,默默地绕着漆黑的广场闲庭散步,偶尔在灰尘笼罩的无花果树下方便一下。当然,这些只是奥兰人道听途说而已,不可尽信。

尽管曾做了一定的研究,但我对该隐兴趣寥寥。我只知道他有着高超的雕刻技艺,在动物雕刻上享誉盛名。然而,我时常会想起他。这是奥兰特有的一种理性上的天赋。一位名声显赫的艺术家在这里留下了一件不起眼的作品。他把两只平易近人的狮子摆放在了自命不凡的市政大厅前,数十万的居民对此甚是熟稔。这就是一种成功的艺术。要知道,与其他数千件同类作品一样,这两只狮子证明了某种天赋之外的东西。有些人创作了《夜巡》、《圣弗朗西斯获得圣

---

① 原注:正如你所见,阿尔及尔民族的另一品质就是坦诚。

② 译注:达姆广场,Place d'Armes。

痕》、《大卫》，甚至是法沙利亚式的浅浮雕《花之称颂》，而相反，该隐在海外某个商业行省的广场上雕刻了两个十分有趣的鼻子。不过或许某天，大卫与佛罗伦萨一同降落于此，恐怕只有这些狮子们能够幸免于难吧。我得再重复一遍，它们证明了某样东西。

这一点谁又能解释清楚呢？这作品给人一种既无足轻重又安全可靠之感。精神毫无价值而物质却关系重大。为了坚持永恒之道，平凡想尽一切之法，甚至是把自己融入到了青铜雕刻品中。尽管无人赋予它永生的权利，它却在平日的生活中得到了那种权力。它本身真的不是永恒吗？在任何情况下，这种不懈与坚持都更能够撩动人的心弦，这里不仅包含了自身的教谕，也有奥兰所有的纪念碑以及奥兰这座城市本身的教谕。一日一时，它偶尔会催促你注意到一些微不足道的事情。这频频的重现将让心智受益匪浅。从某种意义上说，这是心智的自洁之功，既然它必然有些卑躬屈膝之机，那么在我看来，这个纵情于不智的机缘似乎远胜其他之机。任何瞬息之物都梦想长久。那换句话说，一切事物都愿永生长存。人间之所出再无太多深意。这样看来，该隐的狮子与吴哥[1]的断壁残垣一样，让人臻于谦和。

还有些其他的奥兰纪念碑。或者至少可以说，这些纪念碑称得上是奥兰之物，因为，它们也都代表了奥兰，尽管可能是以一种更加深沉的方式。这便是如今绵延海岸有近十公里之长的基建工程。显而易见，这项工程是要将这海湾最璀璨的部分变成一个庞大的海港。这事实上又是一个人类与石头交锋之机。

在荷兰的佛兰德，让人印象极为深刻的是频繁出现在某些油画大师作品之中的一个普遍的主题——建造通天之塔：广袤的风景、攀

① 译注：吴哥(Angkor)，柬埔寨西北部古高棉国都城，因吴哥窟而闻名于世。

援而上通往天堂的岩石、人声鼎沸的陡峭斜坡、动物、天梯、奇怪的机械、绳索以及各种滑轮。在作品中,人的存在只是用于对比那非人的浩大无边工程。而这也是城西的奥兰海湾让你所产生的感觉。

沿着广阔的斜坡与钢轨,倾卸车、起重机和小火车缓缓而行,在炽热的骄阳之下,如同玩具一般的火车头在汽笛声、尘土与烟雾混杂之中,于硕大的巨石之间绕行而过。日日夜夜,它们犹如一列蚂蚁匆忙地穿梭于烟雾缭绕的山脊之间。数十名工人紧紧地抓住一根绳索,沿着悬崖上下作业,他们的服务紧贴着手压钻头的把手,让钻头在真空作业区域内钻上一整天,直至大块的岩石化成粉末而急速落下才罢手。然后,倾卸车把一车车的碎石倾倒于斜坡之外;那些岩石犹如一场急雨,猛然落向海里,它们或跳入或滚入至海中,而每一块巨大的岩石必会连带着许些小块的碎石一齐进入水底。每隔一段时间都会进行爆破,时机要么选在夜深人静之时,要么是白昼之下,但无论如何,这巨大的轰鸣都将憾动了整座山脉,让这海洋本身也泛起了无限的涟漪。

在这无垠的建筑工地上,人类对石头发起了正面的攻击。假如人能忘却这让工程成为可能的残酷奴役,即使只有短暂的一刻,那他必会钦羡。这些从山上脱离下来的石头服务于人、服务于他的计划。在第一波的震荡中,它们堆集在一起,渐渐浮出水面,最终有了一席之地,从而形成了人们与船舶通向浩瀚之海的必经之道。巨大的钢铁之颚永不停歇,不停撕咬着这峭壁的腹部并不时地翻转过来,将溢出的砾石倾倒在水中。随着这海边峭壁高度的不断下降,整个海岸却锐不可当,一步步侵蚀着海洋。

当然,石头是不可能被破坏的。它只是从一个地方转移到了另一地方。不管怎样,它都将比使用者有着更持久的生命。眼下,它是满足了人类行动的意愿,而对它本身来说,这可能毫无意义。但是把东西搬来搬去是人的工作;要么就那么做,要么就什么也不做,他必须有所取舍。[1] 显然,奥兰之民已经做出了选择。在那冷漠的海港边,他们将常年累月地忙碌沿着海岸堆砌——原注石头。百年之后——换言之,明天——他们将不得不再次为之。但今朝,这一堆堆的石山证明了这些在此之中辛勤忙碌的人们,他们忍受灰尘、洒下汗水。奥兰真正的纪念碑依旧是她的石头。

阿里阿德涅之石

奥兰之民像是福楼拜的那位朋友,他临终之时,看了最后一眼这个无可替代的世界,高呼:“关上窗子;它太美了。”也是他们关上了窗户,封闭了自己,阻隔了风景。但福楼拜的朋友,勒普瓦特万[2]死了,岁月依旧日日蹉跎。同样,奥兰黄褐色的城墙之外,大地和海岸仍然继续着对话而无视着他人。相反,人类却往往对世间的这种永恒痴迷不已。它让人绝望,却又使他激动。世界永远喃喃而语着一件事:它首先让人兴趣盎然,然后教人兴渐阑珊,最后它借得顽固而胜出。它永远是对的。

在奥兰的每扇城门之前,自然早已响起了它的声音。在加纳斯特尔[3]方向,无垠的荒原上满是芬芳的灌木丛。太阳和风诉说的只是孤独。奥兰之上是圣克鲁兹山[4],乃高原以及万千入山的峪谷。一度马车通行的驿道沿着高悬海面的斜坡蜿蜒而上。一月里,有些小道上朵朵嫣红。雏菊和金凤花把它们变化成黄白点缀的奢华之旅。圣克鲁兹山,众人皆知。倘若我要谈起它,我必须忘记那些盛宴之日在

① 原注:本文针对的是某种诱惑。我们必须要领悟到这一点。唯有完全了解到这些事实,我们才能有所行动。。

② 译注:勒普瓦特万(Le Poittevin),1816—1848,法国作家,福楼拜的好友。

③ 译注:加纳斯特尔(Canastel),现为奥兰的一个人口密集区。

④ 译注:圣克鲁兹山(Santa Cruz),奥兰的旅游胜地之一。

崎岖山道上攀援的神圣行列，才可回忆其他的朝圣之旅。静默中，他们走上红石，高踞于一平如镜的海湾之上，在耀眼的阳光中，献身于赤裸，长达一小时之久。

奥兰也有荒漠：它的海滩。城门附近的那些沙滩冬春两季便是人迹罕至之所。它们是长满了水仙的高原。在花丛深处，你会发现许多光秃秃的小茅屋。下方的大海在不停隐隐地呜咽。然而，太阳、柔风、水仙的素白和天穹的蔚蓝，一切都让人幻想夏日——那时到处满是金黄色的青年，他们整日流连于此，莫不期待黄昏倏然而至的柔情。这些海滩上每年都有一季鲜花般的姑娘。显而易见的，她们只有一季的时间。来年新开的热情花儿将取而代之，尽管去年这些小女孩的胴体还如花蕾般硬梆。上午十一时，所有新鲜的胴体身披五颜六色的东西，从高地上轻快地走下来，散开在沙滩上，犹如色彩斑斓的波浪。

要是再走远一些(奇怪的是，那里很接近那二十万人劳作的地点)，我们会找一处更为原始的风景：长圆的荒僻沙丘，那儿过往之人留下的唯一印迹便是一间虫蛀了的小木屋。偶尔有阿拉伯牧人赶着一群灰斑的黑色山羊沿着沙丘的顶端前行。夏日的清晨来到世间，似乎最先降临到奥兰乡间的沙滩上。夕阳西下，余晖染黑了一切的色彩，而每一道暮霭似乎都是它所宣泄的最后肃穆和愤怒。深蓝的海，血色凝结的路，金黄的沙滩，万物皆随绿色的太阳一同消失。一小时后，沙丘便沐浴在了月光之下，然后是星雨连连的夜，美不胜收。偶有暴风雨来袭，闪电的烁光照亮了沙丘和苍穹，也赋予了沙地和人的眸子以橘色的光。

这一切是无法分享的，人们必须亲身经历它。无边的孤独和崇高使这块地方具有了一种难以忘怀的面貌。破晓前的温存时分，遭遇到第一波苦涩的黑浪之后，一个新的生命勇敢地抵抗着夜间那沉实厚重的海水。这些欢乐依然留下的回忆并未使我有片刻惋惜，因此我认为它们是善的。不移的忠诚是多么的困难啊！而多少年的岁月，这丝丝的喜悦仍然存在于这颗善变之心中。现在我知道，倘若重回那空寂的沙丘，同样的天穹会向我倾泻它的微风和星斗。这块土地天真而纯净。

然而天真也需要沙石。人类已经忘却了如何在沙石中居住。至少看似如此，因为，他在这座厌倦沉睡的不平凡之都中寻求庇护。这种对峙形成了奥兰的价值。厌倦的首府被天真与美紧紧围住，它被军队团团包围：每块石头都是一名战士。然而，某些时刻，走出城池投向敌人，这种诱惑是多么大啊！与石头同化，把自己融入那熊熊燃烧也无动于衷的宇宙，唾弃历史及其纷扰——诱惑何其之大！当然，那是徒劳无益的。然而，每一个人心中都具有一种深邃的本能，它既非毁灭又非创造，只是一种与任何事物都不相同的东西。奥兰，温暖城墙的阴影里，灰尘弥漫的柏油路上，人们有时会听到这种邀请之声。似乎曾几何时，投靠于它的心智从未失望过。这是欧里狄克①的黑暗和伊希斯②的睡眠。这里是思想自我梳理的荒漠，是黄昏抚慰一颗烦乱之心的凉手。这橄榄山上，守夜是多余的；心智召唤并赞同沉睡的十二门徒。他们真的错了吗？他们究竟还是得到了启示。

想想在沙漠中的释迦牟尼③吧。几年来他纹丝不动地蹲在沙漠之中，两眼凝视着上苍。诸神都羡慕他的智慧和磐石般的命运。燕子在他伸展的双手上筑巢。但有一天它们应了远方的呼唤，飞走了。这位抛弃了名、欲、利、难的苦修者开始啜泣。于是，花朵儿在岩石上绽开。是的，必要之时让我们接受石头吧。我们希冀透过人的面孔得到

① 译注：欧里狄克(Eurydice)，希腊神话中奥菲尔之妻，在她被蛇咬死后，奥尔甫斯设法使她能够从阴间返回阳间，但条在走出冥界之前他回头看了妻子，违反了冥王的规定，欧里狄克随即化作了石头。

② 译注：伊希斯(Isis)，古埃及神话中司生育和繁殖的女神。

③ 译注：释迦牟尼(Sakyamuni)，公元前1027—949，本是古印度迦毗罗卫国(今尼泊尔境内)的太子，后得道成佛。

秘密和狂喜，从石头那儿我们也可以知道这些。不错，石头不能长存。但究竟什么可以永存于世呢？人脸的秘密褪却了，我们又被套上欲望的枷锁。即使石头不比人心，对我们贡献甚伟，那至少也会和他一样。

“哦，一切皆是虚无。”数千年来，这句伟大的呼喊让百千万的人奋起反对欲望和痛苦。它那将熄的回声跨越了世纪与海洋，到达了那遥远的古老的大海上。那声音依旧沉闷地回荡在奥兰的山崖上。这国度中的每一个人都不自觉地遵循着这项忠告。当然，这几乎是徒然的。绝对之能尚不可求，何况虚无之空呢？但既然我们要么接受了玫瑰，要么接受了人类的苦难，理解了其中的永恒讯息并甘之如饴，那让我们也不要拒绝这个世界所提出的罕见邀请——一起睡去吧！因为二者蕴含了同样多的真理。

这或许就是走出这梦游之都、狂乱之都的阿里阿德涅的线头吧！这里，人们学会了某种厌倦的德行，尽管这只是暂时而为之。为了避免一死，人们必须对弥诺陶洛斯“唯唯诺诺”。这是一种历史悠久却卓有成效的睿智。海上，红色峭壁的底部静默无言，而在一左一右的两块庞然山岬之间，你会寻得一种微妙的平衡，这种平衡亦随着海流倾泻，沉入清澈的水底。远方，有一艘海岸警卫的船只沐浴在明亮的光辉中，缓缓巡行。在它的一呼一吸中，我们似乎可以清晰地听到闪着微光的力量所发出的一声声模糊却异与人类的呼唤：那便是弥诺陶洛斯的道别。

正午时分，白昼平衡在天秤之上。旅人的庆典之后，他会得到解放的报偿：小小的石头，如水仙花一般干燥光滑，那是他在山崖所拾。对一个入世未深的人来说，这世界并不比这石头重上多少。阿特拉斯[①]的工作并不困难，一个人一个小时就足够了。然后人们就会了解

① 译注：阿特拉斯（Atlas），希腊神话中被罚以双肩掮天的巨人。

到，这些海岸会整个小时、整日或整年沉浸在自由之中。它们欢迎过僧人、公仆或征服者，却是在匆忙之间，甚至没有看过他们一眼。有些时日，我期盼在奥兰的街道上遇见笛卡儿或凯撒·博尔吉亚[①]，却没有遂愿，也许旁人的运气会好些。伟大的事迹、伟大的作品、刚健的冥思旧时常用来召唤沙砾或修道院的孤单。在那儿有全副武装的守夜精灵。除了在一座以非知性之美筑造的大都市里感受空虚之外，它们还能在何处得到更大的礼赞呢？

这里有小石，光滑如水仙。这是万物的开始。花朵、眼泪（如果你坚持的话）、分离和斗争都是明日之事。这正午，在广袤无垠的铿锵太空之中，光明之泉迸发自天穹，海岸上所有的岬角好似启航的舰队。这些沉重的光明石舟摆动着它们的龙骨，仿佛要准备驰向日光普照之屿。哦，奥兰乡间的清晨啊！燕子飞过高原，便一头扎入那巨大的山谷，那儿气流滚滚，川流不息。整个海岸已准备待发；一股冒险的热情激荡于身。明天，也许，我们将一并同去。

1939 年

① 译注：凯撒·博尔吉亚（Cesare Borgia），1476—1507，意大利的极权主义者、野心家。

重返提帕萨

你，一颗狂暴的灵魂，忿然远离了生你养你的家园，漂洋过海；如今你定居在了一片陌生的土地上。

——美狄亚①

阿尔及尔，雨一连下了五天，从未间断过，最终连大海也因此湿润了。这连绵的大雨仿佛是从无穷无尽的天河中倾泻而出，靡靡的稠雨一齐涌入了海湾。此时，柔和而略显灰白的大海宛如一块巨大的海绵，在若隐若现的海湾里缓缓地伏起着。但乍看之下，大雨之中，海面似乎仍一平如镜，只是时不时地会有那么一股几乎察觉不到的暗流翻涌起来。远处，一股薄薄的烟雾依稀可见，它从海面中升起并沿着海港方向，划过湿润的林荫大道，飘抵了码头。城市里所有乳白色的墙壁都在滴水，整个城市散发出一种独特的水汽。这水汽挥发开来，与第一缕暮气相互融合，就好像无论你走在哪里，你闻到的是水而喝到的是空气。

十二月的阿尔及尔，我端起一杯泡好的清茶，一边踱着步子，一边等待着。对我而言，十二月的阿尔及尔却是夏日之城。我从欧洲夜晚的那些冷若寒霜的浮世众生中逃将出来。可这夏日之城却也一

① 译注：美狄亚（Medea），希腊神话中科尔喀斯国王之女，以巫术著称，曾帮助过伊阿宋取得金羊毛。

反往日的欢笑，这里众人弯下腰身，转过身去，以背相迎。晚上，我则躲在一家光线昏暗的咖啡馆里，从一张张不知所谓的脸上读出了我的年纪。我只知道他们曾经与我一样无限年轻，而今他们却不复当年了。

尽管我不是十分清楚我在等什么，但我坚持了下来。或许要等到重回提帕萨之时，我才会如梦方醒吧。一个人在不惑之年想要重回自己年轻时待过的地方并且还要重温自己热爱并乐在其中的二十岁生活，这种想法肯定是疯狂无比，几乎是要受到道德惩罚的。可对于那种疯狂，预先就有人警告了我。战火纷飞的年代耗尽了我的青春。而打那战争结束不久，我就曾踏上过提帕萨的旅程。我想我还是希望在提帕萨重获那难以令人忘怀的自由的。二十多年前，就在这里，我每日清晨都在断壁残垣中徜徉着，大口呼吸着苦艾草的芳香并倚着石头给自己取暖。要是发现有挨过春天的小玫瑰，我还会立刻扯下它们的花瓣。只有在晌午时分，蝉仿佛不堪其苦、不再鸣叫的那个时段，我会躲避天空射下的那贪婪地吞噬一切的强光。偶尔在流星划过的夜空下，我在睡梦中也睁开双眼，观察着星空。那时我感觉自己是活着的。十五年后，我找到了当年徜徉的废墟，它就在第一波海浪所及之处几英尺外的地方。我沿着大街走在这座被人遗忘且自固封畛的城市中，穿过满是苦楚之树的田野，最后来到斜坡之上。我俯视着草垛，依旧轻抚过有着面包一般颜色的塔器。然而现在废墟的周围布满了带刺的铁丝网。若想要进去，就只能穿过某些较大的缝隙。这废墟也是禁止入内的，似乎是因为人们的道德观只允许我们晚上在那里走走；而白天，在那儿，你则会碰见了一名政府派来的守卫。那天早上就是这样，整个遗址都淫浸雨中。

我徒步穿过潮湿孤独的乡野，渐渐迷失了方向。至少，我极力想重新获得那种目前还一直埋藏在心底的力量。我曾经承认我无法改变这股力量,但也正是这股力量帮助我接受了现实。我实在无力让时间倒流,也不能使那个我很久以前曾经十分喜爱却在一天之内便消失的景色复归这个世界。实际上,1939 年 9 月 2 日的我并没有按计划去了希腊。相反,战争降临到了我们的身上,然后随即蔓延到了整个希腊城邦之中。那天,当我站在盛满黑水的石棺前或是湿漉漉的柽柳下,这种陌生的距离感、这些将温暖的废墟与铁丝网独立开来的年头,也再次涌上了我的心头。这个我起初成长的地方周围环绕着美丽,这种美是我唯一拥有的财富。渐渐地,我积累了很多的美。随后,那带刺的铁丝就出现了——我是指暴政、战争、警察,还有这反叛的时代。在与黑夜的极权相处的日子中,人不得不摆明自己的立场:白昼之美只存留在记忆之中。在这泥泞的提帕萨,记忆变得暗淡了。这确实是一个事关美、财富或者有关青春的问题!这个世界在熊熊战火的火焰之中突然多出了许多苍老的皱纹并且变得伤痕累累,这里既有新伤也有旧患。她立刻衰老了下去,我们也跟着她一同老去。我到这里本是为了寻找一种"鼓舞";可我却发现,这种鼓舞只对那些没有意识到自己将要出发奋进的人起作用。没有一分纯真,也就不存在什么爱。那么,这份纯真又存在何方呢?一个又一个的帝国正在分崩瓦解;国与国之间,人与人之间也相互撕咬着对方的喉咙;我们的双手沾满了泥土。我们诞生之初并不知道我们自己是清白无辜的,而现在,尽管我们无心犯罪,但我们却是有了罪行。懂得的越多,这个谜就越纠结。哦,真是可笑啊,这就是为什么我们在乎仁义道德的原因吧。虚弱残疾的我竟还在做着道德的美梦!在那天真无邪的日子里,我甚至从来都不知道存在着这种道德。现在我知道了,但我不符合那道德要求的标准。在我曾经伫足忘返的岬角之上,在废弃寺庙里的潮湿塔器之中,我似乎总跟在一个人的后面。我仍能听见他走在石板和瓷砖上的脚步声,但是,这个人我是永远都不会再赶得上的。我回到了巴黎。回家之前,我在那里待了数年。

然而我隐隐地感觉到那些年里我总挂念着什么。当一个人好运袭人可以尽情去爱的时候,他的生命就会在尝试重新获得那种激情与启迪的过程中一点点地消磨过去。放弃美、放弃与之相连的肉欲的快感、一心一意地侍奉不幸,这些需要一种我所不具备的高贵品质。但强迫人去排斥美和快感是不现实的。孤立的美感终会化作痴痴的傻笑;孤立的正义终会变成压迫。任何一个旨在侍奉唯一而排除他者、甚至连自己都弃之不顾的人最终只是两次侍奉了非正义。多亏了刚直,我终究看到了那一天的到来:那一天,人们再也没有了任何疑惑,未知的事物业已化解、生命开始再次绽放。在此之前,人们被流放他乡,生命被磨灭成粉,灵魂早已死去。为了苏醒,人们需要特殊的恩泽,遗忘自我,或需要一个复归的家园。某些早晨,在拐角之处,一滴看着让人欣喜的露珠滴落在心田之后便蒸发而去,可它的清凉还留在心底。这份清凉是内心一直所渴求的。我要再度启程出发。

第二次来到阿尔及尔,天空下着同样的倾盆大雨。仿佛自我上次决定离去之后,天空还没有放晴,而我依然步行在这瓢泼大雨之中,闻到的还是这忧郁的雨雾与海水的味道。虽然天空雾气缭绕,虽然在大雨之下又见一个又一个躲雨的背影,虽然咖啡馆昏黄的灯光中一张张面孔都被扭曲,可我依然心存希望。并且,我不是知道吗?这阿尔及尔的雨看似意犹未尽,然而瞬时可止,就像我们乡下那些涓涓的细流,两个小时之内就会高涨许多,淹没大片土地,但突然就干涸了。实际上只需一晚,雨就会停下。我于是又等了一晚。第二天清晨晶莹而炫目,海面清澈而通透。被雨水洗刷了一遍又一遍的天空如雏菊般鲜艳,它经过多次揉洗,还原出它最为精细清宁的质地。一道道富有生机的光线从这苍穹之中散出,在每一棵树和每一座房子身后留下了鲜明的轮廓。这树木和房屋也为此焕然一新，确实让人惊讶万分。若是这世间的清晨都是如此明亮，那这地球必定已是生机勃勃了。我于是再次踏上了前往提帕萨的路。

对我而言，这不单单是一条六十九公里的路途，路上每一处都触动着记忆的璇旎。动荡不安的童年、公车嗡鸣声中少年的白日幻想；清晨、沙滩、纯朴的姑娘们、精力永远充沛的小伙儿以及夜深人静时那十六岁心中小小的不安；渴求生活、名望、经年不变的天空、无穷无尽的力量与光芒，以及永不餍足的愿望本身；它们一个又一个涌上心头，耗尽了整日整月的时光，只留下中午死寂时分躺在沙滩上呈现出十字架形状的沉迷男女。当我再次从地平线的大路方向投下目光时，我只发现，同样的这片海洋便在晨光中若隐若现，而萨赫勒[1]和它那阴影中古铜色的葡萄园却倾斜延伸至海岸深处。但我并没有伫足端详，因为我急于再次见到西纳瓦山[2]，再次见到那座坚实的山岳——它是仿佛从一整块巨岩中直接雕凿出来的山峦，西与提帕萨海的湾毗邻而直至延伸入海。抵达之前，从老远的地方看，你会发现一道轻盈的蓝色雾霭与天穹已然浑为一体。而随着你不断地朝它走去，这道雾霭逐渐凝结直至染上周围海水的颜色——那威而不怒的海水前一秒还汹涌澎湃，卷起令人惊悚的无情巨澜，而在下一秒间就马上平息下来。走得更近一些，将要快到达提帕萨大门处，你会发现它那频频皱起黄绿相间的庞然大物，以及历史久远而布满苔藓的神像。它们神圣而不可撼动，是其子子孙孙的港湾和庇护之所，而我也从中受益良多。

穿过层层带刺的铁丝网，我终于走到了它的面前，注视着它，此

---

① 译注：萨赫勒(Sahel)，北非辽阔的半干旱地区，位于撒哈拉南部。

② 译注：西纳瓦山(Chenoua)，阿尔及尔以西，歇尔谢尔港(Cherchell)与提帕萨之间的山峦地带。

时，我才发现自己却身处一片废墟之中。冬季，十二月的阳光无比荣耀，至此之后，我也不过偶尔有一两回感受到生命是如此贴心，因为在这温暖的阳光下，我终于明确了长久以来一直在追寻的东西，那种无论何时何地都任我予取予求、真诚忠实的东西。它就在那荒凉的大自然中。从橄榄树零星点缀的广场俯身下去，你就能找到那座寂静无声的村庄，看到缕缕炊烟飘向清澈的天空。同样的，大海也静谧宁馨，就像是笼罩在一大片炫目而清冷的光雨之下。从远处的西纳瓦山传来孤单的一声鸡鸣，颂扬着今日那点微薄的荣光。废墟的方向，目光所及之处皆是斑斑点点的石块和苦艾、树木，以及这如水晶般剔透的空气。似乎整个早晨是固定不变的，而只有太阳经历了一段绵长而停滞的时光。此等阳光、此等静谧之中，多年积累下来的愤怒与这夜晚一起慢慢融化消逝了。我听见自己内心深处欢唱着一首几乎被忘却的歌谣，就好像我的心脏经过漫长的蛰伏终于准备开始再次跳动一般。现在清醒之后，我突然意识到那种静谧是由些难以察觉的声音一个一个拼凑而成的：鸟儿华丽的低声吟唱，海浪拍打礁石的几声短暂的咏叹，树木的颤动，塔器的盲唱，苦艾草的瑟瑟之音，还有那鬼祟的蜥蜴。我听到了这些声音，我也听到了自己内心欢涌着快乐的源泉。我感觉到我好像终于抵达了那个心灵的港湾——至少有那么一刻我到达了，并从那一刻起，时间便永无止境。然而很快以后，太阳就上升到空中一个显见的高度。一只喜鹊简短地揭开了序幕。刹那间，各种鸟儿的歌声从四面八方突然响起，那歌声爆发出喜悦与欢腾、快乐的变奏以及无尽的狂喜。新的一天开始了，它又将把我送至黑夜。

中午时分，站在那个长满紫草、半边沙土的斜坡上——这半边的泥沙好像前些日子狂暴的浪潮退却时留下的泡沫——我看见此时的大海已经筋疲力尽，暗流不再涌动。爱和敬仰，人类无法长久地忽视这两种于此能够得到满足的渴望,因为仅仅是小小的运气不好而不被爱、不懂得去爱才是最大的不幸。现在,我们所有人都于这种不幸之中奄奄一息。因为,暴力和仇恨干涸了这颗本质的心;追求公平正义的长久争斗则会穷尽那份产生公平正义之心的爱。在我们生活的尘嚣中,爱始终望眼欲穿,正义也少之又少。这就是为什么欧洲大陆憎恨阳光,只会以暴制暴、用非正义来对抗非正义的原因。在提帕萨,我再次意识到,为了不让正义枯萎凋零,不让它成为一只好看却干瘪的橘子,人们必须拥有未曾玷污的新鲜之感、清冽的幸福之泉。他们必须逃避非正义,喜爱白昼,然后再回归夜晚,与之战斗直至赢得那一道曙光。这里,我再次想起了往昔的美丽与朝气蓬勃的苍穹。我暗自盘点着自己的好运从而意识到:即使是处于最糟糕的那些狂热年代,这片天空的美好记忆也从未离开过我,而也是借着这片美好的记忆,我最终摆脱了绝望。我一直清楚地记着,提帕萨的断壁残垣要比我们新生的建筑更为年轻,比我们空袭过后的废墟更有活力。这里,世界重新来过,人们每日都沐浴在崭新的光明之中。哦,光明啊!这是一切古代戏剧里的人物面对他们的宿命所发出的呼喊。我现在才知道,这同样也是我们的最后一根救命稻草。我最终发现,即使在这隆冬时节,我的心中也有着不可战胜的夏日。

* * *

我再次离开提帕萨,回到了欧洲与它的纷争之中。但有关那天的记忆仍然激励着我,帮助我面对那些起起浮浮。我们一起挺过了最艰难的时候。除了记录并学习如何把白和黑拧成一股绳拉伸至它的最大限度,我还渴望些什么呢?在我至今为止所说所为的一切之中,我似乎感觉到了这两股强大的力量。即使它们有时相互矛盾,我也毫不例外地感觉到了。我无法切断与我的出生紧密相连的这道光,然而我也不想拒绝时间的奴役。这里,把提帕萨这个甜美的名字同其他那些或堂皇或残酷的名字放在一起，加以对比，应该是一件太过简单的事情。对于今日之人，这里存在了一条内在的心路。我很清楚，我们可以从两个方向一齐迈进。这条道路会引导我们从精神的巅峰走入罪恶之都。毫无疑问的，路上，人可以一直休息，甚至可以在精神之巅安然睡去或是在罪恶之城借宿一晚。但倘若人放弃了这其中的一部分，他就是放弃了自我，放弃了去生活、去爱，而是选择让别人代劳一切。世上，我最尊崇的一种美德就是永不放弃生活，坦然面对生活之所有的态度。至少，我真的常常想实践这种美德。很少有哪个时代会像如今这样，人们必须平等地对待最好与最差的境遇，因此，我确实想不再逃避，忠实地拥有这双重的记忆。是的，这里存着美，这里也有羞辱。无论我将承担多大的艰险与困阻，我绝不会对这个不忠或对那个三心二意。

然而，这仍然相当于一条道德准则，我们活着是为了某种比德行更超前的事物。倘若我们只能道出它的名字，那么将会是一片空寂！提帕萨以东，圣萨尔萨教堂坐落的山上，夜晚在此休憩。说真的，夜晚也有些光辉，不过在这光辉中，一丝不易察觉的闪烁宣布着白昼的结束。起风了，有着夜晚一般的青春的平静大海突然向着一个方向翻腾起来，波涛从地平线一端冲向另一端，宛如巴伦河的激浪。天空阴沉下来。然后这神秘、这夜晚的诸神、这超越的欢乐开始降临了。但如何将它们转化成人类的语言呢？我从这里带走的小小硬币上有一个清晰的表面，一个妇人的美丽面孔总是反复向我诉说今天所学到的一切。而踏上归程之时，我的手指告诉我这硬币还有另一个图案已然残缺的表面。那个无唇的妇人能向我诉说些什么呢？另一个在我心中的神秘的声音告诉我，每日的生活也向我通报了我的无知与幸福：

“我一直在寻找的秘密隐藏在一个满是橄榄树的山谷之中。它在草丛和冰冷的紫罗兰之下，在一个燃起寥寥炊烟的古老木屋的周围。二十多年来，我徜徉在这山谷之中，也漫游过其他与之相似的山谷，我询问过那沉默的牧羊人，我也敲过荒废已久的山间小屋之门。有时，当第一颗星星出现在依然明亮的天穹的时候，沐浴在粼粼微光之中的我在想，我知道这一秘密。是的，我过去的确知道。或许，现在我依然知道。但是没有其他的人想知道这一秘密的分毫；毫无疑问，我自己也不想再拥有这一秘密了；我不能离开我的人民。我生活在家中。我的这个家族认为它掌控了由石头和迷雾建构的富裕而丑陋的城市。日日夜夜，它畅所欲言，一切皆跪倒在它的面前，跪拜着虚无：它对所有的秘密都充耳不闻。然而，它这种承载着的权力让我厌烦，有时它的吼叫让我困倦。但它的不幸便是我的不幸——我们流着相同的血。同样是一个跛子，一个聒噪的帮凶，我为什么不在乱石之中大声叫嚷呢？于是我努力忘记这一切。我走进钢铁和火焰交织的城市，我勇敢地面对黑夜微笑，我向风暴致敬——我应该是忠诚的。事实上，我已经忘却乐。打那以后，我积极却盲目。但或许有一天，当我们准备因疲惫与无知而死去的时候，我应该能够断绝那些招摇的炸弹，而攀爬到那个山谷，于同样的星光中，最后一次温习我所知晓的知识。”

1952 年

临近之海[1]

日 志

我在海边长大,贫苦对我而言不啻于是种奢侈。后来我离开大海却发现一切奢侈如此苍白而贫苦却是那么让人不堪。从那时起,我就一直等待,等待那归乡的轮船、水上的家园以及海上那片清澈透明的白昼。我耐心地等待着,彬彬有礼却满怀激情地等待着它们的到来。人们常会看见我留恋于高雅时尚的街道,看见我钦羡着绝世的美景,看见我像众人一样鼓掌称道、通晓礼数,可那个人不是现在侃侃而谈的我。有人称赞我,我不会想入非非;有人诋毁我,我也很少错愕惊异。很快,我便忘记了那个曾诋毁过我的人并向他微笑。我亦会对我所敬爱之人太过谦恭。倘若我的全部记忆只是一种印象,那我还会这样做吗?最后他们会把我叫过来,让我告诉他们我是谁。“没什么,没什么。”

葬礼上,我超越了自己。我确实超脱了。我缓缓地走过钢铁架设的郊区,走上宽敞却冰冷的乡间大道。道路的两边满是水泥铸成

① 本文首先刊载于1954年的《新法兰西评论》(*Nouvelle Revue Francaise*)。加缪首先在《笔记Ⅱ》(*Carnet Ⅱ*,p. 290;阿尔弗雷德·A·诺普夫版,p. 228)中表明了他想写一篇关于海的文章,他写道,“这绝望之人没有乡土。但我知道海的存在,这是我为什么生活在凡尘之中的原因。”——P. T.

的树木。那里,天空缠上了一丝血色,我看到鲁莽的工作人员把我的朋友埋葬在六英尺的尘土之下。如果我抛起一束从沾满泥土的手接过的花,这花必会落入坟茔之中。我的虔诚是实实在在的,我也一如他们之感,我的脑袋亦乘机有所思考。人们会因为我用词得当而敬重我,但我却不能接受这份荣誉:我一直在等待。

我等了好久。有时我会绊倒,失去知觉,成功也避我而去。这有什么要紧的呢?我依旧孑然一身。晚上,我会醒来。在半睡半醒之时,我仿佛听到了海浪的声音,海水的喘息。而等我完全清醒过来,我才意识到那是林间的风飒以及这空无一人的市镇传来的低沉哀鸣。后来,即便用尽浑身的解数,我也没办法用当下盛行的时尚来隐藏并掩饰自己的失落。

有时也会是另一番场景——别人帮助了我。纽约。某些夜晚,当我迷失于上百万人留恋往返的石头与钢铁之中,不知道哪儿是个尽头的时候,我便会奔跑于这些钢轴之间直至筋疲力尽。那时,只有那些找寻出路的人群能够支撑我。但每一次的奔跑,那回荡于耳边的拖船轰鸣让我明白:这犹如空井一般的城市是一座孤岛,而若是这束缚在中空木塞之中的上帝倾倒下来,那么等待着我的将是污黑、腐臭的洗礼之水。

于是带着上天的祝福,我做出了抉择:我放弃了我的所得,倾尽了我的所有,借住在自己家中,于是受到了人们的赞赏。我,一个绝望的陌生人,随时都可以出航。绝望的人是没有容身之处的。但我知道,大海在翻腾,在我的身后支持着我。我已然濒临癫狂了。那些异地相思相爱的人可能活在悲痛之中,但这不是绝望,因为他们知道爱的存在。这是为什么我历经苦难,流干泪水,身遭流放的原因。我会等下去。这一日终究来临了……

水手的赤脚顺着节拍,轻轻地敲打着甲板。破晓之时,我们出航。离开港口之时，一阵短暂而急促的强风横扫过海面，卷起了细小却无泡沫的海浪。片刻之后，海风瑟瑟，水面上浮起了清新宜人的山茶花，不过这花儿在瞬间就消逝殆尽了。就这样，整个早上我们听到船桨愉悦地拍打着海水。此时，沉重的海水犹如动物身上的鳞片，表面泛起了一片冷冷的泡沫。海浪不时地涌上船头。这苦涩而谄媚的泡沫，这上帝的涎液，也随着木板上下漂流，在水中迷失了自己。它散开成各种形状，消失后又得以苏生。它犹如一只蓝白相间的水牛，一只随我们漂浮了许久业已倦怠的野兽。

海鸥自我们出发之后就一直跟着我们。显然，它们没有耗费太多的力气，它们的翅膀几乎都没有摆动过。它们优美的直线飞翔很少依赖于微风。不过，厨房位置突如其来的一声巨响向鸟儿们发出了贪婪的警报。它们的飞行陷入混乱，优雅不再，而白色的羽翼间燃起了战火。随后，海鸥们向四面八方急转而去，其速不亚于刚才搏斗的迅捷，接着它们一个接一个潜入海中。几秒钟后，它们又再一次同时露出水面，在我们身后就留下了一个喧闹的“农场”。他们在海浪空洞之处筑巢，不急不慢地拾缀起那天赐的碎食。

晌午时分，艳阳高照，海水业已疲倦，无力再上涨半分。当海水转而依靠自身之时，寂静开始了私语。一个小时之后，那苍白的海水和那晒得发白的铁帆发出了滋滋的煎熬之声。过了一分钟，它又将隐藏在海浪和黑暗之中那潮湿的一边完全转向给了烈阳。

我们通过了武仙座之门，这是巨人安泰[1]葬身的岬角。远处是一片汪洋。我们穿过了合恩角与好旺角。这里，经线与纬线相互交织，

---

① 译注：安泰（Antaeus），巨人，波塞冬和大地女神之子，强迫所有见到的人和他角力，战胜并杀死他们，直到最后被赫尔克利斯击败。

太平洋与大西洋汇合在一处。此时，我们立刻驰向温哥华，缓缓地朝南海方向航行。不远处，复活节岛[1]、荒凉岛[2]以及新赫布里底群岛为我们护航。忽然有一天清晨，那些海鸥不见了。我们远离任何陆地，除了船只和引擎，我们孑然而行。

和我们一道的还有地平线。海浪自无法预见的东方而来，它们不慌不忙，层层迭加。它们先是不急不慢地来到我们这里，然后又再次出发，朝着不知名的西边流去。一段长长的海上之旅，既没有起点也不见终点……河流与溪水流过而汇成了大海，大海川流不息而长存于此。我们就应该这样去爱，做到忠诚，哪怕这是稍纵即逝的爱。大海是我一生的侣伴。

公海之外。日薄西山，太阳在触及地平线之前就被雾吞没了。顷刻间，海洋中半边红半边蓝，海水随即变得更加阴沉。此时此刻，我们纵桅船在厚重浓密、失去了光泽的金属表面滑出了一道完美的弧线。华灯初上，正值这静谧之时，百十只鼠豚钻出水面，围着我们嬉戏了片刻，便迅速逃将而去，逃向了那人迹罕至的地平线处。它们走后，水域又恢复了原初的静寂与悲凉。

又过一会儿之后，我们在回归线上遇到了一座冰山。这冰山在热带的温暖水域漂流了许久，虽然不为我们所见，但确确实实对我们造成了影响：它从船的右舷擦身而过，右舷上的索具就片刻浸湿在了水珠之中，而在港湾之上停上一整天也不会沾带半点水汽的。

夜晚是不会降临在海上的，它先是渲染了水域的深处，然后用厚实的尘埃染黑了业已沉沦的太阳，最后才出现在静静而苍白的天空。

---

① 译注：复活节(Easter Island)，太平洋东南部岛屿，又称“拉帕努伊岛”。

② 译注：荒凉岛(Desolation Island)，南印度洋深处的岛屿，处在南极洲、非洲和澳大利亚之间的中点位置上，又称“凯尔盖朗岛”。

那一刻，维纳斯把光芒洒在黑色的海浪上。于是眨眼间，海之夜空上群星璀璨。

明月初升，它先是轻轻地照亮水面，然后慢慢地攀爬上去，在柔和的水面上留下了自己的身影。最终月亮到了半空之中，照亮了这海中走廊，这片繁星闪烁的星际之海。随着船的漂移，这星河的水流也不知疲倦地穿过黑暗的海洋向我们流淌过来。这是一个忠诚之夜，也是一个清爽之夜，我需要的正是这样嬉戏欢腾的月光。酒精啊，你真是让人情迷意乱。

我们穿越了广袤无垠的空间。此间，太阳与月亮以光明和黑夜为界交替升落。海上航行的日子，日日相似，快乐永驻……史蒂文森说过，“叛逆的生活理当遗忘，然时时常驻于我心。”

黎明。我们垂直地越过了北回归线。海水低吟，暗潮涌动。白天就这样降临在这片汹涌澎湃并闪耀着金属光泽的海面上。天空因雾气与酷暑而呈苍白之色。这难以忍受的白昼之光换来的是一片死寂，就好像在浓密的云层之中，宽阔的天穹之下，太阳也融化为液体一般。腐蚀的大海，病态的天空！随着时间的推移，白气之中酷暑也在加剧。长达一整天的煎熬之后，我们的小船嗅到了成群的飞鱼与纤细的铁鸟，后者被迫从它们的藏身之处躲到了海涛的深处。

下午。我们碰到了一艘归乡的汽船，它那老旧的雾角鸣起了汽笛。三声巨响之中，我们相互交换了敬意。这些在大海上迷失的乘客打着信号告诉我们海上还有其他未归的游子。两条船逐渐远去，就在这邪恶的水域中分散开来。我不由地悲痛起来。这些固执的疯子紧紧依附着长条木板，在凶猛的大海上逐波翻腾，追寻着漂浮的岛屿：那些崇尚孤独与大海的人们会阻止自己喜欢这些吗？

航行到大西洋正中央，野蛮的飓风无休止地从一端吹到另一端，我们屈从了。所有的呼喊声都消失在大海之中，飞离到无尽的领域之外。然而这些被狂风带走的呐喊，数日之后最终会到达地球某个极地之所并永远地回荡在结冻的墙面上，直至一个迷失于风雪中的人听到了这个呼喊声，他定会绽放出幸福的微笑。

刚过晌午，半睡半醒之间，忽然传来了一声惨叫，吵醒了我。我看见，太阳立于深海之下，而海浪却澎湃于风起云涌的上苍之中。骤然间，海面燃烧起来，太阳顺着呼吸进入了我的喉咙里。水手们围着我又是哭又是笑。他们互敬互爱却无法原谅对方。我意识到这个世界为何而生。于是我决定接受这个事实：善恶同行。伤风败俗之事同时也会让人受益匪浅。我注意到世上存有两种真理，只是其中一种不应言传身教。

南半球的月亮甚是奇异，看起来要小了许多。它连着好几个夜晚都在陪伴我们，之后便快速地从天边滑落到海中，大海就这样把它吞没了。但南十字星，那点点的星光和湿润的空气依旧。与此同时，风也停了。天空在静静的桅杆上空翻腾漂浮。引擎也出了故障，我们不得不停下船只。波浪轻打着船缘，而我们却在温暖的夜空上吹起口哨。没有回应，机器是冷的。为什么真的应该继续前进呢？亦或者打道回府呢？福杯满溢，默默的狂喜不可抗拒，我们酣然睡去。当功成名就之时，日子便是如此；我们须让自己随着他们漂流，就像泳者一直游到疲惫那样。那么我们能够结束这一航程吗？我常常深思这一问题而隐没不语。哦，一张清冷的床，一个舒适的沙发，王座就埋藏在这深海之下。

翌日清晨，微温的海水泛着泡沫，从船的螺旋桨下流过。我们开始加速了。迫近午时，一群从远方的大陆纷至沓来的海象与我们相交而过并超越了我们，它们踩着节拍，游向北方。我们的身后还跟着一群五色的海鸟，它们还不时停落在象牙之上小憩片刻。萧瑟的森林缓缓地消失在地平线上。一会儿之后，海面上飘满了奇怪的黄色花儿。到了晚上，一首无形的歌谣伴随着我们，一个小时又一个小时，随着我们前行。于是我舒舒服服地进入了梦乡。

一切的航行倚着强风而行，我们匆匆掠过了清澈见底且泛起涟漪的海面。即使是最快的速度，我们的船舵还是很难靠港停岸。临近傍晚，我们再次改变了航道，远远地聆听着右舷，聆听我们的船只掠过水面之声，我们沿着一个南部大陆快速地航行。我意识到，我曾经坐在老旧的机舱中盘旋于此间野蛮大陆之上。我是闲散之王，我常驾着战车打发时间；我期待着大海，而它却从未来临。怪兽在咆哮，它从秘鲁的肥料场中飞走了，大声嘶吼于太平洋的沙滩上空。它先是飞过安第斯山脉曲折的山脊，然后再飞过了一望无际的阿根廷平原，高度远远超出了肆虐这平原的飞蝇。它一个俯冲，便从遍地牛奶的乌拉圭草原飞到了委内瑞拉的黑色峪谷。然后它着陆，继而吼叫。看到一片可供吞噬的空地之时，它因贪婪而浑身颤抖。然而，它再也没有向前移动过，或至少这样做过。因抽搐与顽固，它的行动变得迟缓起来，坚定不移的巨物也露出了疲态与陶醉的目光。待在这样的金属隔间中，我感觉快要奄奄一息了，我的心中梦想着杀戮与纵酒狂欢。空间不复存在，清白与自由也荡然无存！当人连呼吸的空间都失去了，那监狱就意味着死亡或疯狂；除了杀戮与放纵，他还能做些什么呢？而如今，我拥有一切清新的空气，我们的行船驰骋于蓝天碧海之间，我要在快速行驶之时放声大呼：只要我们愿意，我们会把六分仪和指南针扔向大海！

在飞扬跋扈的狂风中，我们的船犹如巍然的钢铁。海岸也迅速地展现在了我们的面前。皇家椰林中，树木的根部沐浴在翠绿的礁湖之中。这是一个僻静的港湾，到处都是红色的船只和倾泻的月光。高大的建筑也隐约地向我们逼近。由于其后院原始森林的倾轧，这些建筑业已龟裂；不时的一棵黄色吐根树或有着紫色枝干的树干挤进了窗台；在我们身后，里约热内卢最终衰落下去，就连蒂茹卡森林[①]的猴子也立于如今杂草丛生的废墟上一边嘲笑我们一边喋喋不休地说些什么。我们的船速更快了，沿着宽阔的海滩顺流而下，那里海浪从常年冲刷的沙槽中扩散开来，那里乌拉圭的绵羊淌入海中，瞬间将其染成了黄色。然后在阿根廷的海岸上，每隔一段时间，人们就会竖起巨大的篝火，将半匹半匹的牛犊缓缓放上烤架炙烤以祀上苍。夜晚，来自火地岛[②]的冰块不断撞击船身，数个小时都不曾停歇。这船几乎保持着原速，抢风调向而行。早晨，太平洋上泛着冰冷的泡沫，喷洒出白绿之色，沿着智利的海岸，绵延千里之外。一个浪头打来，将我们慢慢地托起，意欲将我们打翻至海中。幸而，舵手避它而去，将船驶向了克尔格伦群岛[③]。这夜晚略带了一丝甜美，第一支马来的船队出现在了海上，并与我们相遇。

在我孩童时代的一本书上，一个男孩激动地喊道，“去大海！去大海！”书上的其他内容早已忘却，唯有这句呐喊仍历历在目。“去大海！”我们的船穿过了印度洋，进入了红海。那静静的夜晚下，你可以听到白天炽热的沙石此起彼伏的结冻破裂之声。我们回到了古老之海中，那里，一切呼喊声都停止了。

最终，一天早上，我们在一片静得出奇的海湾上抛锚。海湾上停着几只固定的船充当了我们的灯塔。空中，几只海鸟为了芦苇几片碎叶而争吵个不停。我们游到了空无一人的岸边沙滩；我们整日在大海中游来游去，然后再回到沙滩晒干身子。夜幕来临之时，天空一片碧绿并渐渐地向远方退去，早已归于平静的大海更是一平如镜。

---

① 译注：蒂茹卡(Tijuca)，巴西里约热内卢市内的雨林地带。

② 译注：火地岛(Tierea del Fuego)，南美洲南端，拉丁美洲最大的岛屿。

③ 译注：克尔格伦群岛(Kerguelen Islands)，南印度洋靠近南极洲的诸岛。

微暖的海岸上，波浪一点点地冲刷着蒸汽寥寥并泛起气泡的沙滩。那些海鸟不见了踪影。剩下的只是无尽的空间，它敞开大门欢迎静止不动的航行。

我们走后，甜蜜的夜晚将继续逗留于此，不断走向这大地沧海。是的，了解这一点会帮助我们走向死亡。伟大的海洋啊，始终在流动，永远一如往昔，我的宗教将会与大海同行！它以无妄的巨浪洗刷着我们，让我们满足，使我们感受到自由，并培养了我们正直的个性。每一朵浪花都会带来一成不变的承诺。那每一个又是如何诉说的呢？我若是死于冰冷的山间，成了一个弃儿，被整个世界所忽视，那么在我穷尽气力，仅剩最后一息之时，大海会以它滔天的洪水冲走我的身体，让我超脱我的身体，助我毫无恨意地离开人世。

夜半之时，独自留于海岸。过了一会儿，我又要出发了。天穹业已抛锚起航了。在繁星的衬托下，它就好像是装饰着彩灯的画舫，此刻照亮了全世界的黑暗港湾。在我的心里，空间和宁馨有着同等的分量。那突如其来的爱，一部旷世之作，一种果断的行为，一种崇高的思想，种种这些在某一特定时刻都会带来一样的结果——无法忍受的焦虑和无法抵制的愉悦。如此这般地生活，活在生的喜悦和痛苦之中，活在无以名状的危机之中，这跟匆忙奔向命运的终点是一样的吗？人们没有耽搁片刻，再次冲向了毁灭。

我总感到我生活在公海之外，尽管外界威胁不断，但我的内心却充满了王室的快乐。

杏 树

拿破仑曾对冯塔纳说："你知道世上什么事最让我吃惊吗？是武力毫无建树。世界上只有两种力量：刀剑和思想。而最终，刀剑永远不敌思想。"①

你看，征服者也有郁闷的时候。耀武扬威是有代价的；但是，一百年前仗剑行天下者要付出的代价，今天靠坦克横行者已不再支付。征服者有了进步，伤痕累累的欧洲各地几年间相继沦为万马齐喑的无智无识之境。丑陋的佛兰德战争期间，荷兰画家或许还能在自家的乡间庭院里画画雏鸡；同样，百年战争已被淡忘，但西里西亚秘教仪式上的祷告声依然萦绕在一些人的心头。而今沧海桑田，画家和僧侣被征召入伍——我们与俗世合为一体。思想之尊贵本来天经地义，就连征服者也会予以承认，现在却斯文扫地；思想不知如何驾驭武力，于是在对武力的诅咒中自我消耗。

有些高尚人士不停地谴责武力，说它是邪恶的。我们不知道武力是否邪恶，只知道它真实存在；结论是我们必须接受现实、寻求解决之道。所以我们应当清楚自己期待什么，而我们所期待的正是不再向刀剑低头，不再把强权视为公理，除非它服务于思想。

驯服武力，确实长路漫漫，但我们孜孜以求。我对理性没有足够

① 原注：1939 年，加缪首次把拿破仑这句话录入《笔记》，同年草成对杏树的描写。（见《笔记》第一卷第 186、196 页；阿尔弗雷德·A·克诺普夫版，第 156、165—6 页）

的信心，无法赞同当今的某一信仰或以往的任何哲学思想。我至少相信，人类对自身命运的觉醒从未停止。我们未曾战胜人类境况，但越来越了解它。我们知道自己生活在对立中，也明白必须摒弃并尽可能减少这种对立。作为人类，我们的任务是寻找能为自由的生灵抚平无尽痛苦的罕见信条。我们必须弥合裂痕，让公正在一个显然极度不公的世界重新可以被憧憬，让本世纪被苦难荼毒的人们再尝幸福的滋味。当然，这是一项非凡的任务。可是，所谓非凡不过是种措辞，用来形容需要长期努力而完成的任务。

那么，即使武力换上一副体贴关切，或者轻松愉悦的面孔来引诱我们，我们也要明确目标，坚守信念。首先不要绝望，不要听信过多的末世论调。文明不会轻易消亡，而且就算世界行将毁灭，首当其冲的也不是文明。毋庸置疑，我们生活在悲剧时代，然而太多的人把悲剧与绝望混为一谈。劳伦斯说："悲剧应当是砸向苦难的一记重拳。"[①]这是一种健康且直接可行的想法，如今很多现象都欠这般痛揍。

住在阿尔及尔时，整个冬天我都耐心地等待，因为我知道，在二月里一个寒冷、纯净的夜晚，贡絮谷的杏树林会在一夜之间覆满白色的花朵。每当看到这雪白纤弱的花儿迎着海上袭来的风风雨雨兀自绽放，我总是惊叹不已。年复一年，它们都恰到好处地坚持到果实成形的时候。

这里没有象征符号。符号无法使我们获得幸福，我们需要一些更加坚实的东西。我的意思是，在依然苦难重重的欧洲，只有当生活

---

① 原注：引自 D. H. 劳伦斯 1912 年 10 月 6 日写给 A. W. 麦克里奥德的信，原文是："我讨厌本内特的与世无争，悲剧应该像是砸向不幸的一记重拳。"加缪于 1939 年首次把此话录入《笔记》，阿尔弗雷德·A. 克诺普夫出版社，第 153 页。本文第一版见于 1941 年 1 月 25 日的《法属突尼斯报》。——P. T.

过于沉重时，我才会向往那些阳光灿烂、元气犹存的土地。我太了解那些地方了，当然明白它们是上帝的选地，勇气与沉思能够在那里和谐共处。想到它们，我悟到，如欲拯救思想，我们必须忽略它的忧郁气质，赞美它的力量与神奇。人类世界遭受着苦难的荼毒，而且似乎将沉溺于此；世界已彻底屈从于邪恶——即尼采所说的沉重之灵魂。我们不要再雪上加霜了，为思想哀哭是徒劳无益的，这样的劳心劳力已经够多了。

可是思想的致胜禀赋在哪里呢？尼采将其列为沉重之灵魂的天敌——人格力量、品味、“现实态度”、古典的幸福感、傲骨、智慧之冷静审慎。在今天，我们比以往更加需要这些禀赋，每个人可以从中选择一个最适合自己的。在艰巨的任务面前，让我们勿忘人格力量。我指的不是在政坛上作秀，眉头紧锁、咄咄逼人的那种；而是出自纯真人格和正直本色，直面从怒海呼啸而至的一切风暴。正是这种人格力量，将在人间的寒冬里孕育果实。

1940 年

地狱中的普罗米修斯[1]

若无红尘众生

则诸神寂寞

琉善[2]:《高加索的普罗米修斯》

普罗米修斯对今天的人类来说，意义何在？有人无疑会说这位触怒宙斯的叛逆者是当代人的楷模，并把几千年前他在锡西厄沙漠中的反抗称为无与伦比的人类抗争史上的高潮。但同时也有人认为，这个迫害的受难者仍在我们中间，孤零零地发出抗争的信号，而我们依然对人类抗争的呐喊置若罔闻。

在地球表面的逼仄空间里，现代人确实承受着许许多多的苦难；因为人们被剥夺了食物和温暖，自由仅仅是可望而不可及的奢侈品；人们所能做的就是再多受一点苦，似乎唯一切题的是让自由及其最后一批见证者再多消失一些。普罗米修斯是英雄，出于对人类的深沉挚爱，他给人间带来了火种与自由、技术与艺术。今天，人类只需要、只在乎技术。我们用身体实现反叛，把艺术和艺术的表现视为一种障碍和奴役的象征。但普罗米修斯的独特之处在于，他不肯让身体与艺术分离，坚信灵与肉可以同时获得

① 原注：此文首次由巴黎的巴笠穆格荷出版社于1947年出版。

② 译注：古代希腊讽刺文作家。

自由。当代人认为，纵然必须忍受心灵的暂时死亡，我们也要首先解放肉体。可是心灵能暂时死亡吗？说真的，如果普罗米修斯归来，现代人会如古代诸神那般待他：以人道主义之名将他钉上悬涯，而他恰恰是人道主义的先驱。羞辱这位失意的受难者的敌视之音，正是回荡在埃斯库罗斯悲剧[1]开场的那些声音：武力与暴力之声。

我是在向我们时代之卑劣堕落屈服、甘心接受光秃的树木和人间的严冬吗？然而正是对光明的眷恋成了我正当的理由：它向我展示了另一个世界，展示了我真正的故乡。这种眷恋对有些人来说依然有意义吗？战争爆发那年，我正准备踏上航船，追随尤利西斯之旅[2]。那个时候，一文不名的年轻人也能心怀奢侈的念头——远渡重洋追寻阳光。但我没有上船，而是同其他人一样，汇入人流向洞开的地狱之门一步步挪去。一点一点地，我们走了进去。随着无辜受戮者的第一声尖叫，大门在我们身后訇然关闭。我们身陷地狱，从此不曾离开。在漫长的六年中，我们一直尽力妥协认命。现在，只是在漫长、寒冷的黑暗年代末期，我们才看到幸运之岛的一抹温暖灵光。

那么，在这个潮湿、黑暗的欧洲，我们怎能听不到年迈的夏多布里昂[3]在安培[4]前往希腊时对他的呼喊："你不会在橄榄树上看到一片叶子，葡萄也不会剩下一颗，我以前在阿提卡半岛是见过的；我还

① 译注：指古希腊剧作家埃斯库罗斯的悲剧作品《被缚的普罗米修斯》。

② 译注：尤利西斯(Ulysses)是奥德修斯(Odysseus)的拉丁名，他是古希腊著名英雄，伊萨卡岛的国王。尤利西斯之旅见于荷马史诗《奥德赛》，讲述了特洛伊战争结束后，奥德修斯在海上漂流十年，历尽磨难返回故乡的故事。

③ 译注：弗朗索瓦-勒内·德·夏多布里昂(1768—1848)法国政治家和外交家，早期浪漫主义代表作家。

④ 译注：安德烈-玛丽·安培(1775—1836)，法国物理学家。

想念我年轻时那里生长着的小草。我已经没力气种一丛欧石南了。"[1]这话又怎能不令我们感到一丝惆怅和难堪的共鸣呢。我们亦然,尽管血气方刚,也如同沉沦在末世的暮年里,有时思念那生生不息的小草和我们不再出于闲情逸致而去探访的橄榄叶,追怀那些自由的果实。人类无所不在,其呐喊、其苦难、其威胁亦随处可见。人类密集聚居,草蜢无容身之所。历史是一块贫瘠的土地,生长不出欧石南。但现代人选择了历史,他们无法也不应该背离它。但人们没有去驾驭历史,而是日渐甘心作它的奴隶。就这样,人类背叛了普罗米修斯,背叛了这位"思想大胆、心灵闪光"的赤子,从而恢复了普罗米修斯曾尽力拯救的人性弱点——"视而不见、听而不闻,如梦中游魂"。

是的,普罗旺斯的一个黄昏、一座秀美的山冈、一点点盐,足以告诉我们一切依然可望可及。我们需要重新学会取火,再次安下心来缓解身体的饥渴;阿提卡、自由、自由果实的采撷和精神食粮一定会随之而来。除了哀怨地自语:"它们将永远不复存在,就算存在也是属于别人的",我们还能为此做些什么呢?为了使人们至少不必去乞讨,我们必须做些什么呢?我们为此忧心痛苦,却又逆来顺受,我们是在落后倒退还是在稳步前进?我们会有力量让欧石南再度生长吗?

我们想象得出普罗米修斯会如何回答本世纪提出的问题,他的确已经作出了回应:"人类啊,我许你们以改善、修复之道,只要你们足够心灵手巧、善良、坚强,就可以用自己的双手来实现它。"如果拯救之道掌握在我们自己手中,那么,面对世纪之问,我将答以"是的",

---

① 原注:加缪于1945年7月首次引用夏多布里昂的这段话。见《笔记》第二卷第136页;阿尔弗雷德·A·克诺普夫版,第104页。——P. T.

因为在我认识的人当中，我仍感受得到思想的力量和智识的勇气。普罗米修斯曾呼唤："啊，正义！啊，母亲！看看我遭受的苦难吧。"而赫耳墨斯[①]嘲笑英雄："我真惊讶，作为一个天神，你竟没有预见自己会受这般折磨。""我预见到了。"这叛逆的神答道。我提到过的相识之人也是正义的子孙，也经受着所有人类的苦难，明白自己的使命。他们深知，盲眼的正义并不存在，历史不长眼睛，所以，我们必须拒绝历史之正义，尽可能代之以思想孕育的正义。普罗米修斯就是这样回归当代的。

神话本身没有生命，有待我们赋予其血肉。如果世间有人响应了神话的召唤，神话就将其全部力量赋予我们。我们须让神话代代相传，让沉睡的神话不致消亡，于是它就有了复兴的希望。我有时怀疑当今的人类可否救药，但至少他们的子孙尚可拯救——肉体与精神的双重拯救；并且可能有机会同时拥有幸福与美。如果我们别无选择，只能听任生活中没有美、没有自由（美的一部分），那么普罗米修斯这类神话就会提醒我们，人类的残缺只可能是暂时的；如果一个神话不具有普世的价值，对于人类则毫无意义。如果人类渴望面包和欧石南，而且假如面包确实更为必需，那么就让我们学会在心间长存欧石南的记忆吧。在历史最黑暗的深处，普罗米修斯式的人物不畏使命之艰巨，守护着人间，守护着生生不息的小草。在诸神的雷霆霹雳下，被镣铐缚住的英雄默默保持着对人类的信心。因此，他比身后的岩石更加坚硬，比啄食他心脏的秃鹰更加耐心。对我们来说，他的倔强执着比他对诸神的反抗更有意义。而且，他关于灵肉一体的坚定信念令人激赏，这信念一直、并将永远引领人类从苦难走向人间的春天。

1946 年

---

① 译注：古希腊神话中旅行者之神，双脚生翼，行走如飞，是宙斯和诸神传令的使者。

无史之城掠影

阿尔及尔的柔和颇具意大利风情;奥兰那种冷酷的张扬带有西班牙味道;君士坦丁堡高踞隆美尔峡谷的山岩之上,似有托莱多[①]的气度。然而,西班牙和意大利弥漫着古典气息,处处可见艺术遗迹和有代表性的古代废墟;托莱多拥有艾尔·格列柯[②]和巴雷斯[③]。刚才提及的那些城市则刚好相反,它们没有历史记忆,也就无所谓保护或遗忘。在无聊乏味的午休时光,它们的悲苦无法抒散,而又不带一丝伤感惆怅。在晨曦中,或在黄昏的绚烂胜景里,它们的愉悦同样不婉约。这些城市激情四射,却无关心灵,它们与智慧和精致优雅的品味格格不入。巴雷斯或巴雷斯式的人物在这种地方会被彻底毁掉。

对他人之激情怀有热切期待的旅行者、过于敏感多思的灵魂、唯美主义者、新婚夫妇来到阿尔及尔,会一无所获。而且,除非感受到神的召唤,人们会轻率地在此地归隐终生。在巴黎,当我所敬重的人向我问起阿尔及尔,有时我真想大喊:“别去那里。”这样的玩笑里夹着实话,因为我能看出他们期待什么,知道他们不会如愿。同时,我深知阿尔及尔的魅力和微妙力量,其秋波暗送牢牢抓住了流连此地的人;我也知道它靠什么留住人们——先是使人抛开困惑,最后哄着他们与这里的日常生活一道沉睡下去。起初,这里的光照几乎令人

① 译注:西班牙中部城市。
② 译注:艾尔·格列柯:(1541—1614)西班牙画家。
③ 译注:奥古斯特·莫里斯·巴雷斯(1862—1923),法国作家。

窒息，阳光之炫目，令一切看起来非黑即白。等到人们入乡随俗、安之若素，就会意识到这绵长的光辉不会照亮心灵，它带来的仅仅是过度的欢愉。于是人们希望回归精神家园，然而阿尔及尔人似乎感性多于理性，感性就是他们的力量。他们可以成为你的朋友，但你永远不能向他们倾诉心底的秘密（这算什么朋友！）。这种情形在巴黎或许被认为是危险的；在巴黎，各种思想恣肆奔涌，衷肠之水在喷泉、雕塑和花园里源源不绝地轻柔流淌。

这片土地极像西班牙；没有传统的西班牙将只是一片美丽的沙漠。除非碰巧降生于此，世上只有一种人会向往永远遁入沙漠。生于这片沙漠，我几乎想不到以访客的眼光来描述它。男人能把自己心爱的女人那万种风情编成目录吗？不能。或许可以这样说，男人爱她的全部，也说得出倾心于她的一、两个确切理由，比如可爱迷人的撅嘴神态，或者与众不同的摇头模样。我与阿尔及利亚长久的意气相投正是如此，这份契合无疑永远不会结束，也令我难以完全明晰透彻。既然如此，人们所能做的一切，就是锲而不舍地把他所爱事物的可爱之处列一个抽象的清单。介绍阿尔及利亚，在此我只能试试这种学院派的方式了。

首先，那里有青年之美，当然是阿拉伯青年了，然后，又有了其他种族。阿尔及利亚的法国人是混血人种，有各种出人意料的混血组合。西班牙人与阿尔萨斯人、意大利人、马耳他人、犹太人和希腊人在此汇合。像美国一样，这自然的融合结出了赏心悦目的果实。当你穿行在阿尔及尔，看着女人和青年男子的手腕，就会想起在巴黎地铁里看到的那些。

年纪尚轻的旅行者还会注意到女性之美。在阿尔及尔，欣赏美女的最佳去处，是四月的星期日清晨，在米歇雷路的学院咖啡馆露台上。一群群脚蹬凉鞋的年轻姑娘，身穿色彩明艳的轻衫薄裙在大街上来来往往。你可以毫无顾忌地欣赏她们:她们就是为此而来的。在奥兰,加利尼大街上的桑特拉酒吧也是饱眼福的好地方。在君士坦丁堡,你总能围着乐池晃来晃去,但因为大海远在几百公里之外,你所见的当地人也就缺少了某种风情。由于这样的地理位置,君士坦丁堡总体而言魅力稍逊,不过其慵懒倦怠的气质倒更见精致优雅了。

如果旅行者夏天来此,要做的第一件事,当然是到环绕城市的海滨去。看到以前见过的那些年轻人,他会越发感觉目眩神迷,因为他们穿的更少了,他们的双眸在阳光下酷似猛兽睡意朦胧时的眼睛。就这一点而言,奥兰的海滩是最美的,因为那里的自然风光更有原始韵味,那里的女人更加狂野奔放。

说到风景如画,要数阿尔及尔的阿拉伯城镇、奥兰的黑人村庄和西班牙式城区、君士坦丁堡的犹太社区。阿尔及尔的海滨大街似一条长长的项链;夜晚时只能步行到那里。奥兰树木稀少,但有世上最美的岩石。君士坦丁堡有一座吊桥,你可以在那里拍照留影。狂风大作的日子里,吊桥在陡峭的隆美尔峡谷上方飘来荡去,你会感觉心惊肉跳。

敏感颖悟的旅行者如果到阿尔及尔去,我建议他在海港周围的拱门下喝茴香酒,清晨去渔场吃刚捕捞上来、用炭炉烧烤的鱼;在天琴路的一家小咖啡馆听阿拉伯音乐,小馆的名字我想不起来了;晚上六点,在政府广场的奥尔良公爵雕像脚下席地而坐(不为公爵而来,而是因为那里人来人往、气氛怡人);在帕多瓦尼餐馆吃午饭,这家餐馆像个舞厅,沿着海滩用桩子支撑在水面上,那里的日子总是轻松惬意;探访阿拉伯墓地,先是在那里寻觅静与美,然后去理解我们安放死者的寒微之地的真正价值;去肉店街的卡西巴餐厅,在到处滴血的脾、肝、肺和肠子中间吸根烟(抽烟是必要的,这些野蛮的烹制方式伴着浓重的气味)。

至于其他的建议嘛,身在奥兰时,你一定要说得出阿尔及尔的坏话(认定奥兰港商业地位优越);人在阿尔及尔时,要会拿奥兰打趣(毫不犹豫地接受这样的观点:奥兰人“不懂生活”),而且,在任何场合都要谦虚地承认,与宗主国法国相比,阿尔及尔具有非凡的优点。一旦你承认了这些,就可以欣赏到阿尔及利亚人真正优越于法国人之处——他们无限的慷慨和好客天性。

现在也许我可以停止嘲讽了,谈论己之所爱的最好方式到底还是轻松地谈。每当说到阿尔及利亚,我总是害怕扯断那触动我魂魄的心弦,它无声而严肃的旋律我太熟悉了。但至少可以说它是我真正的故乡,在世界各地我都能认出它的子孙、我的兄弟,因为一见面,他们那友好的笑声就充盈我心。是的,我对阿尔及利亚诸城市的热爱,是与其居民分不开的,这就是为什么我最喜欢那里的黄昏:黄昏时分,谈笑风生的人们从商店和办公室涌到寂静、昏暗的街上,直奔面朝大海的林荫大道;当夜幕降临,光亮从天际、从海湾的灯塔、从街灯一点一点融为一抹摇曳的微光,人声随之沉寂下来。此时,所有的人站在海滩上沉思默想,人群里涌起千般寂寞。然后,无边的非洲之夜开始了,等待孤独旅人的是流亡的皇族和绝望的庆典。

假如你内心温吞或是心灵孱弱、疲惫,千万不要去那里!然而对于那些懂得在是与否、正午与夜半、反叛与爱情之间撕碎什么的人来说,对于那些喜爱海滩葬礼柴堆的人来说,阿尔及利亚等待他们的是火焰。

1947 年

谜[①]

一浪一浪的阳光从苍穹倾泻而下，猛然在我们四周的乡间飞溅开。强光下，万籁归寂，远处的吕贝隆山只是一座沉默的庞然大物，我不断倾听着它。我仔细谛听，有人在远方朝我跑来，看不见的朋友召唤着我，正如几年前那样，我的喜悦渐渐胀大。一个快乐的谜又一次帮我理解了一切。

何为世界的荒谬？是这灿烂的光焰，还是无光的记忆？记忆中有如此多的阳光，我怎会执迷于书写荒谬呢？我身边的人感到迷惑不解；有时我也纳闷。我可以告诉他们——就像告诉自己那样——那实际上是太阳帮助了我，恰是其稠密的光线把宇宙万物凝成一片炫目的黑暗。不过还有其他阐释方式，而面对黑白分明（对我来说，黑白分明永远是真相的标志），我愿意用简单的话语解释我对荒谬的感受，我对荒谬了如指掌，简直无法接受别人在这个问题上毫无新意地夸夸其谈。对荒谬的讨论本身，终将引领我们重归阳光之下。

---

① 原注：本文写于1950年，题献给勒内·夏尔。如文中所示，饱受法国评论家和记者恶评的加缪认为，自己的观点在不断改进，《局外人》和《西西弗斯神话》没必要包含他的全部观点。此后，甚至在《反叛者》的出版导致他1951年与安德烈·布勒东和1952年与让-保罗·萨特的激烈公开争吵之前，加缪对于自己与公众、与文学同行之关系的悲观态度变得更加明显。因此，在《笔记》（第二卷）第321页（阿尔弗雷德·A.克诺普夫版，第252页），他写道："巴黎先是为一件艺术作品服务，推动它；可是一旦它成名，好玩的事就开始了，要领是毁灭它。因此，在巴黎，像在巴西的某些溪流里一样，成千上万条小鱼的差事就是干这个。它们虽小，但不计其数。请容我这么说，它们的整个脑袋就牙齿管用，它们在五分钟内把人吃得片肉无存、只剩骨头。吃完就走开，小睡片刻，再去吃。"——P. T.

没人能说出自己是什么，但人有时能说出自己不是什么。人人希望那些依然探索着的人已经得出了他的结论；千百个声音对他说他已经发现了，然而他明白自己什么也没发现。他应该继续探寻、任人议论吗？当然是的。不过，他必须不时地为自己辩护。我不知道自己在寻找什么，我小心翼翼地为之命名，我收回说过的话，我重复自己的话，我退退进进。然而人们坚持要我一劳永逸地把名称术语确定下来，于是我反对；当事物被贴上标签，不就已经失真了吗？这至少是我能勉力言说的。

如果让我去评判某位朋友，我认为人永远有两种品格：他自己的，以及他妻子认为他具有的。把妻子替换为社会，我们就会理解，作家描述情感的整个来龙去脉时使用的一种特殊表达，可以怎样被人们的评论手法断章取义，然后当作者每次要探讨别的题目时又拿来放在他面前。语言与行动相像："你是这孩子的父亲吗？""是的。""那他就是你的儿子了。""事情没那么简单，一点儿也不！"于是，杰拉尔·德·奈瓦尔[①]在一个寒夜上吊了两次，一次为自己，因为他不幸福，第二次为他的传奇故事，现在有些人靠他的传奇谋生。没人能用文字描述真正的不幸或某些幸福时刻，我还是不要在此徒劳了。但是，就传奇而言，我们能够描述它们，并且——至少有一瞬间——认为已经驱散了它们。

作家写作，很大程度上是为了被阅读（让我们来佩服一下那些说他们不为这个的作家，可是别信他们）。然而在法国，作家越来越为了最终称圣而写，书摆上圣坛也就没有人读了。实际上，从他成为通俗刊物上特写文章的题材那一刻起，他就极有可能为相当多的人所知，这些人从来不读他的作品，因为他们满足于知道他的名字、读别

① 译注：(1808—1855)法国浪漫主义诗人。

人关于他的描写。从那一刻开始,他为人所知(并被遗忘)的将不是他的本我,而是记者仓促写就的形象。到文学界博取名声吧,然后就不必非写书不可了;写一部被晚报提及并且可以终生吃老本的书,就足以被记住了。

无疑,这种名声无论大小,都不是应得的。可是对此又有什么办法呢?还是接受这个说法吧:不爽之事可能也有益处。医生知道,某些疾病是受欢迎的:它们在某方面弥补了功能紊乱,如果没有它们,功能紊乱也许会表现为更严重的疾患。于是有了幸运的便秘和神赐的关节炎。泛滥的话语和草率的评判,如今把所有的公共活动都淹没在轻浮的海洋里,但至少赋予法国作家以谦虚的态度,在这个作家职业具有超出常理之重要性的国度,谦虚态度是作家始终需要的。在两三份我略有所知的报纸上看见自己的名字,其考验之严峻,简直到了不可避免会沾得精神利益的程度。所以,感谢社会——每天用它的敬意教导着我们,这教导过于廉价,因此其所赞誉的伟大也就毫无价值。它越喧嚣,越速朽。它令人想起亚历山大六世①经常在面前燃起的淡橘色火苗,他以此提醒自己,世上的荣耀终将消逝如烟。

不过,我们且把调侃搁在一边。我听够了这样的说法:艺术家必须性情开朗地虚心纳谏,还要听任自己的不实形象摆在牙医的候诊室和理发室里。我知道一位时髦作家——据此类消息来源称——夜夜主持酒神祭祀,仪式中的希神②一丝不挂、长发披垂,农牧之神③留着黑乎乎的指甲。人们也许觉得奇怪,他哪儿来的时间写那些占满图书馆几个书架的系列作品。实际上,与他的多数同行一样,该作家

① 译注:历山大六世(1431—1503),罗马教皇,1492—1503年在位。
② 译注:古罗马神话中居于山林水泽的仙女。
③ 译注:古罗马神话中半人半羊的神。

夜里睡觉，以便白天有精力长时间伏案工作，为了不伤肝，喝的是薇姿温泉水。普通法国人的撒哈拉式饮酒有度和洁癖是出了名的，他们讨厌作家们做一套，说一套，在教唆大家喝酒、不洗澡，于是越想越生气。例子着实不少。我个人可以毫不费力地拿出一个绝妙的窍门，来保住禁欲的名声。我确实大名鼎鼎，我的朋友们把这当做笑料（对我来说，这真让人脸红，因为自知难副盛名）。名声大到——比如——足以容你拒绝与一位你评价不高的报纸编辑共进晚餐之殊荣。此人连起码的体面也谈不上，除非以某种心灵的扭曲病态为参照物。没人想象得出，你拒绝与该编辑共进晚餐，也许不仅因为你对他评价不高，还因为世上你最害怕的事莫过于无聊了——还有什么比一顿典型的巴黎式晚餐更无聊吗？

因此，人必须忍耐。但是，你可以不时地尝试调整视角，一再说自己不会永远描述荒谬、没人会信任一种绝望的文学。当然了，写作或写过关于荒谬的观点的文章，永远是可能之事。毕竟你也可以写写乱伦，而不必非得把你可怜的妹妹压在身下，我也从未读到过索福克勒斯[①]有过弑父娶母的经历。认为每个作家必须在作品中书写自己、描述自己，是我们从浪漫主义那里继承的幼稚观点。绝非不可能——而恰恰相反——的是，作家应当首先关注他人，或他的时代，或者著名的神话传说。即使他碰巧把自己搬上舞台，也只有在极个别情况下，他才会如实地讲述自己。一个人的作品往往是回顾他的怀旧或诱惑的故事，而从来不是个人历史，那些所谓自传性作品尤其如此。从未有人敢于毫无保留地描写自己。

另一方面，如果可能的话，我希望自己一直是个客观的作家。我所说的客观作家是指从不把自己纳入选题。但是现代人把作者与其

---

① 译注：古希腊剧作家。下文指他的悲剧作品《俄狄浦斯王》。

题材对号入座的癖好却容不得作者有这样相对的创作自由。就这样,作家成了荒谬的先知。然而,除了对我从当代社会发现的一个观点加以阐释以外,我还做过什么吗?不消说,我与我的所有同代人一起为这观点施加了养分(我的一部分身心仍在为之增添养料)。我只不过是与之拉开足够的距离,以便能驾驭这个题目,并找出其逻辑所在。从下笔书写它至今,我所写的每篇作品都相当清晰地表达了这点。但是,与微妙差异之辨析相比,人们更乐于接受陈词滥调。他们已经选择了陈词滥调:我一贯荒谬。

在引起我的兴趣、我又恰好写过的经历中,荒谬仅被认为是背离的程度,尽管关于它的记忆和感受依然伴我们前行,这话再说一遍又有何意义。同理,恰如其分地说,笛卡尔的怀疑——成体系的怀疑——不足以说明笛卡尔是怀疑论者。无论如何,人怎能画地为牢,说一切皆无意义,说我们必须沉溺于绝对的绝望呢?没把事情弄个水落石出之前,人至少能说,正如没有绝对的唯物主义(因为单是造出这个词,就已经承认世界上除了物质还有别样的存在),完全的虚无主义同样不存在。当你说事事皆荒谬时,你是在表述某种有意义的东西。拒绝承认世上的所有意义,相当于彻底抛弃所有的价值判断。而比如生存和吃饭,本身就具有价值判断。你不肯饿死自己的那一刻,就选择了活着,因此你承认生命至少有一个相对价值。“绝望文学”的实际含义是什么?绝望是沉默。而且,如果你的眼睛会传情达意,那么就连沉默也是有意义的。真正的绝望是死亡的痛苦、坟墓或深渊。如果他说话,如果他推理,尤其是如果他写作,于是立即,这位兄弟伸出了他的手、树木有了存在的理由、爱诞生了。绝望文学是用词自相矛盾的说法。

当然,某种乐观主义不是我的专长。与我的同龄人一样,我成人时正值第一次世界大战鼓声隆隆,人类历史从那时起陷入杀戮、非正义或暴力。但是真正的悲观主义——它确实存在——在于完全夸大了残酷和耻辱。对我来说，我从未停止与这种耻辱斗争，我所恨者唯有残暴。我孜孜以求者唯有超越我们最黑暗的虚无主义之理由，这样做既不是因为我想增添理由，也不是因为精神的某种罕见提升，而是出于对光明的本能忠诚；我降生于这光明，数千年来它使人类学会了拥抱生活，即使在苦难的日子里依然如此。埃斯库罗斯时常令人心碎，然而他却发出光和热。在他的宇宙中心，我们发现的不是无血无肉的荒谬，而是一个谜，即一种令我们目眩神迷，以致难以破解的意义。同样，对于依然生存在这个黯淡世纪中的那些微不足道、而又坚忍倔强的希腊子孙来说，人类历史的灼人热气似乎无法忍受，然而他们最终忍受了它，因为他们想了解它。在我们的作品中，历史也许黑暗，但却发出了永不疲倦的太阳光芒，这亘古的太阳至今照耀着高山和平原。

这之后，淡橘色火堆会燃起：谁在乎我们看起来像什么，又僭越了什么？我们的身份、我们命定的角色，足以填满我们的生活、占用我们的力量。巴黎是一个奇妙的洞穴，居者看见自己的影子映在远处的墙上，以为那是唯一的现实。这座城市所传扬出的奇怪、易逝的名声亦然。但是我们知道，在远离巴黎的地方，有光明在我们身后；为了直接面向光明，我们必须转过身、抛掉身上的枷锁；在死亡之前，我们的任务是遍寻词语，为它下定义。无疑，每位艺术家都在追求自己的真。如果他是伟大的艺术家，每件作品都引领他越来越接近真，或者，至少朝着这个中心摇摆、越摆越近，中心那被埋葬的太阳终有一日会点燃一切。如果他平庸，每件作品带着他离真越来越远，于是处处皆中心，光明流散衰减。然而，在艺术家的执着求索之路上，能够帮助他的人，只有那些爱他的人，还有那些从自身的激情中发现衡量一切激情的尺度，因而懂得如何评说的人，其本身就是艺术家的爱人或造就者。

是的，这一切的喧嚣……到那时人们将在静默中热爱和缔造和平！但是我们必须学会耐心。太阳封住我们的嘴巴，尚待时日。

1950 年

纽约的雨

纽约的雨是流亡者的雨。它丰沛、连绵、密集，不知疲倦地在高耸的水泥楼宇之间向着街衢倾泻而下，街道顿时沉入幽暗之井。躲进出租车，红灯停、绿灯行，面前的雨刷单调地快速摆动，把纷至沓来的雨水从挡风玻璃上扫到一边，你会蓦地恍若落入陷阱。你确信，如此行驶几个小时也逃不出这些方块囚室或水塘，涉过一个又一个水塘，却无望见到一座山冈或者一棵真正的树。白惨惨的摩天大楼在灰色雾霭中若隐若现，如同为亡者之城而立的一座座巨大墓碑，楼身似乎微微摇摆。这个时辰，人走楼空。八百万人口、钢筋水泥的气味、建筑者的疯狂，而那直插云端的却是孤寂。“就算我把世上的人全部抱住，也丝毫保护不了我。”

原因也许是，除了天空，纽约一无所有。天空万里无云、无边无际，向四面八方舒展开来，直至与地平线相接，它赋予纽约的是光彩夺目的清晨，还有黄昏的绚烂——光焰四射的晚霞漫过第八大街，洒向熙熙攘攘驶过商店橱窗的车流，夜幕未降，橱窗已早早亮起了灯光。当你望着通往郊区的林荫大道，一路还可以看见滨河大道上的那种暮色，道旁的哈德逊河水被落日映得通红；汽车川流不息，轻快、平稳地驶过，时不时地，车里突然冒出一句歌声，令人想到陡起的涛声。最后，我想起了其他的黄昏时光，它们如此温柔、如此飞逝如电，令人心碎，从哈莱姆看去，紫色霞光笼罩着中央公园一望无际的草坪。一群群黑人小孩正用木头球棒击球，开心地大喊大叫；穿着格子衬衫、上了年纪的美国人则瘫坐在公园的长椅上，使出尚存的力气嘬着冰棒；松鼠在他们的脚边刨坑，寻找着未知的美食。公园的树上，小鸟爵士乐队宣布了帝国大厦上空第一颗明星的出场；在一片高楼大厦的背景中，两腿修长的生灵大步流星地走在路上，把光彩照人的外表和漠然的眼神投向温柔暂存的天空。但当天空变暗，或者天光退去，纽约就又成了一座大城——白天的监狱、夜晚的火葬柴堆。当万家灯火漂浮在一面面黑黢黢的高墙上被送入半空，午夜宛如一个巨大的葬礼柴堆，似乎每个夜晚在曼哈顿这三河之岛的上空，都燃烧着一大团火焰，闷燃着、依然火光迸溅的巨大房架高高耸立。

我对其他城市有自己的看法，但只对纽约怀有这些一闪即逝的强烈情感、一种越来越难以抑制的思念和阵阵心痛。这么多月过去了，我对纽约依然一无所知，我是置身在此地的疯子中间，还是世界上最理性的人中间；生活是否如美国人说的那样轻松，或者此地的生活是否像有时看起来的那样空虚；在一个人就够用的地方雇佣十个人，而你却并未因此得到更快的服务，这是否自然；纽约人是自由派还是保守派，是谦和的生灵还是死魂灵；垃圾工戴着尺码正合适的手套干活，这是值得赞赏的还是无足轻重的；麦迪逊广场花园的马戏团在四个不同的场子里同时表演十个节目，于是你哪个都想看又一个也看不成，这样的安排是否有用；在我曾待过一晚上的溜冰场（冬季赛车场那种场地，沐浴在尘土弥漫的淡红色光线中），数千年轻人蹬着旱冰鞋，伴着金属滑轮的嘈杂轰响和高高的管乐声，没完没了地旋转，其表情竟会严肃而专注，如同在解联立方程，这是否有重大意义；最后，我们是应该相信那些说喜欢独处是怪癖的人，还是天真地相信那些因为从未有人向你索要过身份证而惊讶的人。

简而言之，我难以理解纽约。我冥思苦想，琢磨着清晨的果汁、苏格兰威士忌加苏打水和它与浪漫的关系；出租车里的姑娘和她们秘密而短暂的爱情；甚至从令人目瞪口呆的领结都看得出的过分奢华和恶俗品味；反犹主义与热爱动物——后者涵盖了从布朗克斯动物园的大猩猩直至自然历史博物馆的原生动物；以最快速度为死亡和死者化妆的殡仪馆（“安息吧，剩下的事交给我们办。”）；可以在凌晨三点钟为你刮脸的理发店；在两个小时内由热变冷的气温；恍如辛辛监狱的地铁；四处张贴的广告，上面笑脸如云，宣称生活不是悲剧；煤气厂脚下鲜花盛开的墓地；姑娘的美与老人的丑；还有成千上万音乐喜剧中的陆、海军将军[①]驻扎在公寓门口，有的吹着哨子呼叫甲壳虫似的红、黄、绿色出租车，有的为你开门；最后还有在市区与市郊开车来回穿梭的人，他们就像五十层高楼的电梯中形形色色的电梯工，沿着笛卡尔坐标上上下下。

是的，我理解不了。我渐渐明白，城市像某些女人一样，惹你心烦、辖制你、剥去你灵魂的伪装，她们滚烫地黏上你身体的每一个毛孔，既丑陋难堪又愉悦怡人。我就是这样连着几天在纽约各处走动，泪水盈眶，只因为城市的空气中弥漫着煤渣，我在室外的一半时间都用来揉眼睛，或者擦去哈德逊河对岸的新泽西上千家工厂当作开心贺礼送入人眼的细小金属颗粒。总之，纽约就是这样打动我的：像眼中的异域胴体，秀色可餐而又难以忍受，令人感动得潸然泪下、愤怒得烈焰升腾。

也许这就是所谓的激情。我所能说的就是，我知道什么样的反差形象滋养了我的激情。有时在半夜，在摩天大楼的上空，越过几百堵高墙，拖船的鸣叫会与我的失眠不期而遇，提醒我这片钢筋水泥的沙漠还是一座岛屿。然后我会想起大海，想象着自己身在故乡的海滩。其他的黄昏时分，当夜色从三层楼高的地方疾驰而过、贪婪地吞

---

① 译注：指身穿制服的门童。

没了红色和蓝色的微光，不时让自己慢慢与晦暝的车站融为一体时，我在第三大道高架轻轨的北面兜风，一路看着摩天大楼缤纷掠过。离开市中心模糊的街道，我会驶向一个比一个贫困的街区，路上的汽车也越来越少。我知道等待我的是什么，是鲍尔瑞[1]之夜。距离半里长的一家家光彩夺目的婚礼用品商店（里面蜡制的模特没有一个是微笑的）几步远的地方，住着被遗忘的人们，在这座银行家之城中，他们随波逐流、漂进贫困。这是城里最暗淡无光的地方，见不到一个女人，每三个男人中就有一个醉鬼，在一家怪异的、显然直接模仿自西部电影的酒吧里，又胖又老的女演员咏叹着幻灭的人生和母亲的爱，她们踏着节拍，在酒吧的吵嚷吼叫声中，神经质地晃动着岁月堆积在她们身上的赘肉。鼓手也是个老女人，看上去像一只仓鸮，有的晚上，你会感觉想了解她的人生——当此罕见时刻，地理影响消失，孤独感成了有点令人困惑的现实。

在其他时候……不过，是的，我当然爱纽约的清晨与夜晚。我爱纽约，那强烈的爱有时留给人的全是无常与恨意：人有时需要放逐。那么，恰是纽约之雨的气息，在最和谐而熟悉的众城中心搜寻到你的踪迹，提醒你天下至少有一个解脱之地，在那里，置身茫茫人海，只要你愿意，终可以永远潜踪遁迹。

1947年发表于《形与色》

① 译注：纽约南部的贫困街区。

提帕萨[1]的婚礼

春天，提帕萨是众神的住所。在阳光下，在苦艾叶的香氛中，在银白色的海浪里，在碧蓝的天空中，在鲜花盛开的建筑遗迹间，在石堆里的点点亮光中，处处都是神谕。在一天中某些特定的时刻，这个小村虽然沐浴在阳光下，却是黑暗的。眼睛在尝试着看见些什么，却徒劳无功，除了随睫毛一起颤动的点滴亮光和杂色之外，什么都没有。植物散发出的浓郁香气在喉咙里撕裂，在炎热的天气下令人窒息。我能模模糊糊地看见遥远的西纳瓦山黑黢黢的轮廓。西纳瓦山和环绕小村的小山相连，以缓慢而沉重的节奏绵延起伏，一直延展到大海。

在去提帕萨的路上，途经一个朝向海滩的村庄，我们走进去，就进入了一个由蓝色和黄色组成的世界，阿尔及利亚的夏日用其充满刺鼻气味的一声长叹来迎接我们。淡粉色的九重葛顺着墙壁爬得到处都是；花园里，木槿仍然是淡红色的，大朵大朵的茶玫瑰像奶油一样，厚厚的一片，长长的蓝色鸢尾则构成了精致的花边。所有的石头都很温暖。当我们从毛莨黄色的巴士上下来时正值早市，卖肉的屠夫们在他们的红色小卡车里吹响喇叭，招徕村民。

在港口的左边，一段用石头搭建的楼梯穿过乳香树和金雀花丛，

---

① 原注：提帕萨是一个地中海岸边的村庄，距阿尔及尔大约50英里。加缪于1935到1936年间经常来到这里。一份手稿证实，这篇散文的第一稿起草于1936年，但是第一份打印稿是在1937年7月完成的。然而，其中的某些词语已经在1936年的笔记(Carnet)中使用。

通向建筑遗迹。这条通往田野的小径旁有一座小灯塔。在灯塔脚下,大簇大簇红、黄、紫色的植物一直长到海边的第一块岩石上,被海水吮吸着,亲吻着。我们站在微风中,太阳斜射过来,一侧身体暖洋洋的。我们看着从空中洒下的光,平静的大海和它闪亮的牙齿。在进入建筑遗迹的王国前,我们当了最后一次旁观者。

没走几步,苦艾酒的香味就充满了每个人的喉咙。目之所及,遗迹被这种艾草属植物灰色的绒毛所覆盖。它的油脂在高温下发酵,于是土地就散发出烈酒的味道,让人觉得天空在摇晃。我们满怀着爱恋和期待渐渐走近对方。我们不想得到什么教训,也不想寻找人类通常要求一件伟大事物所必须蕴含的什么晦涩的哲理。除了太阳、我们的亲吻以及泥土野性的味道,这里的一切看上去都毫无意义。我并不是想孤独一人。我经常和我所爱的人们一起到这里来,阅读她们洋溢着爱情的面庞上的清美的微笑。在这里,我把秩序和克制都丢给别人。我的内心充满了对大自然和大海的自由奔放的热爱之情。在同遗迹和春光的这场婚礼中,遗迹又变回了石头,没有了人类在其上的雕琢,回复本原。为了庆祝她那些放浪形骸的女儿们的归来,大自然铺开大片大片的花海。天芥菜把它红白相间的小脑袋挤进集会场的石板缝里,红色的天竺葵把它们的鲜血洒在曾经的房屋、庙宇和广场上。就像知识的丰富反而让人类回归上帝一样,岁月把这些遗迹带回了它们母亲的小屋。今天,历史终于离它们而去,一股强大的力量把它们拉回到大地的中心,什么都不能让它们从中脱身。

我久久徘徊在遗迹里,脚踩苦艾草,亲吻着遗迹的石头,为世界的纷乱嘈杂而长叹。在田野的气味和令人昏昏欲睡的昆虫的嗡嗡声中,我向着热浪充斥的天空中那难以承受的庄严,张开了双眼,敞开了内心。一个人要真正成为自己,发现自己最深处的特质,不是那么容易的。但是望着西纳瓦山那坚实的脊梁，我的内心却生发出一种奇怪的确定感，逐渐平静了下来。我在试着呼吸。我在适应一些东西，充实我自己。我爬过一座又一座山，每座山都带来一个奖赏，比如说，有着用以测量太阳轨迹的石柱的庙宇，从那里可以俯瞰整个村庄，它的墙壁以白色和粉色粉刷，而走廊是绿色。又比如，在东山上的大教堂，它的墙壁仍然屹立着，被一大圈没有遮盖而装饰华丽的棺椁环绕着。大部分棺椁仅仅高出地表少许，仍和大地浑然一体。它们以前是用来装殓尸体的；而现在鼠尾草和桂足香在其中生长。圣萨尔萨大教堂是基督教堂，但是我们每一次从墙缝看进去，却仿佛能听到尘世的歌曲；山坡上密植松柏，大海在二十码外驱赶着它的白马。圣萨尔萨大教堂坐落在一座平顶小山上，风在大门处更为猛烈。在晨日的照耀下，一股巨大的欢喜之情在空中翱翔。

需要神话的人是可怜的。白昼在天空中逐渐消逝，在这里神灵就是他们的床，他们休息的地方。我形容道："这儿是红色，这儿是蓝色，这儿是绿色。这里是海，是山，是花。"我需要提到狄俄尼索斯[①]来表明我是多么喜欢剥开乳香树的花蕾，呼吸它的芳香吗？"快乐就是一个人活着看到过地球上的这些事物"，这句古老的赞美诗过一会儿就会从我的内心自发地涌现，它曾经被敬献给得墨忒耳[②]吗？我们怎么能忘记这个星球上的壮丽景色呢？人类对于蕴藏于厄琉息斯[③]的秘密只能做一件事，就是静静观看。即使是在这里，我也知道，我永远无法足够接近这世界。我必须赤身裸体，跃入大海，身上仍然带着泥土的芬芳，然后把这味道在大海里洗掉，太阳和大海嘴唇相吻，一

---

① 译注：狄俄尼索斯(Dionysus)：希腊宗教中丰产与植物的自然神，特别以酒和狂欢之神著称。

② 译注：得墨忒耳(Demeter)：希腊宗教中宙斯的配偶，是农业女神(特别是谷物)。

③ 译注：厄琉息斯(Eleusis)：希腊东部城市，现称埃莱夫西斯。古希腊时代厄琉息斯有一个崇拜得墨忒耳和珀耳塞福涅(得墨忒耳之女，希腊神话中的冥界王后)的秘密教派。

直渴望着紧紧相拥，而我的洁净的身体将使它们的拥抱无比美妙。我感到水的冲击，然后浮出水面，好像摆脱了一种粘稠而冰冷的胶水；接着我又跳回水中，我耳鸣、流鼻涕、嘴里都是海水的咸味。游泳时，我的臂膀闪闪发亮，阳光把胳膊上的水珠镀了一层金色，我绷紧全身肌肉，甩臂入水，这金光便消失了。我奋力打动双腿，激起纷乱的波浪，水流过我的身体——地平线就消失了。我倒在沙滩上，屈服于这世界；我被太阳照得有点恍惚，似乎感受到了我的骨骼和肉体的重量；我时不时看一眼双臂，水珠从上面滑落，皮肤上显出一小块一小块的盐晶和柔软的金色毛发。

在这里，我明白了光荣的含义：毫无拘束地去爱的权利。在这世上，只有一种爱情。紧扣着一个女人的胴体，也就是拥抱着喜悦，这种从天空直落大海的奇异的喜悦。在某一瞬间，当我躺在苦艾丛中以把它们的香味吸收到身体里时，我应该知道——虽然看上去恰恰相反——我在践行真理，一种属于太阳的、也是属于我的死亡的真理。从某种意义上讲，我在这里下的赌注，实际上是我的生命，这生命有温暖的石头的味道，充满了大海的叹息和逐渐响起来的蟋蟀的歌唱。蔚蓝的天空下，微凉的风轻轻拂过。我放肆地热爱着这种生命，我要大声说出它的意义：它让我感觉到作为一个人类的骄傲。但是人们经常告诉我说没有什么可值得骄傲的。不，是有那么一些事情的：这太阳，这大海，我跃动的年轻的心，海水的咸味，这壮丽的景象以及其中由柔美和光荣混合而成的蓝色和黄色。我需要力量和资源，来拥有它们。这里的所有东西都让我保持着自身的完整，我不会有一丝退让，也不会蒙上假面：耐心而勤奋地学习如何生活对我来说就已足够，那些所谓的生活艺术没有什么用。

快到中午的时候，我们穿过遗迹走回来，到了一个港口旁的小咖啡馆。我们被太阳照得两眼发花，耳边就像有震天响的钹声，这时候在阴凉的房间里喝上一大杯冰镇绿薄荷水，是何等惬意！窗外是大海，道路上的灰尘被烤得炙热。我在桌旁坐下，试着眨眼以看见热得发白的天空中耀眼的五彩。汗水顺着我们的脸往下滴，但我们穿着轻薄的衣服，身上还算凉爽；我们同世界举行了一天的婚礼，幸福而疲惫，这种感觉值得我们去炫耀。

这个咖啡馆的食物很糟糕，但有大量的水果，特别是桃子，咬一口，汁水四溅，顺着你的下巴滴下来。我的牙齿热切地注视着我，咬在一个桃子上，我可以听到血液冲击耳膜的声音。正午那种广大的寂静笼罩着大海。每一个美丽的事物都会为其自身的美丽而自发地感到骄傲，今天世界让它的骄傲从每个毛孔渗出。为什么在生活的快乐明明存在时，只要我知道并非万事万物都不存在于这种快乐中，我就会否认这种快乐？生活得快乐可没什么可耻的。但是，如今傻瓜才是国王，我把那些害怕快乐的人称作傻瓜。他们告诉过我们许多关于骄傲的事情：你知道，这是路济弗尔之罪①。小心啊，他们曾经哭泣过，你将失去你的灵魂和你必不可少的力量。其实，我已经知道了，从一种骄傲开始……但在其他时候，我不能阻止自己对生活感到骄傲，全世界阴谋施予我的这种骄傲。在提帕萨，"我看"等于"我相信"，我还不至于固执到要否认我的手触摸到的、我的嘴唇亲吻过的东西的存在。我不认为有使之成为一个艺术作品的必要性，但是描绘它还是必要的——这两件事是不同的。提帕萨对我来说似乎是一个角色——一个人塑造这个角色，以间接表达对世界的某些看法。就像这种角色所起的作用那样，提帕萨如同一个人，证明了些什么。提帕萨是我今天所描述的主角，在我看来，亲吻的行动和对于我的喜悦的描述将确保它没有结尾。有一些时间，应该好好生活，而另一些

① 译注：路济弗尔(Lucifer)：在基督教时代，撒旦堕落以前的名字被认为就叫做路济弗尔。

时间用来对生活加以描述。还有一段时间应该进行创造这种不那么自然的活动。对我来说，全身心地投入生活，见证生活，就已经足够了。体验提帕萨，见证它的训诫，而使之成为艺术品的工作将稍后进行。这其中存在着一种自由。

我从来没有在提帕萨停留超过一天。一个人对着一个景观看足够长的时间，总会看够的；同样地，一个人需要很长时间，才会看够它。山脉、天空、海洋就像一张张脸，我们通过观看发现它们是空虚还是辉煌，而不是通过理解。但是，为了富于说服力，每一张脸必须被当做全新的来观看。人们总是抱怨疲倦得太快；我们觉得世界似乎是全新的，其实仅仅是因为我们忘记了它——人们应该对这一点感到惊奇。

傍晚时分，我回到公园，这次到了一个更正式一些的部分。这部分就在主路旁边，被设计成一个花园。离开喧闹的气味和阳光，在傍晚的凉爽空气中，头脑会变得冷静，身体放松下来，享受由得到满足的爱恋感而生出的内心的宁静。我会坐在椅子上，看着乡村里的灯光逐渐亮起，而村庄也随之渐渐扩展。我已酒足饭饱。在我头顶上，有棵低垂的石榴树，花苞还合着，像一个个小拳头，一条一条地排列着，包含着春天的所有希望。我身后有迷迭香，我只能闻见它散发出的酒精气味。树木为山搭起了框架，在它们上面，延伸着一段大海，而其上的天空，像一面平静的帆，静静地休憩着。我心中涌起一阵奇怪的喜悦之情，是问心无愧的那种特别的喜悦。演员成功地饰演一个角色时有一种感觉，就是说，他们使自己的动作姿态同他们所扮演的想象中的角色相吻合，进入到一种从某种程度来说是预先安排好的设计中去，用他们自己的心跳赋予角色生命。这正是我感觉到的：我很好地扮演了我的角色。我，作为一个人，完成了我的任务；我在一整天都感受到欢乐这件事在我看来，不是很大的成功，而是尽职尽责地做了一件事情;在某些情况下,完成这件事情使得我们理应感到快乐。然后我们就又回归寂寞了,但是心满意足。

现在,树上站满了小鸟。地球在落入夜幕之前,会长长地叹一口气。在某一瞬间,第一颗星星升起,黑夜降临在世界的舞台上。在日间耀眼夺目的神灵将会死去,每天一次。但其他神会来的。而且,虽然他们更暗,他们破碎的面孔也同样来自地球深处。

至少在这一瞬间,海浪穿过那和金色花粉一起舞动的空间,永无休止地拍打着海岸,向我扑来。海、风景、寂静、这个星球的气味;我用充溢着香味的生活调一杯酒,一饮而尽;把牙齿嵌入世界的水果,那水果已是金色;它浓烈、甘甜的汁液流在我的嘴唇上,这感觉把我征服。不,不论我还是世界都不是关键,我们之间的爱完全是这种和谐和寂静的产物。我没有愚蠢到将这种爱据为己有;我骄傲地知道,我同太阳和大海所哺育的种族共同享有这种爱,这个种族充满活力,生气勃勃,因简单而伟大,矗立在海滩上,同蔚蓝的天空一起微笑。

杰米拉的风[①]

在有些地方,精神死亡,于是一个恰好否定它的真相就有可能诞生于此。当我去杰米拉时,有风,有太阳,但这是另一回事。首先要说的是,一种沉重的、连续不断的寂静统治了那里——一种就像一架处于完美平衡状态的天平的东西。鸟叫声,一只三孔笛发出的柔和的乐声、山羊踩踏的蹄声、从天空中传来的低沉的声音,很多声音加入到沉默和荒凉中。偶尔猛地拍一下手,就响起一声尖叫,这是一只委身于岩石中的小鸟向上飞出的标志。不论你走任何一条路——从房屋遗址中穿过的小径、或是熠熠生辉的柱廊下的宽阔的柏油马路、或是在凯旋门和山上的寺庙中间的巨大的广场——都将到达包围杰米拉的峡谷,就像在无垠的天空下打开的一包纸牌。人站在那里,全神贯注,面对石头和寂静,白昼流逝,山逐渐变成紫色,仿佛在急速升高。但是有风吹过杰米拉的高原。在使得光线和遗迹融为一体的风和太阳的乱糟糟的作用下,在这座死城的寂静和孤独中,有种东西在被锻造着,它能让人类对自己的本质有清楚的认识。

走到杰米拉要很长时间。它不是那种供你歇下脚然后接着走的地方。它不通向任何地方,也不是任何其他国家的入口。旅行者从这里踏上归途。这座死城位于一条漫长而曲折的道路的尽头,这条

① 原注:1936 年春,加缪的一些的朋友包下一架旅游飞机,他就搭乘此机到杰米拉一游。在加缪 1936 年的笔记中提到了这次访问,但这篇文章似乎直到次年才被写出来。

路的每一个转弯看上去都是最后一个，使它看起来更长了。当杰米拉那犹如一片骨骼森林般泛着黄色的轮廓终于在已褪了颜色的高原上浮现出来时，它看起来就像有关爱心和耐心的忠告的化身，自己就可以把我们带往世界那跳动的心脏。它在那里，在一些树木和干草之中，被群山和乱石保护着，从而不会被庸俗地赞美，不会变得生动如画，不会成为由希望所带来的假象。

我们在这个辉煌的不毛之地徘徊了一整天。我们在下午刚开始的时候几乎没有感觉到风的存在；随着时间一点一点过去，风力似乎增强了，一点一点地，填平整个村庄。风从山脉的一个缝隙里吹出来，一直向东刮到很远的地方，从比地平线更远的地方冲出，在乱石丛中和阳光下跳跃着、翻滚着。它在遗迹中吹出大声的口哨，在泥土和石头所构建的一座两栖剧场里回转，在满是凹痕的石堆中游泳，以气息围绕每一根石柱，在无尽的叫喊中在向着天堂敞开的集会广场里铺开。我觉得自己像一枝桅杆，在风中飘来飘去，腰被掏空了。眼睛燃烧着，嘴唇开裂着，皮肤变得非常干燥，似乎不再像是我的。到现在为止，我一直在我的皮肤上破译世界的笔迹。在那里，在我的身体上，世界已刻上它的温情或愤怒，用它夏日的呼吸来温暖，用它结霜的牙齿来撕咬。但由于被风揉搓了这么久，摇晃了一个多小时，尽力对抗着它，蹒跚而行，我对我的身体所追踪的模式的丧失了意识。像一粒被潮水打磨的鹅卵石一样，我被风打磨着，直深入到灵魂。我随着一股巨大的力量飘荡，我是它的一部分，然后是它的大部分，然后是它的全部，无所不在的大自然的心脏在怦然跳动，我把它同自己心脏的搏动混淆了。风在把我塑造成我周围那焦灼的荒原的样子。而且，它短暂的拥抱给了我——一堆石头中的一块——在夏日的天空下，一根柱子或一棵橄榄树的孤寂。

在烈日下和狂风中的狂暴的沐浴耗尽了我所有的力量。我几乎感觉不到我心中的翅膀的颤抖、生命的抱怨以及意志微弱的叛离。不久，我被分撒到地球四方，无私而又自我遗忘，我就是风，在风中，有石柱和拱门，有铺路石在享受着风的吹拂，有环绕着这座被遗弃的城市的苍凉的山峦。我从未有过这么深刻的感觉，同我自己分离得如此之远，而同时却又如此真实地存在于世间。

是的，我存在着。在这时使我震撼的是，我不能再更进一步了——就像一个被判终身监禁的人，对他来说，一切也都是存在的。但是，也像另一种人，他知道明天也会是一样的，每天都是。因为一个人意识到自己现在是谁，就意味着他不会希望更进一步了。如果有像情绪一样的风景，那么它们肯定是最庸俗的。在这个国家，我一直跟随着什么东西，它不是属于我的，而是属于它自己的，一种我和它都拥有的东西，比如说对于死亡的品味。在石柱之间，忧愁投下的阴影正在增长；忧愁就像受伤的鸟，溶入空气中。一种干燥的洞察力来到了忧愁占据的地盘。忧愁源于生活着的心灵。但冷静会隐藏起这种生活着的心灵：这是我所能看清楚的一切。随着时光推移，随着噪音和光线被由空中坠落的灰尘裹起，我被自己抛弃了，我觉得无法抵御我心里那种说着“不”的缓慢的力量。

很少人意识到，有一种和抛弃无关的拒绝。未来、提高、好工作，像这样的词语在这里是什么意思呢？“心灵的进展”是什么意思？如果我固执地拒绝这个世界所有的“后来”，那是因为我不想放弃现在的财富。我不想相信，死亡是通向另一种生活的大门。对我来说，它是一扇关闭的门。我不是说这是一个我们都必须经历的步骤，而是说它是一段可怕而和肮脏的冒险。我被给予的一切都企图从人类自己的生活的重量中把人类拯救出来。不过当我看到巨大的鸟类在杰米拉的天空中粗重地飞翔时，这就正是我所要求并且拥有的一种生活的重量。如果我能同这种被动的激情取得一致，就不会在记挂其他事情了。我的内心还太年轻，以至于还不能谈论死亡。但在我看来，如果我不得不谈到它的话，我会找到在“恐惧”和“沉默”之间的那个合适的词，来表达对于在无望中的死亡的有意识的确认。

我们接受了几个熟悉的想法。两三个吧。我们根据碰巧遇见的社会和人物修饰并改造这些想法。一个人需要花十年，才能产生一个真正属于自己的想法——可以谈起的那种。当然了，这是有点令人沮丧。但是我们从中得到的是对这世上的瑰宝的某种熟悉的感觉。在那之前，我们一直是面对面地看着它。而现在我们需要离它远一点，以便能看出它的轮廓。一个年轻人看世界，是看它的脸。他还没有时间来修饰关于死亡或者虚无的想法，尽管他已经完全明白了它们全部的恐怖之处。青春一定就是这个样子的，无情地对抗着死亡，对于热爱太阳的动物的天然的恐惧感。不论人们说什么，至少在这一点上，青春没有错觉。它既没有时间，也没有足够的虔诚来给自己建构错觉。而且，我不知道为什么，但面对这片饱经沧桑的风景，石头庄严而悲惨的哀号，入夜后毫无人性的杰米拉，面对着颜色和希望的死亡，我确认，当它们走到生命的尽头，名副其实的人们必须重新发现这种对抗，否认他们寥寥无几的想法，恢复古人在和命运面对面时眼中闪耀的那种纯真和真实。他们又拥有了青春，但代价是拥抱死亡。在这方面，没有比疾病更可鄙的了。它是对死亡的治疗。它让我们对死亡做好准备。它创造了一段见习期，其第一阶段是自怜。它支持着人类的为了避免终将完全死去的这种必然性而付出的巨大努力。不过，杰米拉……然后，我相信，真正的、唯一的、一个人时不时投身于其中的文明的进程，存在于创造清醒的死亡。

常常令我吃惊的是，我们如此迅速地对其他事件进行详细说明，对死亡的想法却极其匮乏。这是好事还是坏事，我担心它还是我召唤它(他们说)。这也证明一切简单的事物都超出我们的能力范围。

什么是蓝色的，我们如何思考“蓝色”？同样的困难发生在处理死亡这件事上。死亡和颜色是我们不能讨论的东西。然而，重要的是，这个在我面前像泥土一样沉重的、预示着我之未来的人。但是我真的能想这件事吗？

我告诉自己：我就要死了，但是这不意味着什么，因为我实在无法相信它，只能经历其他人的死亡。我曾见过别人死去。尤其是，我看到过狗死去。抚摸它们的那种感觉淹没了我。然后我想到鲜花、笑容、对女人的渴望，认识到我对死亡所有的恐惧都存在于我对活着的焦虑里。我嫉妒那些将活下去的人和那些让鲜花和对妇女的渴望占据所有血肉的人。我很羡慕他们，因为我太热爱生活，以至于不能不自私了。永恒对我来说有什么意义。某一天，你可能会躺在床上，听到别人说：“你很坚强，我有责任向你说实话：我可以告诉你，你会死的。”你在那儿，手中有你的一生，肠子里有你的害怕，看上去就是个傻瓜。还有其他什么要紧的事情么：血液突突地涌上我的太阳穴，我觉得自己可以打碎周围的一切。

但是，不管自己怎样，不管周围环境怎样，人总是要死去的。别人对他们说：“当你好起来的时候……”他们还是死了。我一点也不想要这种东西。因为大自然有撒谎的时候，也有说真话的时候。今晚，杰米拉在以多么悲伤而又坚定的美说着真话啊！对我来说，在这里，在这个世界面前，我不愿撒谎，也不想听到谎言。我想到最后一刻一直保持神志清醒，以我全部的嫉妒和恐惧凝视我的死亡。我最害怕死亡的是，它使我和这个世界完全割离了，它使我把自己和活着的人而不是和对永恒不变的天空的沉思联系起来。创造有意识的死亡是为了减少世界和我们之间的距离，为了毫无喜悦之情地接受一个圆满，对永远逝去的世界里令人陶醉的景象保持警觉。杰米拉山峦的忧郁之歌把这堂苦涩的课深深地镌刻在我的灵魂上。

傍晚，我们在通往村庄的斜坡上攀登着，回顾我们走过的路，听着解说："这就是异教徒的城镇；基督徒生活在这块土地以外的区域。后来……"是的，这是真的。人类和社会在这里互相交替；征服者已经用他们的下级军官建立起的文明在这个国家留下了印记。他们对伟大有一个庸俗而荒谬的想法，用版图来衡量他们的帝国的雄伟程度。他们创造的文明的遗迹恰好否定了他们的理想，这真是个奇迹。对于这个骨骼的城镇来说，当夜晚到来、鸽子飞行的轨迹围绕着凯旋门的时候，从各处看去，它并没有被刻上由征服或天空中的雄心留下的印记。最终，世界总是征服历史。杰米拉在山、天空、寂静间丢下的由石头发出的大声呼喊——唉，难道我能读懂它的诗么：清醒、冷漠、美丽或绝望的真实迹象。在我们已经抛到身后的雄伟里，心在收紧。杰米拉与其哀伤潮湿的天空，从高原的另一边传来的鸟儿的歌唱，山羊沿着山腰突然而快速地奔跑，在平静而有回响的黄昏里，一个祭坛的山墙上，一个有角的神的活生生的脸，继续存在。

沙　漠[①]

致让·格雷尼尔

生活当然正好是表达的反面。如果我相信伟大的托斯卡纳的大师们，这意味着做三次证，在寂静、火焰和静止中。需要很长的时间才能意识到，在一周的任何一天，一个人可以在佛罗伦萨和比萨街头看到在这些托斯卡纳的画中出现的面孔。但是，当然我们不再知道如何看到在我们周围的人的真面目。我们不再看我们同时代的人，我们只是希望在他们身上看到那些确定我们的行为的参考点。我们喜欢它的最粗俗的诗歌胜过它的面孔本身。至于乔托[②]和皮耶罗·德拉·弗朗西斯卡[③]，他们非常清楚，一个人的感觉其实什么也不是。当然每个人都有一颗心。但是，被对生活的热爱包围的那些伟大的简单而又永恒的情感——恨，爱，眼泪和欢乐——这些从一个人的内心深处生长，塑造他的命运的面貌，就像在乔蒂诺[④]在《下葬》中描绘的使玛丽紧咬牙关的那种悲伤。在托斯卡纳教堂的天花板的饰线

---

① 原注：本文主要是根据加缪于1937年9月对意大利的访问写成的。这是他第二次造访意大利，他第一次去那里是在1936年，紧接在《灵魂的死亡》一文描述的在布拉格的灾难性的停留之后。这篇文章中所表达的许多想法都是首先在1937年9月的《笔记》中加以阐述的。——P. T.

② 译注：乔托(Giotto)：首位意大利伟大的画家(1266—1267)，活跃于佛罗伦萨。

③ 译注：皮耶罗·德拉·弗朗西斯卡(Piero della Francesca)：意大利画家(1420？—1492)，对文艺复兴时期绘画有重大影响。

④ 译注：乔蒂诺(Giottino)：意大利早期画家(1324—1369)。

下，我看到了大群天使，他们的面容已模糊不清，但是在每一个无声而充满激情的脸庞中，我看出了一种孤独。[1]

重要的不是那些如画般的品质、片段、颜色的明暗、或情绪的影响。重要的不是诗歌，而是真理。我把任何持续不断的事物称作真理。在思想里有一个微妙的东西，是说，在这方面，只有画家才能满足我们的饥渴感。这是因为只有他们才能使自己成为身体的小说家。因为他们的工作对象是一件壮美的小东西，叫做现在。现在总是以某种姿态展现自己。他们不画一个微笑，短暂的一瞬间的端庄、遗憾或者期待，而画有血有肉的一张脸。他们从他们所塑造的这些永世流传的面容中驱逐出去的，是心灵的诅咒；以希望为代价。因为身体对希望一无所知。它只知道它自己心脏的跳动。它的永恒是由冷漠构成的。如皮耶罗·德拉·弗朗西斯卡的《受鞭打的基督》，其中，在刚刚刷洗过的庭院里，基督和矮胖的行刑者表现出了同样的同他们的态度的分离。这是因为这种痛苦没有续篇。它的启示就局限在帆布周围的画框范围内。为什么一个觉得可能看不到明天的太阳的人会有情感呢？当一个人没有希望时表现出来的那种毫无情感和伟大，也即永恒的现在，正是知觉神学家所称的地狱。地狱，大家都知道，也是由身体的痛苦组成的。托斯卡纳的画家停留在身体层面上，而不是在命运层面上。没有所谓的预言性的画作。而且我们不是必须在博物馆里才能找到怀有希望的理由。

灵魂的不朽占据了许多高尚的头脑。这是事实。但是，这是因为他们在用尽身体的力量之前一直拒绝身体——这他们所有的唯一

---

① 原注：路易·福孔(Louis Faucon)在其于《七星文集(*Plélade*)》第二卷第1361页对这篇散文的评论中指出，马尔罗(Malraux)在他于1937到1938年间所写的一篇题为《热情(*Verve*)》的评论中对皮耶罗·德拉·弗朗西斯卡也表达过同样的意见，之后他又在《沉默的声音(*Les Voix du Silence*)》中进一步发展了这些意见。——P. T.

真理。因为身体不会造成任何问题，或者至少说，他们知道它能提出的唯一一项解决办法：一个必须灭亡的真理，而且它由此获得了一种痛苦和一种他们不敢直接想象的高贵。和身体相比，高尚的头脑更愿意拥有诗歌，因为诗歌是和灵魂有关的。显然，我是在玩文字游戏。但同样清楚的是，通过把它叫做真理，我是想把一首更神圣的诗歌奉献给神灵：地球以其辉煌和光明不断讲述着一个不存在的上帝，人类对地球表达出明确的抗议，而从奇马布埃[1]到弗朗西斯卡的意大利画家们从托斯卡纳风光中提炼出的黑暗的火焰，正是这种抗议的表现。

有时，一张脸的冷漠和不敏感让它和一个拥有壮观的矿产的景观合为一体。正如某些西班牙农民越来越像自己的橄榄树，因此乔托的画作里的那些脸，削去了能表现灵魂的微不足道的阴影，最终同托斯卡纳本身融为一体，在它能自由提供的唯一课程中：以感情为代价来表现的激情，一个快乐和禁欲主义的混合物，一种对人和地球来讲同样的共鸣，而通过这种共鸣，人类，就像地球一样，把自己定位在悲惨和热爱中间。其实没有很多真理是心灵可以肯定的。在一个黄昏，当阴影在一种巨大而沉默的忧伤中开始吞噬佛罗伦萨乡间的葡萄藤和橄榄树时，我意识到了这一点。但是在这个国家，忧伤不是其他别的东西，而是对美丽的评论。而随着火车在夜晚行驶，我觉得内心的紧张慢慢放松了下来。今天我是否可以认为，即使是忧伤的面容，也可以称之为幸福？

是的，意大利把意大利人所描绘的经验慷慨地播撒在每一片风景上。但是，很容易错过我们获得快乐的机会，因为它总是不值得的。同样，意大利也是如此。如果它的优雅是突然的，它并不总是即

① 译注：奇马布埃(Cimabue)：佛罗伦萨画家和装饰艺术家(1251年之前—1302)。

刻的。相比任何其他国家，意大利都使我们更加深入一种体验，而矛盾的是，这种体验似乎在第一次相遇就完成了。这是因为它始于更好地使它的诗篇流淌，以掩盖它的真相。意大利的第一个魔法是健忘仪式：摩纳哥的月桂玫瑰，花团锦簇的热那亚的鱼腥味，利古里亚海岸[1]的蓝色夜晚。然后终于到了比萨，那里的意大利褪去了里维埃拉[2]有些俗气的魅力。但它仍然是一片到处透着风度的土地，为什么不让我们自己拥有一段时间来体会它感性的优雅呢？我在这里的时候没有什么事情一定要我去做，(我被剥夺了苦恼的旅游者的乐趣[3]，因为一张廉价车票迫使我去"我所选择的城市"呆一段时间)。在第一个晚上，当我又饿又累地进入比萨，被站台上的十个向着几乎全是年轻人的人群吼叫着一堆感伤的歌曲的大喇叭迎接时，我对爱情和理解的耐心看上去是无穷无尽的。我已经知道我期望什么。当这里的生活蜂拥而起包围了我之后，奇怪的时刻会到来，就是在咖啡馆关门时，周围突然恢复到寂静的状态，我会沿着昏暗的短街向市中心走去。在黑金两色斑驳的阿尔诺河[4]，绿色和黄色的纪念碑，空荡荡的城市——比萨在每晚 10 点钟耍个花招，变成了一个奇怪的有寂静、水流、石头的舞台布景，我怎样才能形容这个干净而突然的花招啊。"在这样一个夜晚，杰西卡！"[5]在这里，在这个独一无二的舞台，神似乎与莎士比亚爱好者的声音一同出现……当梦想来到我们身边时，

① 译注：利古里亚(Liguria)：意大利西北部的自治区。位于法国和托斯卡纳之间，濒临利古里亚海，首府热那亚。

② 译注：里维埃拉(Riviera)：法国东南部和意大利西北部的地中海沿海地区，因其风景和宜人的气候而闻名，是欧洲主要旅游胜地之一。

③ 原注：这里指的是昂利·德·蒙特朗(Henry de Montherlant)的题为《被追逐的旅行者(Les Voyageurs traqués)》的一系列小说，发表于 1930 年代。——P. T.

④ 译注：阿尔诺河(Arno)：意大利中部河流。从亚平宁山脉向西流经佛罗伦萨，最后在比萨附近注入利古里亚海。

⑤ 译注：杰西卡和下文的洛伦佐都是莎士比亚戏剧《威尼斯商人》中的人物。

我们必须学会如何让自己浸入梦想。我已经听到,在这个意大利之夜的深处,响着更加私密的歌曲的片段,这曲子正是人们到这里来寻找的东西。明天,只有明天,乡村会在晨光中达到圆满。今晚我是众神中的一员,当和杰西卡以“爱的迅疾的脚步”飞离时,我把我的声音和洛伦佐的混在了一起。但杰西卡只是一个借口;这种爱情的冲动走得比她更远。是的,我觉得洛伦佐不是那么与她相爱,而对她更多的是一种感激之情,由于她允许他爱她。为什么我应该在这个晚上梦见威尼斯的爱侣,却忘了维罗纳的呢?因为这里没有什么东西让我们珍惜不幸福的情侣。没有比殉情更虚荣的了。我们应该做的是活着。活生生的洛伦佐胜过一个在坟墓里躺着的罗密欧,虽然他有蔷薇花丛。那么为什么不在这些为活着的爱情的而举行的庆典上跳舞——并在下午睡在教堂广场的草坪上,被总有足够的时间去参观的纪念碑围绕,饮用这个城市的温暖而潺潺流动的泉水,再一次看见那个大笑的女人的长着一个长鼻子和一张骄傲的嘴的脸?所有我们需要明白的是,这个开端让我们为更高级的光明做好准备。这些令人眼花缭乱队伍在向埃莱夫西斯①的狄俄尼索斯密仪②游行。人类正是在欢乐中形成思想,在最狂烈的喜悦中,肉体有了意识,把自己奉献给神,同一个以黑色血液为符号的神圣的秘密融为一体。就是在现在,从见意大利的第一面的狂热中提炼出来的自我忘记,让我们为一堂能够使我们从希望和历史中解脱出来的课程做好准备。这些身体和美丽奇观呈现的时刻的孪生的真理——我们如何不依附它们,就像依附我们所唯一能期待的,把魔法施在我们身上但在同一时

① 译注:埃莱夫西斯(Elusis):希腊东部城市,有一座古代城市废墟。以埃莱夫西斯秘仪的发祥地闻名。

② 译注:狄俄尼索斯密仪(Dionysian Mysteries):古希腊的一种宗教仪式,用毒物和其他催眠术来解除压力,使人恢复到自然状态。

刻又走向灭亡的幸福?

最可憎的唯物主义不是那种人们通常认为的,而是这样一种东西:它试图让已死的想法冒充活生生的现实,并把我们导向虚无。我记得在佛罗伦萨,在至圣玛利亚领报教堂的死者回廊,我被一些我错认为是悲痛而实际上只是愤怒的情绪所困扰。那时候天在下雨。我在读墓碑和献祭品上的铭文。一个男子是一位慈祥的父亲和一个忠诚的丈夫;另一个,也是同样的语调,最好的丈夫,一个业务熟练的商人。一个女人,所有美德的代表,“就像母语一样”精通法语。有一个年轻的姑娘,是她整个家庭的希望,“是地球的欢乐和朝圣者”。我对这些都无动于衷。根据铭文,几乎所有这些人都使他们自己向死亡屈服,毫无疑问地,是因为他们接受了他们其他的职责。孩子们跑到回廊来,拿墓碑做跳马游戏,而墓碑还在努力使他们的美德流芳百世。夜幕降临的时候,我坐在地上,背靠一根柱子。一名神父走过我身边的时候向我微笑。在教堂里,有人在轻柔地演奏着管风琴,其上的装饰图案的温暖的颜色有时候会从孩子们的叫喊声后显现出来。我独自一人靠着柱子,就像一个被卡住喉咙的人,像生命的最后一句话一般喊出他的信念。我的一切都在抗议这样的屈服。“你必须,”铭文说。但是,不是这样的,并且我的反抗是正确的。这种喜悦在向前推进,冷漠而全神贯注,像脚踩大地的朝圣者,它是我不得不一丝不苟地遵循的东西。对其他方面,我要说“不”。我用我所有的力量说“不”。墓碑教导我这种喜悦是没有意义的,生活是“日出,日落”。但是即使是现在,我也看不出来,为什么我的反抗由于毫无意义而失败了,而且我非常清楚它得到了什么。

此外,这不是我要开始说的话。我想更清楚地定义一种真理,那个我在反抗时,内心深处体会到的真理,而且这反抗只是这个真理的一个延伸。这真理从新圣母大教堂的最后几株娇小的玫瑰那里,一直延伸到佛罗伦萨周日早晨的女人的在薄衫下无拘无束的乳房和湿润的嘴唇上。在教堂的每一个角落，在那个星期天的早上，有花展，厚实的花瓣闪耀着光辉，上面缀着点点水珠，显得珠光宝气。那是我在它们那里找到了一种“简单”，也找到了一种回报。花朵和女人包含着一笔巨大的财富，我可看不出来对后者的欲望和对前者的渴求有什么不同。二者都能被同样纯洁的心灵所满足。一个人不是常常能觉得他的心灵是纯洁的。但是当他觉得的时候，他就应该把格外使他纯洁的事物叫做真理，即使这个真理对其他人来说似乎是渎神的东西，我在那天就是这样想的。我在菲耶索莱①的一个方济各②修道院花了一个上午，那儿洋溢着月桂树的芳香。我在一个充溢着红色花朵、阳光、黑色和黄色的蜜蜂的小院子里站了很长时间。在一个角落里有一个绿色的喷壶。早些时候，我曾访问过僧人的小房间，并看到他们的小桌子，每一张都以一个骷髅装饰。现在，园林证明了他们的灵感。我沿路下山走回佛罗伦萨，那座城市怀抱着它的柏树，向我敞开。我觉得世界的这个美景——妇女和鲜花——是对这些男人存在的合理性的一种证明。我不确定，他们是不是也在证明一种人的存在，这种人知道，极端贫穷总是和世界的财富和奢华共存。在这些方济各修道士在柱子和鲜花里的生活和阿尔及尔的帕多瓦尼海滩上那些一年到头晒太阳的年轻男子的生活间，我感到有一种共鸣存在。如果他们脱光自己的衣服，那是为了寻求一种更伟大的生活（而不是另一种生活）。至少，这是像“剥离”和“脱光自己的衣服”这样的词语的唯一的确凿含义。赤身裸体总是带有一种物理上的自由以及

① 译注：菲耶索莱（Fiesole）：托斯卡纳大区佛罗伦萨省的一个市镇，距佛罗伦萨 8 公里，可以俯瞰佛罗伦萨风光。

② 译注：方济各（Franciscan）：1209 年由圣方济各创立的基督教修道会，此会规定修士不得拥有财产，个人拥有或公有都不许。进入 19 世纪后方济各会仍在发展，一直是罗马天主教最大的修会。

和谐——人类带来的在一个人和地球之间的可爱的互相理解——啊！如果这还不是我的宗教的话我会皈依于它的。不，我刚才说的可不是渎神的话。神话之于宗教，就像诗歌之于真理：置于生活之上的荒谬可笑的面具。

我还要更进一步讲下去吗？同样的人在菲耶索莱中的红花丛中居住，在他们的小房间保存着给他们的冥想提供灵感的骷髅。佛罗伦萨在他们的窗外，死亡在他们的桌上。绝望的一种特定的延续可以诞生欢乐。当生活达到一定的温度，我们的灵魂和血液混为一体，在矛盾中舒适地生活，像对信仰一样冷漠地对待责任。那么，一只欢乐的手应该已经在比萨的一面墙上总结了它对荣誉的奇怪想法：“阿尔贝托跟我妹妹做爱了”，我不再对此感到惊讶。意大利应该是乱伦之地，我不再对此感到惊讶。因为从美丽到不朽的路径是曲折的，但是是确定的。深深沉浸在美丽中的时候，精神就会感到空虚。当一个人面对的宏伟景象以其辉煌卡住他的喉咙时，他的每一个念头都在他的完美状态上制造划痕。很快，随着这么多强力的事物刻下删除的记号和一道又一道疤痕，人类在世界瞩目之下变得什么都不是了，只是一个无形的斑点，只知道被动的真理、世界的颜色或它的太阳。如此纯洁的风景使灵魂干涸，它们的美丽是无法承受的。这些石头、天空和水流的福音书带来的谕示是，复活是不存在的。今后，从被心灵视为宏伟的沙漠深处，这些国家的人开始受到诱惑。如果在稀少的属于美丽的空气中，那些在高贵的奇观培养下形成的思想仍然不认为伟大和善良可以和睦相处，这又有什么值得惊奇的呢。一个没有神灵为其荣光加冕的智慧会在否认它的事物中寻找神灵。波吉亚在到达梵蒂冈时大喊：“既然上帝赋予我们教皇权，那我们就赶快享受它吧。”他也是这么做的。“赶快”，的确是这个词。什么都拥有的人的绝望有什么特色，是早已有暗示的。

也许我错了。因为事实上我在佛罗伦萨是快乐的，就像在我之前的许多人一样。但除了一个人和他所过的生活的简单的和谐之外，又有什么是快乐的呢？除了对忍受苦痛的渴望和对死亡的察觉这两种意识之外，又有什么更合理的和谐可以把一个人和生活联系起来呢？至少他学会什么也不依靠，学会把现在看作“作为额外奖励”给予我们的唯一真理。我知道人们谈论意大利、地中海时，是把它作为那种一切都是在文明尺度上的经典国家来看的。但是，这又是在哪里呢，那条带领我们的道路又在哪里呢？让我睁开我的双眼，寻找我的尺度和我的满足吧！我看到的是菲耶索莱，杰米拉[①]，和阳光下的港口。人类尺度？那是寂静和死掉的石块。其他的东西都属于历史了。

不过，这还不是结束。因为没有人说幸福应该永远同乐观主义共存。它是和爱联系着的——这不是一回事。而且我知道在一些时候和一些地方，快乐看上去可以是如此苦涩，以至于我们更喜欢对它的承诺。但是，这是因为在这种时候或地方，我没有足够的心去爱——就是说，在爱中坚持。我们在这里必须说的是人类参与到对美丽和地球的庆祝仪式中这件事。现在，像新教徒脱去他最后的面纱，他向他的神交出个性上的微小改变。是的，有更高级的快乐，在那里快乐看起来是小事一桩。在佛罗伦萨，我爬上波波里花园的楼顶，到一个阳台，从那儿我可以看到奥利韦托山和城镇顶端的部分，和地平线一样远。在每座小山上，橄榄树像一缕缕的烟雾一样苍白，茁壮的柏树嫩芽在薄雾中站立着，近一些的是绿色的，而远一点的则呈现出黑色。厚厚的云层中间的一个一个斑点，是深蓝色的天空。

① 译注：杰米拉(Djemila)：阿尔及利亚山村，拥有大量罗马时期的遗迹，为联合国教科文组织批准的世界遗产。

下午快结束了，在寂静中，万物沐浴在银光下。起初，山顶隐藏在云里。但一阵微风吹起，我能在脸颊上感到它的呼吸。随着风吹过，山脉后面的云像帘子拉开一样分成左右两半。同时，山峰上的柏树像在一架喷气机上一样，朝着突然变蓝的天空迅速升起。同它们一起，整个山坡与石头、橄榄树都在缓慢上升，回到人们的视线里。又出现了其他几片云。帘子合上了。而山连同它的柏树和房屋再次消失。然后，同样的微风，又来重新把帘子拉开。因此，世界得以不断填满而又清空它的肺，其节奏就像就像石头和空气在世界范围内演奏的一支赋格曲的主题。每一次，这主题都以稍低一点的音调重复。我看着它走向远方，内心平静了一点。如此壮观活跃的景色快结束了，在最后一眼，我看到目力所及的所有山峦步调一致地呼吸，慢慢消失，它们好像是在整个世界一起演唱的某支歌曲里。

我知道，数以百万计的眼睛曾经凝视过这番景象，对我来说，它就像天空的第一个微笑。在词语最深层的感觉里，它把我从我自己的身体里抽离。它向我保证，除了我的爱和这些石头奇美的哭泣之外，其他一切事物都没有意义。世界是美丽的，在它之外没有灵魂能被拯救。它耐心地教给我的伟大真理就是，思想什么都不是，就连心灵也是如此。而被阳光晒暖的石头，或朝着突然晴朗的天空迅速升起的柏树，则标记出了宇宙的界限，只有在这个宇宙里，"正确"才是有意义的:没有人类的大自然。这个世界会消灭我。它把我带到生命的尽头。它一点也不气恼地否定我的存在。夜幕笼罩了佛罗伦萨，我获得一种能克服所有事情的智慧，除了泪水涌上了我的双眼，还有诗歌的一阵巨大的呜咽声从我的体内涌起，让我忘记了世界的真理。

* * *

正是在这个平衡的时刻，我必须住笔了:在这个奇怪的时刻，精神拒绝道德，幸福从绝望中产生，思想找到了它在身体里存在的理由。如果每条真理之内真的都包含着苦涩，那么每个拒绝里面也肯定含有蓬勃生发着的肯定。而这首关于从沉思中生出的毫无希望的爱的歌曲看起来也像是最有效的行动指南。当从坟墓中出现时，皮耶罗·德拉·弗朗西斯卡的升天的基督的脸上没有任何人类的表情——只有一种激烈而没有灵魂的庄严，我不禁把它当做生存的决心。对于聪明的人，他们同白痴一样，几乎不表达什么。这种回归令我感到高兴。

但是这一课是意大利教给我的，还是发源于我自己的心灵呢？当然我是在意大利开始意识到这一点的。这是因为意大利，像其他有特权的地方那样，为我提供了一种美丽的景象，但是在其中，人类死亡。又一次讲到这里了：真理必须腐烂，还有什么比这更振奋人心吗？即使我渴望一个并不是注定要腐烂的真理，我同它有什么共同之处吗？这不是我的尺度。爱它的行为只会是矫揉造作。人们很少知道，一个人的绝望往往是构成他生命最本质的东西。一些冲动和绝望的瞬间是通往别种生活的。但这也是可能发生的：当一个人的神志清醒到一定程度，他觉得他的心灵封闭了，没有抗议和叛乱的过程，他就转而背弃到那时为止他为生命所获得的东西，也就是说，他的不安。如果兰波一句诗也没写就死在阿比西尼亚了，那不是因为他更喜欢冒险，或者他已经放弃了文学。那是因为“事情就是这样”，还因为当我们的认识达到一定境界时，我们就会终于承认一些事情，我们每一个人根据各自独特的天赋不会去寻求理解的事情。这显然包括承担对一片特定沙漠的调查活动。但是，只有那些能够承受口渴的所有痛苦的人，才能到达这种奇怪的沙漠。那时，也只有到那时，才会有人和幸福之泉一起居住在那里。

在波波里花园我触手可及的范围内，硕大的金色的中国柿子挂在树上，柿子皮爆裂开，黏稠的糖浆流淌出来。在这小山和这些多汁的水果之间，在连接我和世界的神秘的兄弟情谊和驱使我抓住在我手上的橙色果肉的饥饿感之间，我能感觉到那种引导一些人从禁欲主义转向感官刺激，从自我否定到欲壑难填的那种紧张。这个联系人类和世界的纽带，这双重影像，我的心灵在其中可以干扰和指挥它的幸福精确地延伸到那个边界，在那里世界不是完成它就是毁灭它；我以前常对此感到惊异，现在也仍是如此。佛罗伦萨！它是欧洲少数几个能让我理解我之心灵的地方。在它与泪水、阳光交织的天空中，我学到了对地球表示赞许，在它庆祝的黑色火焰中，我学会了沉思与缄默。我觉得……但我能用什么词语来讲呢？过度的什么东西？一个人怎样才能用爱和反抗的和谐共处来祭神呢？地球！在这个被神遗弃的伟大的寺庙里，所有我的偶像都是有着不为人知的缺点。

1956年版《局外人》序

我在很久以前对《局外人》进行了总结，我承认，其中有一句评论是非常自相矛盾的："在我们这个社会里，任何一个在母亲的葬礼上不哭的人都有被判处死刑的危险。"我只是说，我书中的男主人公是因不守游戏规则而被判刑的。在这方面，他并未融入所生活的社会；他在边缘游走，在个人的、私密的、肉体上的生活的边际游荡。这就是为什么一些读者倾向于把他视为社会的弃儿。一个人只要问一下，默尔索[①]是如何不遵守游戏规则的，就会得出对这个人物更准确的判断——或者说，至少更接近作者意图的判断。对这个问题的回答很简单：他拒绝说谎。说谎不仅仅是说不真实的话。它也同时是，而且尤其是，讲超越真实的话；而就人的内心来说，是进行超越感觉的表达。我们每个人每天都这样做，来使生活简单一些。他是什么样的，他就原原本本地说出来，他也不掩饰自己的感情；而社会马上就感到受到了威胁。例如，他被要求用公认的最为合适的方式讲出对他的罪过的悔恨。而他回答说，他所感到的是烦恼，而不是真的有所懊悔。这种语义上的细微差别使他被判刑。

因此，对我来说，默尔索不是社会的弃儿，而是一个可怜的人，他怀着一颗赤子之心，迷恋着照不出阴影的阳光。他远远没有失去所有的感情，并被一种内心深处的激情所鼓舞；这种激情之所以深藏在

① 译注：默尔索（Meursault）：《局外人》的男主人公。

内心，是因为它坚定不移，是一种对于绝对、对于真理的激情。这个关于我们是谁、我们感觉到的是什么的真理起的仍然是负面作用，但是少了它，我们就永远不可能征服自己或征服世界。

因此，如果把《局外人》看做一篇一个人未说一句豪言壮语就愿为真理而献身的故事，就算理解得没什么大错。我也碰巧又一次自相矛盾地说过，我试图用这个角色刻画出值得我们崇拜的那个耶稣基督。在我进行解释后，人们将会明白，我说这句话的时候没有没有渎神的意图，而只是怀着一个艺术家有权对他所创造的角色抱有的那种有些嘲讽意味的怜爱之情。

反　悖[1]

两年前,我曾与一位老妇人来往。她得了重病,几乎不治,右半身整个瘫痪了。她只有一半还在这边的人世,另一半则已沦于异境。老妇人本来整日忙个不停也说个不停,如今却只能与沉默为伴,动弹不得。她不识字,感知也偏于迟钝,日复一日地独处下来,剩给她的全部生活就只有上帝而已。她信仰上帝。何以见得?因为她有一串祈祷用的念珠,一尊铅铸的基督像,还有一尊灰泥像,塑的是圣若瑟[2]抱着幼年的耶稣。为了引起别人的注意,她说自己的病没得治了,心里其实只将信将疑;而此外的一切,便悉数交托给那位她笨拙地爱着的上帝了。

有一天,真的有人注意到她了。是个年轻人。(他相信真理的存在,也知道这个女人会死,却没想费心去解决这个矛盾。)他对老妇人无聊赖的处境感兴趣乃是出于真心,这一点她能觉出来。他的关注对于这位病人真如甘霖天降。她迫不及待地想要谈论自己的烦心事:她已经力乏技穷,况且新一代的人日日成长,总得给他们腾出地方。她觉得无聊吗?不无聊才怪。她找不到人说话,像条狗一样被丢在角落里。还不如一了百了算了,死掉

---

① 译注:原标题为 L'ironie(英译名为 Irony),字面上除"反悖"外尚可有"嘲讽"、"乖谬"等理解。

② 译注:圣若瑟(Saint Joseph),基督教圣经中耶稣基督的养父。此处以天主教译名为准。新教通用的译名是"约瑟"。

也比给人添累赘强。

她的声音里带上了吵架的味道，好像在跟人还价。年轻人倒是明白她的意思。不过他觉得，与其死掉，还是宁可给人添累赘——这只能说明一件事儿，就是他显然从没给谁添过累赘。他见过老妇人那串念珠，自然就跟她说，“你还有上帝呢。”说得是没错。但是连这都会给她带来麻烦。如果她祈祷的时间长了，或者眼神顺着墙纸上的花纹飘开，她女儿就要说：“又来了，她又在祷告了！”病人会说：“这关你什么事儿呢？”“不关我事儿，就是看多了我心烦。”于是老妇人沉默下来，用责备的眼光久久地看着女儿。

年轻人听着这些，胸中涌起一种浩大而陌生的痛楚。老妇人接着说下去：“等她老了就知道了。到时候她也得靠这个。”

老妇人让人觉得，她身上的一切羁绊都已被松脱，只有上帝除外。再没有什么能把她从这最后的恶习中救拔出来，被迫的选择变成了她的德行。她太过轻易地把生活中残存的部分当做唯一值得眷恋的事物加以接受，终于陷入了依傍上帝的悲惨处境永不得出。但假如生活的希望复萌，上帝可就敌不过人世间的利害了。

人们在桌边坐定。年轻人是应邀去吃晚饭的。老妇人不吃东西，因为晚上不容易消食。她待在自己那个角落里，就坐在曾听她讲话的年轻人背后。年轻人总觉得被人盯着看，吃不下什么东西。但晚饭毕竟是吃完了。他们不想马上分手，决定去看电影；那周刚好有部逗趣的片子。年轻人没多想，就答应了，却忘了背后的那个人还在那里。

客人们起身去净手，准备出门。谁都知道老妇人不会跟他们一起去。就算没有偏瘫这回事，电影里讲的东西她也一窍不通，是看不懂的。她说她不爱看电影；其实是看不懂。总之她就在角落里，木呆呆地一心捻着念珠。她全部的信赖都寄托在这上面。念珠、基督像、还有圣若瑟像，这三样东西她不肯离身，它们标出了上帝在物质世界中的起始点：在其背后的彼侧横亘着既广且深的一片黑沉，而她把所有的希望都交托在这黑沉之中。

大家都准备好了，他们走过来吻别老妇人，祝她晚安。她已经知道要发生什么事，正把念珠紧紧地攥在手心里。这动作中透露着笃诚，但显然也同样流露出绝望。别人都跟她吻别过了，只剩下年轻人。他怀着温情与她握过手，已经要背转身去。可是她意识到，唯一的一个对她感兴趣的人要走了；她不想独处；她已经能感觉到可怕的孤独，那无眠的长夜，与上帝走得太近而带来的沮丧。她害怕了，现在她能依赖的只有凡人；她攀附着这唯一曾对她流露兴趣的人不放，捉住他的手紧捏着，讷讷地对他说着感谢的话，作为不放手的借口。年轻人觉得窘迫。别人已经在回头叫他快点儿了。电影九点钟开映，最好是提前到，免得排队。

他觉得自己正被迫面对从不曾体会过的残暴痛苦：人们去看电影，生病的老妇人被独自抛下。他想要离开，想要逃走，他不想了解这痛苦，他想把手抽回来。有那么一刻他恨极了老妇人，几乎就要重重地打她一耳光。

他终于脱出身走开了。病人从扶手椅上欠起半边身子，充满恐惧地看着她曾指望在其中找到安宁的最后一样切实之物终趋消散。再也没有什么来保护她了。面对着关于死亡的想法她孤立无援，也不知道害怕的究竟是什么，只是觉得不想独处。上帝帮不了她。除了斩断她跟别人的联系、把她投入孤独之中，上帝还做过什么呢？她不想孤单单没人作伴。于是她哭了起来。

其他人都已经在外面的街上了。年轻人心里翻搅着悔恨。他抬头看那扇亮着灯的窗户：它是寂静的房子上一只硕大而无生气的眼睛。眼睛闭上了。老妇人的女儿告诉年轻人：“她一个人的时候总要把灯关掉。她喜欢坐在黑地里。"①

老人攒起眉头,作出一副得意的样子,食指摇啊摇的,像是在教训人。"我年轻的时候儿啊,"他说,"父亲每周把我的工资收走,只留下五法郎零花,让我撑到下个周六。可是呢,我还能省下钱来。首先一点,我去看未婚妻的时候,就在野地里走上四公里②,然后又走四公里回来。你们听我说呀,如今的年轻人可不知道怎么自得其乐啦。"同坐在圆桌旁的有三个年轻人,上了年纪的则只他一个。他是在讲他那些不值一提的冒险故事:幼稚的举动被吹上了天,偷懒被当成胜利来炫耀。他说起来就没完没了;因为急着要赶在听众离开前把他过往的每件事儿都说上一遍,还特意只挑自认为能让他们叹服的段落来讲。他只有这么一样儿毛病:非要让人听他说话。听众的目光中带着嘲弄,有时冷不丁冒出来一句打趣他的话,但他总是置之不理。在这位年轻人的眼中他跟别的老家伙没什么两样,总觉得自己年轻时的东西都无比美好;而他则把自己当成一位受人尊敬的老人家,有着值得重视的阅历。年轻的一代不知道,阅历无非就是失败,要想得到一点儿知识,非得失去一切不可。他受过苦。可他绝口不提。还是作出快乐的样子更合适。或许这样想不对,可要是试图去博取别人的同情,那就更错得离谱了。人们全神贯注于自己的生活,谁会在乎一个老头子的痛苦呢?他说个不休,在自己无趣的唠叨中

---

① 原注:罗歇·基约为1965年七星文库版的加缪作品集第二卷作了些札记,试图寻绎这组文章所表达的思想的源流;他追溯到了1932年加缪年仅十九岁时写下的头几篇文字素描。有一部归加缪首任妻子西蒙·以耶拥有的手稿,其中探讨的主题包括孤独和老年,且特别提到了年轻人去看电影时被留在后面的那位老妇人。1935年加缪为这组文章草拟了一部提纲,从中可以看出他是打算围绕儿子与母亲的关系展开创作。1949年他首次动念要给这组文章的新版作序,1954年他曾把本篇中的几段读给基约听。这组文章最初于1937年由埃德蒙·夏洛的小出版社在阿尔及尔出版。加缪在《反悖》的最后一部分和《一体两面》中描述自己家庭生活的一些段落,乃是他所有作品中最为不加隐讳的自传性文字。加缪的父亲1914年在第一次马恩河战役中阵亡(参看《未置可否》);加缪曾与母亲、外祖母和长兄吕西安一同生活在阿尔及尔市郊的工人聚居区贝尔库。

② 译注:此据法语原版译出。英译本作四英里。

兴高采烈地徜徉忘返。但这没法一直持续下去。他的故事得有个结尾;听众的兴致正在消退。他都没法惹人发笑了。他老了。年轻人更喜欢打台球、玩纸牌,在愚蠢的日常工作之后靠它们舒舒心。

没多久就只剩下他一个人了,他怎么想方设法、怎么扯谎给故事添油加醋也没用。年轻人都走了,他们全然不顾及他的感受。又只剩下他一个人。这一点最可怕:人老了,说话就没人听了。沉默与孤独成了他难逃的劫难。人家告诉他,他快要死了。快死了的老头子什么用也没有,还会让人不知不觉地尴尬起来。让他走吧。他该走了。或者就算不走,把嘴闭上总可以吧。他很难受,因为每当他不说话的时候,就要想起来自己的衰老。但他还是站起来走了,一路上对身边的每个人都露出微笑。然而他看到的脸孔或者是一片冷漠,或者是在欢乐中抽搐着,而那欢乐他却无缘染指。一个男人笑着说:“她是老了,这我承认;可是有的菜还就得老锅炖哪!”另一个则已经带上了几分严肃:“我们倒也算不上富人,但是吃得还不错。你可不知道,我家孙子吃得比他爹还多。他爹吃一磅面包,他得吃两磅还不止!香肠和奶酪[①]更是给多少就吃多少。有时候他全都吃光了,还‘哎!哎!’地叫,然后接着吃。”老人走开了。他像驴拉磨一样缓缓地迈着小步,从长长过道上的人群中间走过。他觉得不舒服,不想回家。他平常是很愿意回家的,家里的饭桌上摆好了油灯和菜盘,他在桌边坐定,十根指头就自动找到了该去的地方。他仍旧喜欢默默地吃晚饭,老太太坐在桌子对面,一口一口地细嚼慢咽,脑袋空荡荡,眼睛木呆呆。今天晚上他要晚点儿回家,等到饭菜在桌上放凉了,老伴在床上睡下了的时候。她不会替他担心,因为她知道他常常无缘无

① 译注:此处的“奶酪”照字面译出为“卡门贝尔干酪”(Camembert),一种法式软干酪。

故地晚回家。她会说:“他又中了月魔啦。”[①]如此而已。

他温和却又固执地迈步向前。他老了,形影相吊。生命快走到头的时候,衰老就像恶心一样一阵阵地涌上来。归根结底,就是说话没人听了。他往前走,在街角转弯,绊了一下,几乎跌倒。我看见他了。这真荒唐,可又有什么法子呢?毕竟是他不想回家,宁愿待在街上。在家里的话,他持续几个小时发烧不退,只能在房间里独处,跟老太太之间也障了层迷雾。有时房门会慢慢打开,敞着不动。过了一阵子,走进个人来。他穿着浅色的西装,面对老头子坐下来,不出声。时间一分一秒地过去。他动也不动,就像房门刚才敞着不动一样。有时他掠一下头发,轻轻地叹口气。他长久地看着老头子,眼中一直带着沉重的悲哀,而后悄无声息地离去。锁舌在他身后咔哒一声碰上,只剩下惊怖的老人与腹中酸楚而痛切的恐惧为伴。在大街上,哪怕遇到的人再少,总也不会是孤身一人。他体内的烧热在唱歌。他稍微加快了步子:等到明天,一切都不一样了。等到明天。突然间他醒悟到,明天不会有什么不一样,后天也是,无论哪天都一样。这样的发现一经作出就无可挽回,他被压垮了。就是这样的想法能要人的命。人们受不了这些想法,只好自杀——但如果是年轻人,则可以把它们编成俏皮话。

是老了,是疯了,还是喝醉了?谁也不知道。他要体面地死去,让人们眼含泪水、心存敬意。他要在死去时表现出最好的形象,也就是说他打算受苦。这对他来说将是种慰藉。况且又能有什么出路呢?他永远都是个老人了。人们对于尚未到来的老年多方盘算;老年本已是绝望环伺之年,他们还想老来无所事事,结果只会越发不堪一击。他们想当上工头,好去乡下的小房子里养老。可是等他们上

① 译注:欧洲人旧谓月亮有魔力,能使人失去常态。

了年纪，就会清楚地知道自己错得多离谱了。他们需要别人——需要别人的保护。他自己需要的就是有人听他说话，让他对自己的生活保有信心。街道暗了下来，行人越发稀少了。风中飘送的人语声并未断绝，在黄昏时异样的岑寂中听起来格外端重。小城周遭的山丘后面还有白昼的余光闪烁。一柱烟从山头林莽之后目力所不及处浩荡地升起，在天空中缓缓上行，层层叠叠的像是松树的繁枝。老人闭起双眼。生命正携着市井的喧嚣离去，天空愚蠢而冷漠地绽开笑靥，而他孤单一人，被世界遗弃，赤身裸体，已经是死了。

这则精彩的故事的另一头还有必要讲吗？不消说，老太太正在阴暗肮脏的房间里布置饭桌。等晚饭准备好了，她会坐在桌边，看看挂钟，再等一小会儿，然后就开始朵颐大嚼。她思忖："他是中了月魔啦。"如此而已。

他们五个人一起生活：老太太，她的小儿子和大女儿，还有女儿的两个孩子。儿子几乎是哑巴。女儿是个病人，思维有困难。女儿的两个孩子有一个已经在保险公司上班了，另一个还在继续学业。七十岁的祖母仍旧是全家人的主宰。她床前的墙上挂着五年前的一张画像，画中的她脊梁挺得笔直，穿件黑色裙装，领口用一枚吊坠扣在一起，脸上一丝皱纹都没有。她的眼睛很大，眼神明澈而冷漠，举止有种女王般的风度。随着年事渐高，她维持不住这种风度了，只有出门时偶尔还会努力一番。

正是这双明澈的眼睛，总会让她的外孙想起一直使他脸红的往事。老妇人会赶着有客人在的时候，严厉地盯着他问："你最喜欢谁，妈妈还是外婆？"要是女儿在场，这出戏就更精彩了，因为孩子的回答永远是"外婆"，而同时心中涌起对于总是沉默的妈妈的强烈爱恋。当客人对于这样的选择感到吃惊时，做母亲的就会说："因为他是外婆带大的。"

还有一个原因:老妇人以为爱是可以向人要求的。她知道自己是个优秀的母亲,由之就有了一种严苛和褊狭。她毕生恪守妇道,给丈夫生了九个子女。丈夫去世后,她就以充沛的精力育儿持家。她带着全家离开偏远的小农场,最后在这座城里老旧的穷人区定居下来,已经住了很久。

毫无疑问,这个女人身上有很多出色的地方。可是她的两个外孙正处在凡事非此即彼的年纪,就觉得她是个彻头彻尾的骗子。有位姨夫给他们讲过一件事,颇有意味:他来拜访岳母,从外面看到她正在窗边闲坐。可是她来应门的时候手里拿着把掸子,忙个不停,还道歉说她得一天到晚忙家务,没什么空闲。无可否认,这正是她的为人。全家聚在一起商讨事情之后,她动不动就晕倒。她还有肝病,会吐得翻肠倒胃。可她对于疾病的呈现丝毫不加掩饰,不是关起门来自己待着,反而震天动地地吐在厨房垃圾桶里。然后她回到房间,脸色苍白,眼泪都流出来了,可是如果有谁恳请她上床休息,她就会提醒人家别忘了,她还得准备下一餐饭,还得接着管家:“这家里什么活儿不得我干哪。”或者,“真不知道你们离开我怎么办。”

孩子们逐渐习惯了她的呕吐(她自己称之为“发病”),也习惯了她的各种疾患,可以做到置若罔闻。有一天她上床躺下,要人去找医生。他们派人去了,只是为了迁就她。医生第一天的诊断是轻度胃肠不适,第二天是肝癌,第三天是急性黄疸病。可是小的那个外孙坚持认为她又是在演戏,比以前演得更花心思而已;他一点儿都不担心。他被这老妇人欺压已久,所以一时之间没往悲观的方面想。保持头脑明锐,说不爱就不爱,这也算是一种特别的不管不顾的勇气。然而,假扮生病的人可能会弄假成真;这位老太太的摹仿行为至死方休。她临终的那一天,孩子们环绕左右,她突然开始把肠中发酵的产物排出体外。她转向外孙,直截了当地说:“你瞧瞧,我放起屁来跟只小猪似的。”一个小时后她死了。

而她的外孙这才发现，身边发生的事情他一直都没能弄懂。他觉得刚刚目睹的是这老妇人最后的、也最恶劣的一次表演，这个念头他怎么都没法摆脱。如果他叩问自己是否感到伤心，答案只会是一点儿都没有。直到葬礼的那一天，因为周围的人齐声恸哭，他的眼泪才流出来，但他又担心这是在死神面前虚伪做作、言不由衷。那是个晴朗的冬日，阳光普照无遗。在淡蓝色的天空中，恍若可以分辨出点染了金黄色的寒气。从墓地可以俯瞰全城，也能看到精美纤薄的太阳正落入海湾；水面亮闪闪地颤动着，夕阳就像一片潮润的唇。

这些故事谁跟谁都不相干？可不是嘛！一个是你去看电影时撇下的老妇人，一个是你不再听他说话的老头子，还有一个是完全没有救赎效果的死亡。另一边呢，则是世界的全部光耀。就算把一切都接受下来，又能有什么两样呢？这三种命运，彼此不同却有相近之处。所有的人都会死，但每个人都只有他自己的死。毕竟，还有阳光来温暖我们的骨头。

未置可否[1]

据说只有失去的才是乐园。果真如此，我就知道怎样称呼今天停驻在我心中的、那温柔而不近人情的事物了。我回忆起往事，就像周游四海的人回到祖国。牴牾矛盾的感觉渐次消退，我又回到了家中。我无意于再三回味快乐的时光；比那要简单得多，容易得多：我从遗忘的深渊中寻回时光的片段，其中一如旧观的乃是对于某种纯粹情感的记忆，是凝定在永恒中的一瞬。在我心中，唯有这记忆是真实的，我却总是不能及时觉察这一点。举手投足间流露出的温存让人着迷；一棵树与周围的风景浑融无间，让人眷恋。我们要把这爱恋完整地重建出来，所凭仗的却只有一个细节——但一个细节就足够了：重扃深锁的房间的气味，路上传来的特别的足音。在我而言就是这样。如果我曾爱过，那么，通过付出自己，我终于找回了自己；因为，只有爱才能让我们恢复本原。

那些时光回来了，徐缓，平和而肃穆，仍如旧日一般浓烈动人——阴沉的天空中弥漫着一种模糊的渴望。每次重新发现一种身体动作我就多认识自己一分。曾有人对我说："活着真难啊。"我还记得那语调。还有一次，有人低声说："让别人痛苦终究是最严重的错误。"一切都过去之后，对于生活的渴求也消散了。这就是所谓的幸

① 译注：原标题为 Entre oui et non(英译名为 Between Yes and No)，直译为《在"是"与"否"之间》。

福吗？我们迂回着绕过这些记忆，给一切都笼上了一袭素淡的外套，而死亡就像是褪了色的背景幕布。我们又变回了自己。我们感受到自己的苦恼，为此越发自我欣赏。是了，幸福大概就是这样的，是自伤自怜地觉察到自身的不幸。

今晚无疑就是这样。我坐在这家位于阿拉伯人城镇尽处的“摩尔人咖啡馆”里，记起的不是过去的幸福时光，而是一种疏离感。已经入夜了。在墙上每棵分为五杈的棕榈树间，金丝雀色的狮子正在追赶身穿绿衣的酋长们。一盏电石灯在咖啡馆的角落里闪烁不定。真正的光源是炉底的火，小小的炉灶上涂着黄色绿色的釉彩。火焰照亮了屋子中央的一片地方，我能感觉到火光映在我的脸上。我的座位对着大门，也对着海湾。咖啡馆的老板在屋角缩成一团，他好像在看我的杯子；杯子空放着，杯底有片薄荷叶。正厅里空无一人，对面的城区阵阵嘈杂，更远处的海湾中几星灯火。我听到阿拉伯人沉重的呼吸声，他的眼睛在渐浓的夜色中像是两点火光。远处的那是大海的声音吗？这世界对着我叹息，节拍悠长，带给我永恒之物的平和与淡漠。长长的红色影子让墙上的狮子像水波一般摇荡着。空气凉了下来。海上有支雾角在鸣响[①]。灯塔射出的光柱回转起来：一道绿，一道红，一道白。这世界的长叹仍未止息。从这淡漠中似乎滋生了一种隐秘的歌谣。我又回到家里了。我心里想到一个住在穷人区的孩子。那片街区，那幢房子！房子只两层，楼梯上没有灯。哪怕是现在过了这么多年，哪怕是在最黑的夜里，他也还能找到路返回那幢房子。他知道自己能走上楼梯，绝不会绊着脚。他身上处处留下了这房子的印记。他的双腿记着台阶的高度分毫不差，他的手则记得对于护栏扶手的恐惧。那种出于本能的恐惧他从不曾彻底消除。是

① 译注：雾角：起雾时用以替代灯塔、警示船只的号角。

因为蟑螂。

夏天的傍晚，工人们都去自家的阳台上坐着。而他住的公寓里只有一扇小得可怜的窗子，于是他们把椅子拿到楼下，在屋门口摆开，享受傍晚的凉风。面前的街道，隔壁的冰激凌店，路对面的几家咖啡馆，叫闹着挨门逐户跑来跑去的孩子们。而阔大的无花果树之外，是超出于这一切之上的天空。贫穷使人离群独处，但正是这独处让万事万物重新获得了价值。在有了些财产的人眼中，就连天穹和嵌满繁星的夜晚也都是大自然的财宝；可是，从社会台阶的最底层仰望时，天空却又恢复了其全部的意义：那是无价可当的恩典。神秘的夏夜，群星鼓噪的夏夜！孩子的身后是一条臭秽的过道，他的小椅子椅面裂了道缝儿，一坐上去就微微下陷。但他只顾举目向天，啜饮纯净的夜色。时而会有喀拉作响的大型有轨街车轻快地开过。有个醉汉站在街角唱歌，这静默却不起一丝涟漪。

孩子的妈妈也是这样静默地坐着。有时人们问她："你想什么呢？"她总是回答："什么都没想。"说得一点儿不假。万物各得其所，所以她什么都不想。她的生活，她关心的事务，她的孩子们，全都自然而然、顺理成章地存在着，反而觉察不到了。她体弱多病，思维也有障碍；她的母亲又严苛又专横，有一种不容冒犯的动物式的骄傲，并且牺牲了所拥有的一切以维持这骄傲。她的心智不足，一向听凭母亲的摆布，嫁了人才解脱出来；丈夫死后，她又恭顺地回到了娘家。照人家的说法他是"捐躯沙场"。他的镶金边的军功章和十字勋章[1]摆放在专门的地方供人瞻仰。医院的人在他体内找到一小块弹片，把它寄给了他的遗孀；这弹片她一直保藏着。她的悲痛早就无影无踪了。她已经忘记了自己的丈夫，倒是还会提起孩子们的爸爸。为

① 译注：十字勋章(croix de guerre)是两次世界大战中法国颁发的勋章，用以表彰战功。

了养活孩子她要外出工作，工资都交给母亲。孩子们也是她母亲带大的，没少挨鞭子。如果打得太狠了，她就跟母亲说："别打脑袋呀。"她很喜爱这两个孩子，只因他们是她生的。她的母爱不外露，也不偏心。在他记忆中的那些夜晚，有时她干完繁重累人的活计（给人打扫卫生）回到家，发现房子里没人。老太太出去买东西了，孩子们还没放学。她会蜷缩着坐在椅子上，目光追寻着前方地板上的一道裂缝，盯着看了又看，眼睛发花，出了神。在渐渐凝集的夜色中，她的缄默显得格外悲凉，无从救度。如果孩子这时候进来，就会看到她瘦小的身形和骨骼突兀的肩头；他心里害怕起来，停住脚步。很多东西他才刚开始有所体会。对于自身的存在他还没什么感受，但是这种动物一般的沉默却让他难受得想要哭出来。他替母亲难过，这跟爱她是一回事吗？她从来没抱过他也没亲吻过他，她不会这些。他站在那里，长久地看着她。他觉得与她彼此隔绝，体会到了她受的痛苦。她耳背，听不到他的动静。过不了多久老太太就要回来了，生活就要再次开始了：煤油灯放出一团圆光，桌上铺起油布，叫喊声，咒骂声。而在此之前，这沉默标出了暂时的停顿，一个漫长似无休止的瞬间。孩子对于这些模模糊糊地有所觉察，他认为胸中翻涌的情感正是对母亲的爱意。肯定是的，她毕竟是他母亲啊。

她什么都不想。外面是灯火和喧哗；这里只有夜晚的沉寂。孩子会长大，会学到本领。等他们把他养大了，就会要他心存感激，倒好像他们护着他没让他吃苦。这样沉默的时刻将会一直伴随他母亲。他在成长的过程中还会受苦。长大成人——只有这个最重要。他外婆会死，然后他母亲会死，然后，他也会死。

母亲忽然一惊。不知是什么吓到她了。他站在那里盯着她看，显得傻里傻气。他应该去写作业的。这孩子的作业已经写完了。今天他正坐在肮脏的咖啡馆里。他已经是大人了。这个不是最重要吗？才不是呢。写作业、接受长大成人的事实，这些的结果只有一样，就是让人变老。

阿拉伯人还是蹲坐在角落里，两手环扣，抱住双腿。烤咖啡豆的气味从露台上传来，与年轻的人们激动而嘈杂的话语声混为一体。一艘拖船鸣响了汽笛，以其严肃而温存的声调加入了合唱。世界就在这里终结，每日如此；它那难以计量的烦恼，最终换来的只有这对于平静的允诺。这个陌生的母亲是如此的淡漠！只有世界广大无边的孤寂才足以作为它的量度。有天晚上，她的儿子（早已不是小孩子了）接到传信，来到母亲身边：她受了惊吓，引发了严重的精神性休克。她习惯每天晚上到外面的阳台上去，搬把椅子坐下，把嘴巴靠在冰冷咸涩的铁栏杆上。她在那里看来来往往的行人。夜色在身后点滴凝集，面前的店铺骤然亮起灯火，行人和灯光渐次布满大街。她盯着外面看，心里空空荡荡，忘了自己身在何处。那天晚上有个男人从她身后冒出来，把她朝后拖过去，打了她一顿；然后，他听到有动静，就跑掉了。她什么都没看见，晕了过去。儿子赶到时她睡在床上。他决定听从医生的建议，留下来陪她一晚。他伸开手脚，没掀起被单就挨着她躺下了。正值夏季，室内酷热，刚刚发生的惊扰所带来的恐惧还浮悬在空气中。步履杂沓，门声吱呀。滞重的空气里飘浮着醋味，那是给母亲的额头做冷敷用的。她呜咽着，翻来覆去，睡不安稳。有时她全身猛然一震，把他从支离破碎的睡眠中惊起；他醒过来，浑身是汗，准备应对——借着守夜的孤灯，在摇荡的影子间看一眼表，又疲惫地躺倒。他后来才意识到，那天晚上他们是绝对的独处，再无他人的独处。“他人”都睡熟了，只有他们两个呼吸着同一种热度。老房子里的一切似乎都是虚空。最后几班深夜的街车开过后，人间的一切希望好像都被带走了，因市井嘈杂而生的实在感也一扫而空。它们经过时的声音还在房子里低吟，但是一点一点地，万物尽归死灭。只剩下一片广大的寂静之园，还有病弱的女人偶尔惊恐地呻吟几声打破岑寂。他感到前所未有的茫然。世界消融净尽，同时也打消了生活会在每天早上重新开始的幻想。什么都没有了：他的学业，雄心壮志，在饭店里想点的菜，中意的颜色。只剩下疾病和死亡正四下里包围着他，宛若触手可及……然而就在世界分崩离析的这一刻，他却拥有着生命。他终于睡熟了，但那幅两个人一同孤寂的景象、那幅扯人心弦引人绝望的景象已铭刻心头。很久以后，他会记起这混合了汗水和醋液的气味，回想起他在那一刻感受到了牵系在自己与母亲之间的纽带。她仿佛就是他觉得布满了身边的那漫无边际的悲悯，此刻化成了肉身，正不辞劳碌地扮演着贫苦老妇人的角色，朴实无华，以其遭际感人泪下。

炉箅上的灰快要把火压灭了。大地的叹息声传来，一如既往。风中有手鼓[①]声，演奏着绝佳的谣曲；一个女人的笑声飘荡在鼓声之上。海湾里的灯火近了，一定是归航入港的渔船。我从座位上能看到一角天空，白日的云彩已经散尽，夜空中充斥着繁星，清风吹过时微微摇颤。黑夜在我身边缓缓地拍动它厚重的翅膀。今晚我不再属于自己了，这夜晚还有多长呢？在“简单”一词中包含了一种危险的品格。一旦彻底看透了生活，万事都将变得无足轻重，有人因此而希求死亡——今晚，我能理解这样的想法了。有个人毕生受苦，厄运接二连三；但他接受了自己的命运，担承下所有的不幸，人们都敬重他。然而有天晚上，他碰到了一个一直十分喜爱的朋友，发现这朋友跟他说话时心不在焉。他回到家里就自杀了。事后，人们说起隐秘的痛苦、暗中的波折。但那都不对。如果非要找个原因，那么他自杀的原因就是有个朋友对他说话时漫不经心。每次我觉得自己把握到了世

---

① 译注：手鼓：derbouka，或作 darbouka，goblet drum 等。北非等地流行的乐器。

界的深层意义时，也有同样的感觉：震慑我心神的，总是世界居然如此简单。我母亲，那个夜晚，还有那奇异的淡漠。还有一次，我住在郊区的一间别墅里，与我为伴的只有一只狗，一对猫，还有它们生的一例漆黑的小猫崽儿。母猫喂不饱小猫，它们一个接一个都死了。房间里到处都是它们留下的秽物。我每天晚上回家，都会发现一只小猫硬邦邦地倒在地上，牙床暴在外面。有一天晚上我看到了最后那一只，它被母猫吃掉了半截儿，都发臭了。死亡的臭味与尿臭味混搅在一起。我在四下里所有的苦难之间坐了下来，双手沾满了秽物，腐尸的恶臭不断钻进鼻孔。我接连几个小时盯着蜷缩在角落里动也不动的那只猫，看着绿色猫眼中癫狂的火焰。就是这样。今天晚上也是一模一样。我们所拥有的被渐次剥离，过了一个临界点后，一切都不再有章可循。没有希望的理由，也没有绝望的理由，整个人生都可以包纳在一幅图景中。但为什么不更进一步呢？很简单，一切都很简单：灯塔上更迭的光柱，一根绿、一根红、一根白；夜间的凉意；城市和贫穷的气息从低处飘来。若是有一幅如此这般的童年图景今晚回到我心中，我又怎能不欢迎其中所包涵的爱与贫穷的真谛呢？这一刻辰光就像是肯定与否定中间的一个停顿；所以我把对于生活的希冀或者反感都留到日后再说。是的，我只想借助一幅图景来把握住失去的乐园，捕捉到它的简单明澈。不久之前，在小城的老街区有一个儿子去探望母亲，当时的情形也是如此。他们面对面坐下，谁也不做声。但是他们的目光交会了：

"哎，妈妈。"

"啊，你来啦。"

"你觉得闷吗？我不爱说话。"

"哦，你一直都不爱说话呀。"

她的嘴唇没动，但是脸上放出光彩，绽开了美丽的笑容。的确，他一直不怎么跟她说话。但是有必要说吗？只要保持沉默，一切都会明了起来。他是她儿子，她是他母亲。她可以对他说："我不说你也知道。"

她坐在长沙发椅的末梢，两脚并拢，双手交叠膝上。他坐在椅子上，不怎么看她，只是不停地抽烟。一阵沉默。

"你不该抽这么多烟。"

"我知道。"

整个街区的方方面面都顺着窗口飘进来：隔壁咖啡馆的手风琴声，傍晚时来去匆匆的车辆和行人，夹在暄软的小面包卷里吃的串烤肉的气味，有个孩子在街上哭。母亲站起身，拎起她的毛线活儿来。她有关节炎，手指扭曲，很不灵便。她织得慢，一针要打三四次，有时又哔哔剥剥地把一整行都拆掉。

"一件对襟儿小毛衣。配上白领子穿。再加上那件黑大褂儿，我这一季的衣服就全了。"

她站起来点亮灯。

"现在天黑得早了。"

的确。夏天已经结束了，秋天还没开始。雨燕还在柔和的暮色里飞鸣。

"过不久你还会再来的吧？"

"我还没走呢。怎么说起这个了？"

"哦，就是想找点儿话说。"

一辆街车开过。又一辆汽车。

"说我长得像父亲，是真的吗？"

"一丝不差。当然啦，你不知道他什么样儿。他死的时候你才六个月。可是啊，你就缺两撇儿小胡子啦！"

他提到自己父亲的时候心里没什么把握。没有印象，也没有感情。他可能很普通。还挺热衷于参军打仗的。在马恩河战役中他的脑袋被豁开了，双目失明，熬了一周才死。当地的战争纪念碑上有他的名字。

“想想看，这样还更好。”她说，“就算他活着回来，也是瞎子或者疯子了。这个可怜人……”

“是啊。”

那又是什么让他留在这个房间里呢，不就是心中的一种确信，认为这样更好？不就是一种感觉，认为这世界简单到荒谬的一面全都遁迹此间？

“你还会再来吧？”她说。“我知道你得忙工作。只要每隔一阵子……”

可是此刻我身在何处呢？我要怎样才能把这家空无一人的咖啡馆同记忆中的那个房间区分开来？我已经分不清这是现实生活还是回忆了。灯塔的光柱是在这里。阿拉伯人正站在我面前，告诉我他要打烊了。得走了。我不想再做这么危险的俯冲了。我最后看一眼海湾和海上的灯光：的确，在我心中升起的不是对于美好未来的憧憬，而是一种静谧而原始的淡漠，对万事万物淡漠，也对我自己淡漠。但我一定要跳出这贫弱无力、随波逐流的坡道。我需要明晰锐利的头脑。是的，一切都很简单。是人把事情搞复杂了。不要接受他们编的故事。有人被判死刑时，不许他们说：“他欠社会的债，如今要清偿了。”得说：“他们要砍掉他的脑袋了。”听起来好像无关痛痒，其实还是有些效果的。总有一些人宁可直面自己的宿命。

魂销神灭[①]

傍晚六点钟，我来到布拉格，当即把行李拿去寄存。还有两个小时可找旅馆。摆脱了一左一右吊在手上的两只皮箱，我心中充溢着一种奇异的无拘无束的感觉。我出了车站，一路上从几处公园外走过，忽然间就来到了瓦茨拉夫广场[②]上。正是傍晚人潮涌动的时候。四下里有上百万个活生生的人，哪个也不是刚刚踏入世间，但他们的存在与否我从不曾萦怀。他们一个个都有自己的生命。我远离家乡，千里万里。我听不懂他们的语言。他们所有人都步履匆匆。他们从我身边赶过，同时切断了与我的关联。我茫然若失。

我囊中羞涩，只够六天的开销。六天过后有朋友来会合。但我还是担心起来，就着手去找便宜的旅馆。我正身处新城区，所到之处无不是灯火通明、笑语声声、佳丽如云。我加快了脚步，匆促间都有了几分逃跑的气象。将近晚上八点我才走到老城区，已是疲惫不堪。我看中一家门庭狭小、样子不甚张扬的旅店，走了进去。填表，领钥匙；34 号房间，在三楼上。我打开门，发现这房间相当豪华。查了下价格：比预想的贵出一倍。经济问题骤然间变得严峻起来。在这座

① 原注：本文的写作灵感来自加缪 1936 年的布拉格之行。从他本人的工作笔记“Carnets”（法语，亦即“笔记”。——译注）判断，本文完成于 1937 年，较此文集《一体两面》中最末一篇《热爱生活》为晚。加缪决定在结集成书时将此篇置于《热爱生活》之前，似乎是表明，在体验到“人”之孤寂后，可能不旋踵便有幸福的潮涌。由是可见正反两面交缠不可分，正如这部文集的法语名称《L'Envers et l'Endroit》引人联想到的“织物的两面”一般。

② 译注：瓦茨拉夫广场是布拉格的繁华地段。因形状狭长，故亦有“瓦茨拉夫大街”之名。

伟大的都市里，我却只能俭省地过活了。我的烦恼片刻之前还含混不明，如今则围绕这一点定下形来。我心里虚虚荡荡，忐忑不安。但忽然有灵光一闪：是否属实且作别论，至少我一直都有对钱财丝毫不以为意的名声。何苦要担心呢？可是脑子已经开动起来了。我得弄些东西吃，就又甩开双腿，去找便宜餐馆。每餐的花费不得超过十克朗。在我见到的餐馆中，最便宜的一家也最让人没胃口。我在门前来回踱步。里面的人留意到了这种滑稽表演，不进去也不行了。餐馆在地下室，灯光昏暗，墙上有些花哨的壁画。这里的食客五花八门，不一而足。有几个妓女在角落里抽烟，一本正经地交谈着。好些男人在桌前进餐，他们没什么特别之处，也看不出年纪。服务员是个庞然大物，穿一件满是油渍的晚礼服，面无表情，把他那巨硕的脑袋朝我探来。我看不懂菜单，当即胡乱点了一样。但是他好像有什么事儿需要我澄清。服务员用捷克语向我发问；我用蹩脚的德语作答。他不懂德语。我不知所措。他从那群姑娘中间叫了一个过来；她左手叉腰，右手拈着烟卷，面带甜腻的微笑——好一个标准造型。她在我桌边坐下，操着不比我高明的德语问了几个问题。全都清楚了。服务员是要推销当日特餐。我怎样都无所谓，就从其所愿。那姑娘又跟我说了什么，我却再也听不懂了。当然啦，我一律点头称是，语气十分真诚；但其实我什么都不明白。所有的事情都让人恼火，我犹豫不决，也感觉不到饿，只是胃里抽痛，一阵发紧。我不想失礼，就给那姑娘买了杯啤酒。当日特餐上来了，我开始吃：是混着肉块的麦片粥，孜然味重得吓人，把这道菜给毁了。但是我脑子里想的是别的，或者不如说什么都没想，只是盯着面前正在大笑的女人肥嘟嘟的嘴巴看。她以为我是想招引她的青睐吗？她已经凑过来，要发动攻势了。但我下意识的动作让她不敢冒进。（她很丑。我后来常常想，如果她漂亮的话，后来发生的事情就都可以避免了。）我怕自己当场恶心起来，在这么多等着看笑话的人面前出丑；更害怕的是在旅馆的房间里独处，囊空如洗，意兴阑珊，只剩下让人痛苦的思想与我形影相吊。我当时怎么就变得这么神疲胆怯了呢？至今想起来都还觉得既诧异又羞愧。我离开餐馆，在老城区里游荡；但终于再也不堪与自己共处，就一路跑回了旅馆，上床等着睡意降临。我马上就睡着了。

不让我厌倦的国度也不能教给我新知。我试着用这样的说法使自己振作起来。往后的几天还有必要细说吗？我又回到同一家餐馆，每天一早一晚忍受那孜然味十足、让人作呕的可怕饭菜。这让我每天走在路上总是想吐。我想着肚子总得吃饱，就强忍住。再说，如果去尝试新餐馆，岂不比这还要难以忍受得多？在这里我总算混成了个“老主顾”，他们虽然不跟我说话，至少会冲我笑笑。然而痛苦正步步进逼。不能总想着脑袋里那尖利的抽痛。我决心要每天都有条有理，每时每刻都有可把握的基点。我尽量拖着晚些起床，于是白天变短了一点儿。我洗漱，剃须，计划周详地探索市区。我在一座又一座华美繁复的教堂里出神，希望就此找到归属；然而同自己的对面相觑总是以失望告终，出门时心中越发空虚、抑郁。我沿着伏尔塔瓦河漫步，看到河水在堤坝前打着涡旋，涌着白沫。我长久地滞留在空旷寂寥的古堡区①；日落时分，我走在教堂和宫殿的影子里，脚步声在街巷间孤单地回荡。一听到这脚步声，我就再次陷入恐慌。我早早地吃晚饭，八点半上床睡觉。太阳会让我摆脱自己。我去参观教堂、宫殿和博物馆，试图用各种艺术作品缓解苦闷。我想消弭心中的暴动，代之以忧郁的清愁——这是古已有之的对策。但是不管用。只要回到外面，我就又成了异乡人。倒是有一次，在城区另外一头的一家巴

① 译注：布拉格的“古堡区”(Hradchin，亦称 Hradčany、Hradschin 等)有数处历史悠久的古建筑，包括圣维特主教座堂(St. Vitus Cathedral)和几座宫殿。

洛克式修道院回廊里——正是一天中柔静的辰光，钟声清脆悠扬，鸽子成群结队地从古老的塔楼上飞起，空气中似乎有药草和虚无的气息；我心中弥散开一种饱含泪水的安谧，几乎就要解脱了。当晚我回到旅馆，坐在桌边一口气写下了这样一段话——我把它原封不动地抄在这里，因为其中的浮夸风格正可以让我记起当时繁复驳杂的感受："人从旅行中还能指望什么别的益处呢？我在这座城市里被剥去了外壳，这里的标牌都是奇异陌生的象形文字，也没有朋友可以交谈；换言之，就是没有什么会让我分心。我十分清楚，绝无良策能让我逃离这间充满了外国的市井噪杂声的屋子，指引我寻到炉畔较为温柔的火光，或是到我喜爱的地方去。要喊人求救吗？也只会进来一些陌生脸孔。教堂、金饰、熏香，一切都要把我丢回到这日复一日的生活中，此间的万事万物都沾染上了我的痛苦。言辞和举止织就了一道习惯的帷幕，心灵在其中舒服得昏昏欲睡；然而这帷幕缓缓地升了起来，最终露出了一副惨白的面容：忧惧。人与自己面对面相处，我敢断定他不会幸福……但旅行给人的启迪正在于此。人与眼中的所见发生了尖锐的矛盾，这颗心灵失去了森严的壁垒，大地的乐曲才更容易乘虚而入。外壳完全剥落之际，最不起眼的一棵孤单单的树也变成了最为娇弱动人的景致。艺术作品，女人的笑颜，不同种族的子民在自己的土地上安居，涵盖数百年往昔的纪念碑；旅行就是由这些真切感人的风景所构成的。还有黄昏时的这间旅馆客房：虚空的感觉又在啃噬我了，似乎是我的灵魂饥火如炽。"需要我坦白说，这些都只是催眠的手段吗？现在可以如实供认了。我对布拉格的印象就是醋泡黄瓜的气味；这东西随便哪个街口都能买到，用手指捏着吃。每次我一出旅馆大门，闻到这种刺鼻的酸味，痛苦当即卷土重来，愈演愈烈。除了这个，或许还有一段手风琴曲。有位独臂的盲人在我窗下表演，他坐在那乐器上，用半边屁股把它固定住，再用剩下的那只手把它拉开闭拢。每天早上，总是那同一段幼稚而动人的曲调唤醒我，把我丢回粗粝的现实中挣扎求存。

我也记得自己有时在伏尔塔瓦河的堤岸上猛然止步，被那气味或是曲调占据了全副身心，恍恍惚惚地嘟囔着："这是什么意思呢？什么意思呢？"但我肯定是还没迈过那道界限。第四天，大概上午十点钟的时候，我正在梳洗装束，准备出门。有一处犹太人的墓地我前一天没能找到，打算这天去看。有人敲隔壁房间的门。停了一会儿，又开始敲。这次敲了很久，但显然是没人回应。沉重的脚步声一路下了楼梯。我脑子里空荡荡的，花了好些时间读剃须膏的使用说明，都没留意自己到底在做什么——这剃须膏我已经用了一个月了。天色阴沉。灰暗的天空中洒下古铜色的光芒，照亮了布拉格老城的一座座尖塔和圆顶。报童每天早晨来卖报，今天也不例外；他们喊着一种报纸的名字："纳罗尼—泼里提卡！"[①]我的头脑一片混沌，费了好些力气才挣脱出来。可是我往外走的时候恰好碰到了负责这一楼层的服务员，他拿了串钥匙来。我停住脚步。他又敲门，敲了很久。他试图开门。打不开。肯定是从里面闩住了。他又敲门。房间发出空洞的回声，其中有种不祥的意味。我本已心情低落，便什么也没问就走开了。但是当我走在布拉格的街上，有种无法摆脱的预感一直在心中隐隐作痛。那服务员傻里傻气的面孔，擦得锃亮、古怪地翘出个尖头儿的皮鞋，西服外套上缺了颗纽扣，这些我永远都忘不掉了！我最后还是吃了午饭，可是越吃越觉得厌恶。下午两点钟左右我又回到旅馆。

旅馆的员工们在前厅里交头接耳。我快步走上楼梯，情愿早点面对心中预期的情景。不出所料。那房间的门半掩着，只能看到一

① 译注：Narodni Politika，捷克报纸名，意为"国家政治报"。

堵涂成蓝色的高墙。但我先前提到过的滞钝的天光把两条影子投在了这银幕上:一个是死者,躺在床上,一个是警察,在看守尸体。两条影子构成一个直角。这光压得我不能动弹。这是真实的天然光,是午后的日光,象征着生命,会让人觉察到自己是活着的。他死了。关在房间里一个人死去。我知道这不是自杀。我跑回自己的房间,扑到床上。照他的影子看,他似乎是又矮又胖,这样长相的人比比皆是。他可能已经死去很久了,旅馆里的人却照常过活,直到服务员想起来去找他。他住进旅馆时没有任何预感,现在却已经孤零零地死去了。当时我一直在读剃须膏上的广告。整个下午,我都处在一种很难描述的心理状态中。我躺在床上不思不想,心里有种莫名的沉重感。我剪了指甲。我数地板上的裂痕。"如果能数到一千……"数到五十或者六十,我就放弃了。坚持不下去了。外面的嘈杂声我一点儿也听不懂。只有一次,走廊里有个女人用德语低声说:"他可是个好人哪。"随后我绝望而迫切地想到我的家,想到地中海畔那属于我的城镇,想到家乡夏日里柔和的傍晚,四下笼罩着苍翠的暮色,到处是年轻美丽的女子,让我为之痴狂。好几天来我都不曾开口说过一个字,呐喊和抗争憋在心里,都快要爆炸了。如果有人向我张开双臂,我可能会像个孩子一样大哭起来。下午快要过去了,我疲惫不堪,心神昏乱,死盯着门柄,空空如也的脑子里没完没了地重复着一段流行的手风琴曲。在那一刻我到了自己的极限,什么都消失了:国家、城市、旅馆房间,连名字也没有了。这是要陷于疯狂还是要得偿所愿,是要蒙羞受辱还是有天启神示——是要获得真知,还是要彻底毁灭?有人敲了下门,进来的是我那几个朋友。失望归失望,我至少是得救了。我应该还说了"又见面啦,真高兴"。但我肯定自己没能再进一步,在他们的眼中还跟上次见面时一样。

没过多久我就离开了布拉格。后来的所见所闻未尝不让我心动。在包岑的一处哥特式小型墓园中，天竺葵红艳似火，清晨的天空澄碧万里，如此这般的一刻时光毕竟能让我铭记在心。西里西亚的平原漫长贫瘠，让人透不过气来；我在黎明时分穿越平原，雾气浓重，晨光中有黑压压的鸟群掠过粘湿的大地——这些我也能谈论一番。既温存又严肃的摩拉维亚也让我倾心，那里的天壤相接之处旷远而澄明，路边是两行酸李树。但是长久地盯视无底深渊所带来的眩晕感还残留在我心中。我来到维也纳，逗留一星期后离去。还是不能摆脱麻木迟钝的感觉。

然而在从维也纳去威尼斯的火车上，我开始有所期待了。就像是一个正在康复的病人以清汤为食，心里想着入口的第一块面包皮会是什么滋味。光明即将冲破阻挡。我现在知道怎么回事了：是我已经做好了迎接幸福的准备。我只想讲一讲在维琴察附近一座小山上的六天生活。直到今天我还在那里，或者说，还有时发现自己回到了那座山上；只要闻到迷迭香的气息，那段时光就会潮涌而回。

我进到意大利境内。这是一片与我的灵魂相宜的土地；向她走来的一路上，我接二连三地认出她的征象。头几座瓦片铺成鱼鳞状的房子，头几根用硫酸盐[1]涂成蓝色的葡萄藤贴伏在墙上，头几件挂在院子里的衣服，男人们不修边幅的便装。还有那第一棵柏树（多么的纤细，又多么的笔直），第一棵橄榄树，那棵落满灰尘的无花果树。在意大利小城遍布阴凉的广场中，在鸽子也要寻求荫蔽的正午时分，灵魂的抗争被迟缓和懒散消磨净尽，激越的情感逐分逐寸融化成泪水；就在这时，维琴察到了。这里的一日之始是在雄鸡高唱中鼓胀起来的黎明，一日之终是柏树掩映下温柔甜蜜、润泽如丝的绝美黄昏，

① 译注：似当为防治葡萄霉菌的波尔多混合剂（Bordeaux mixture），即硫酸铜与熟石灰的混合溶液。

而其间流转的漫长白昼，则由蟋蟀的鸣唱声来度量。时光迈着徐缓的步子更迭昼夜，有一种内在的沉静由此而生，伴随我左右。从我的房间可以俯瞰山下的平原，家具古色古香，蒙着手工制作的镂花护罩——除了这房间之外，我更有何求？天空向我全无保留地铺展开来，我觉得自己可以追随这日复一日的悠悠轮转，端然不动却又永不止息地共其旋舞。我胸中洋溢着一种处处留心的善意的了悟，这也是我唯一能够企及的幸福。我整天步行游览，下山去维琴察，或是再往前走进原野。路上遇到的每一个人，街上传来的每一种气味，都让无边的爱意借机奔涌而出。几个照看儿童夏令营的年轻女子，冰激凌小贩吹的号角（他的手推车就像是装上了轮子的刚朵拉小船），陈列中的水果，红瓤黑籽的西瓜，外皮发黏、晶莹剔透的葡萄——这些都是孤独之人①的倚靠。而知了凄切动人的嘶鸣，九月的夜里与人相会的群星和流水的暗香，从乳香与玫瑰树丛间穿过、沾满了芬芳的小径，在孤独之人的眼中这些都是爱的呈露。白天就这样过去了。盈满了日光令人目眩的白昼既尽，黄昏便登上场来；太阳有半边没入了黑沉的柏树林，正为黄昏在空中铺展开灿烂的金色背景。蟋蟀声从远处传来。我沿路寻声走去。当我走近时，蟋蟀一只接一只地戒惧起来，收低了歌声，而后便完全静默了。这博大而炽烈的美丽让我如负重担，只能缓步向前。身后的蟋蟀又一只一只地放开了歌喉：有一种神秘感低垂在空中，美丽和淡漠由之洒向大地。借着最后一抹余晖，我辨认出一栋别墅正面墙上的词句："山川何壮阔，枯木欲回春"②。我应该在这里止步了。第一颗夜星已经闪耀在空中，对面的小山上亮起三点灯火。没有丝毫预兆，夜幕就倏然掩闭了。一缕微

① 原注：也就是说每一个人。

② 译注：原文为拉丁语"In magnificentia naturae, resurgit spiritus"，直译为"精神在壮丽的大自然中振作起来"，按字面亦可理解为"灵魂在壮丽的大自然中复活"。

风在身后的树丛中喃喃细语。白昼已然远遁，却把甜美的芬芳留了下来。

不消说，我还是我；只是我不再孤单了。在布拉格的墙垣之间我感到窒息，而在这里则与世界当面相对，得以从自身中解脱出来。我把与自己相肖的形象散播出去，在宇宙中布满了生气。因为我还不曾说到太阳。我的童年就是在贫困中度过的，却花了很久才认识到自己与穷人的世界密相联结，对它由衷热爱；同样地，直到此刻我才认清阳光和我出生的那块土地给了我何等的教益。近午时分，我走出门；我知道有个地方可以俯瞰维琴察广袤无边的平原。太阳几乎攀到了绝顶，天空显出一种炽烈而高远的蓝色。阳光顺着山腰滚泻而下，给柏树和橄榄树、白色的房子和红色的屋顶披上了一袭温煦融融的外袍，而后渗进了被晒得热气蒸腾的平原。每见及此，我都觉得自己身上的重重包裹已悉数剥落。那个平躺的矮胖身影还在我体内；我把嗜好虚无的癖性置于胸中处处偕行，在这翻搅着阳光与尘土的平原上，在这草已割去只余一层枯焦断梗的山峦侧，正有着此种癖性精简到只余基本要素的一种形态，宛然可触。这片国度让我振作起来，令我直面那隐秘的痛苦。这痛苦与我在布拉格所感受到的既相同又不同。该怎么解释呢？一个月以来，这死亡与非人的气息对我穷追不舍，而今，当我眼望这树木纷集阳光扰攘的意大利平原之际，对这气息确乎是有了比从前更好的把握。是的，这满溢在我胸中的充盈而并无泪水、安谧而并非欢乐的状态正在于清楚明白地觉察到了我反感的究为何物：是禁欲苦行，是漠不关心。自知将死的人就是这样，他不会关心自己遗孀的命运(除非他是小说中的人物)，他响应了人类自私自利的天性——自私自利的人也就是绝望的人。这片国度不曾给我永生的承诺。如果只是灵魂觉得复苏了，却没有眼睛、看不到维琴察的风景，没有双手、无法触碰维琴察的葡萄，没有皮肤、感受不到从贝里克山[1]到瓦尔马拉纳别墅[2]一路上夜晚的温柔，永生又有什么用呢！

的确，这些都是事实。但阳光也让我的心中充满了一种无法准确表达的情绪。在这朗照无遗的了悟面前万事万物汇集为一，我的生活成了一个不可分的整体，或则全盘接受，或则一概摒弃。我需要一种恢宏伟岸的气概；当我深切的绝望与此处冠绝天下的风景中暗藏的淡漠相争持的时候，这一愿望终于得到了满足。由此我汲取力量，要让勇毅与明辨同时并存。这一目标既困难又似荒诞不经，足以满足我的胃口了。或许我现在语涉浮夸，然而当时的感受的确是绝无虚假。我经常想到布拉格，想到我在那里与死亡为伍的日子。我已经回到了自己的城市，但是醋泡黄瓜那酸酸的气味还是会偶尔唤醒那种痛苦。那样的时候我就得想一想维琴察。两种体验我同样珍视：一方面我热爱阳光和生命，另一方面又暗中眷恋着前面力图描述过的那种绝望的滋味；两者很难分拆开来，我也不想强迫自己择一而从——这一点想必已经很明显了。在阿尔及尔的市郊有一处小小的墓园，两扇大门是黑铁做的。走到尽处，可以俯瞰山谷，瞻望海波；在这与大海同声长叹的馈赠前，可以心驰物外，久而忘返。可是往回走时，又能看到一座无人打理的坟茔，上有一块石板，刻着“终古断肠”四字。幸好还有理想主义者，这团乱麻交给他们去整理吧。

---

① 译注：贝里克山（Monte Berico），在意大利维琴察，山上有大教堂。

② 译注：瓦尔马拉纳别墅（Villa Valmarana），有两处，皆在意大利维琴察省。

热爱生活

到了夜间，帕尔马的生机与活力缓缓退潮，汇拢到了市集背后乐音不绝的咖啡馆集中区。街道上黑沉静肃，直要走到大门前，才发现有灯光和音乐从雕花门棂间流溢出来。我曾在其中一家咖啡馆里度过了将近整晚的时间。那咖啡馆只有一个小房间，长方形，极为低矮，涂了绿漆，挂着粉色花环。木质天花板上满是红色的小灯泡。这么小的地方，居然能塞进一个管弦乐队，一张摆放着五颜六色瓶瓶罐罐的吧台，还有众多肩臂相摩、挤得几乎无法呼吸的顾客，也算是一大奇观了。顾客是清一色的男人。屋子正中有两平方码[①]的空地。仅有的一个服务员往来不休，把一杯杯、一瓶瓶的酒送往房间的四角。大家都多少有了几分酒意，所有的人都大声叫嚷。有个什么海军军官把恭维话连同酒嗝一起照我脸上喷过来。我这桌有个小矮子，老得看不出年纪，正在给我讲他这一生。但是我心里紧张，听不进去。乐队在奏乐，可是能听清楚的只有节拍，因为屋里的所有人都随着节拍跺脚相和。时而有新来的推门进来，人们就一边喧嚷一边在两把椅子间给他挤出个地方。[②]

忽听铜钹震响，有个女人一跃登上表演的舞台，在最中央的小圈子里站定。“二十一岁。”军官跟我说。我惊愕不已。一张小姑娘的

① 译注：两平方码约合1.7平方米。

② 原注：在享乐时无拘无束，这是真正的文明不可或缺的要素。西班牙人正是欧洲仅有的几个文明民族之一。

脸，却安在一座肉山上。她大概有一米八，看这身肥肉足得三百磅重[1]。她穿件黄色鱼网装，网孔里漫出来一块块白肉，就像棋盘上的格子。她双手叉腰，粲然微笑，从嘴角两边各有一波软肉的微澜朝着耳朵漾去。群情鼎沸。显然这姑娘大家认识，并且喜欢，并且一直盼着她出场。她脸上还挂着微笑，环顾左右的酒客，唇未启，只把肚腹扭摆着向前挺送出去。众人彩声如雷，要她唱一支看来是众所周知的歌。这歌全靠鼻音哼出，曲调是安达卢西亚风格，有强劲的三拍子鼓点伴奏。她一边唱，一边合着鼓点扭动全身，表演着爱的行为。这单调而热狂的动作卷起一阵阵货真价实的肉浪，从她的两胯直涌到肩头方才止息。满屋子人个个瞠目结舌。而她却又合着副歌左旋右转，双手托胸，绽开润泽的红唇，把这支歌接着唱下去；听众们与她齐声歌唱，最后全体起立，一片喧腾。

她站在人群中央，两腿分立，浑身汗垢，头发披散下来。她挺直了几乎冲破黄色网装阻挡的巨硕肉躯，就像是不洁的女神正从波涛中升起。这姑娘双眼内凹，低矮的前额显得一副蠢相。她的膝盖微微颤抖着，就像一匹刚跑过比赛的马；除此之外，再没有迹象表明她还活着。在四下里击掌顿足的欢乐中间，她呆滞的眼睛透露着绝望，肚腹上厚厚地积了一层汗水，整个人就像是生活的一幅剪影，既卑琐又让人激动……

如果没有咖啡厅，没有报纸，旅行可就不容易了。使用我们母语的印刷物，晚上能够与他人挨肩而坐的地方——我们靠这些来摹拟平素熟习的举止，假装自己还是在故乡时的那个人；虽然从远处看去，那个人已经变得如此陌生。旅行的价值也正在于它带来的恐惧。我们的某种内在结构被打破了，没法再作弊了——再不能拿花在办

---

① 译注：三百磅约合135公斤。英译本中将上句的1.8米转换为6英尺。

公室或厂房里的时间作挡箭牌，一边就此高声抱怨，一边却全凭其荫蔽免受独处之苦。我一直想写几部小说，让其中的主角说：“要是不能去办公室，我可该怎么办呢？”或者：“我老婆死了。但是幸好我有一大堆明天提货的订单要处理。”在旅途中，这些逃避的借口都被没收了。我们的同胞远隔千里，我们的母语遥不可及，所有的倚靠都被剥夺，所有的假面都被扯去（我们什么都不知道，连街车的票价也不知道），于是我们无遮无挡地袒露在自身的表层了。但就在灵魂委顿之时，我们也重新认清了每个生灵、每样物品的神奇价值。一个女人在跳舞，脑子里虚虚荡荡；桌上有个酒瓶子，在帷幕后忽隐忽现——每幅图景都变成了一种象征，其中综括了我们个人此时此刻的生活，便也似乎折射出了生活的全体。一旦我们对于上天的每一种赐予都了然于胸，便可以饱享这些妙不可言、看似彼此相斥的醉人感受了（也包括清醒明澈带来的迷醉）。除了地中海沿岸，恐怕再也没有其他的土地曾像这样载着我远远地脱离自己，同时却又彻底地深入自己。

我在帕尔马的咖啡馆里体会到的情感大概就植根于此。然而在正午时分，当我置身于大教堂附近空荡荡的街区，穿行于有着凉爽中庭的古老宫殿之间，走在它们洒向道路的芬芳的影子里——那时，我体会到的则是一种“迟缓”。街上空无一人。老妇人个个站在观景台[①]上动也不动。我一路从宅第间走过，时而在种满绿色植物、立有灰石圆柱的庭院里驻足。我融化在这岑寂的气息中，忘却了物我之别；我只不过是自己脚下的步履声，或者是空中飞过的鸟群，身影在

① 译注：原文为西班牙语 mirador，是西班牙建筑中类似阳台的设计，可登临观景，常有落地长窗。

眼前墙上仍有日光处掠过。我也在圣弗兰西斯科修道院[1]的哥特式小回廊里长久地留连，廊边成排的立柱精巧入微，像西班牙的古代纪念碑一般泛出金黄色的细腻光泽。中庭里种着夹竹桃和牡荆树[2]，还有一口水井，熟铁打造的井栏上挂着一把已经锈蚀的长柄金属水舀。过路的人就用它打水喝。水舀归位时碰在井石上铿然的清音，我至今还时时记起。然而我在这座回廊里学到的却并非生活的甘美。一群鸽子响亮地扑拍着翅膀腾空飞去，惬意的沉静陡然降临在庭园之中，井上的铁链孤单地咯吱作响：我由此品尝到了一种既新鲜又熟悉的滋味。事物的表象登台做戏，这演出不可复得；而我心下澄明，展颜一笑。世界微笑的面孔呈现在水晶之中，但我觉得只要略一举手作势就会把这水晶打破。有什么东西会被破坏——鸽子会成群死掉，一只只伸着翅膀、缓缓地翻着筋斗栽下来。眼前的景致绝似幻境，只是因为我缄口不言、木然不动，它才多少显得切实可信。我也加入到这游戏之中。我把这表象接受下来，但不为之所惑。明净柔和的金色日光把温暖洒向回廊黄色的石墙；一个女人从井中汲水；再过一小时、一分钟、一秒钟，或许就是现在，一切都要分崩离析了。然而这奇迹没有崩解；这世界得以延续其生命；它端庄合矩而带几分故作不觉的讥诮，就像女人间的友情可以又温柔又矜持一样。这平衡尚未告终结，却晕染上了一层对于终结的深切预感。

我对生活的全部热爱都在于此：这是对于我可能求而不得之物的默然不语的激情，是隐藏在炽烈之下的苦涩。我每天离开这座回廊时，都觉得像是从自身中被抽离出来，一时间成了绵延不绝的世界

---

① 译注：圣弗兰西斯科修道院(Basílica y Claustro de San Francisco)，在帕尔马市，初建于13世纪，17世纪曾遭雷火，后改建为哥特式教堂。

② 译注：原文为“假胡椒”(de faux poivriers)，可泛指多种果实与胡椒相仿的植物。此处据生长环境推定为Vitex agnus-castus，全称“穗花牡荆”，又译“圣洁莓”。

上的一个印迹。当时我想到多里斯地方的阿波罗像[①]那全无神情的眼睛,想到乔托[②]笔下僵直而无动作的人像[③]——现在我明白这联想的起因了。就是在诸如此类的时刻,我才真切地领会到像这样的国度所提供的教益。有人能在地中海畔找到切实的信念和生活的准则,他们的理性在这里得到了满足,他们的乐观精神和社会责任在这里找到了根据——那真让我吃惊。因为我当时的领悟并非“这世界是为人类量身定做的”,而是它正从四面八方挤迫着人类。这些国度操持的语言与我内心深处回荡的声音起了共鸣,那也不是因为这语言解答了我的问题,而是因为它让这些问题不再有提出的必要。向我唇边涌来的不是谢恩的祷告,而是那空无[④]——只有看到被阳光碾碎的风景才可能孳生的空无。没有对生活的绝望,就没有对生活的热爱。

伊维萨岛的港口边散落着几处咖啡馆,我在岛上时每天都去坐坐。傍晚将近五点,有年轻的人们沿着防波堤散步,从一头走到另一头,往来不已。婚姻在这里酝酿,整个人生都在这里成形。像这样在全世界的注目下开始人生,让人觉得其中自有一种壮气。我坐下来,眼中还缭乱着白天的日光,脑海里还浮动着白色的教堂、刷了石灰的墙壁、枯干的田野、蓬乱的橄榄树林。我喝一杯甜丝丝的糖浆,一边凝望着面前起伏的山丘。和缓的坡地一路探向海边。暮色染上了几分苍翠。最高大的那座山头上有一架风车,桨叶正在最后几缕微风中回转。所有人都压低了声音,真是神奇,却又自然而然。没过多久,余下的就只有这片天空了,还有飘入空中的歌声一般的话语,恍

---

① 译注:多里斯是希腊中部的地区名。此处“多里斯的阿波罗”似指该地的阿波罗像。

② 译注:乔托·迪·邦多纳(Giotto di Bondone,约1267—1337),意大利画家、建筑师。

③ 译注:人物的脸上出现笑意、眼中带上神情时,希腊的雕塑艺术就开始衰退了,意大利的绘画艺术播散开来。或许心灵登台之时,便是美神退场之际。

④ 译注:原文为西班牙语Nada。

若来自远方。在这黄昏的片刻中有种逝去如飞、令人怅惘的成分，这不是仅限于个人的感受，整个民族人人都对此有所体味。而我呢，我渴望付出爱意就像有人渴望哭泣。我觉得，如果我现在睡去，那么每睡一刻就是生命被偷走了一刻，因为正是那些充斥着尚未定形的渴念的时光构成了生命……我全身绷紧，一动不动——在帕尔马看歌舞表演时，在圣弗兰西斯科修道院的回廊里，就在那些生机勃发的时刻我也有过同样的感觉；我想要把世界握在掌心，这种无边无际的欲望压得我动弹不得。

我知道这样不对，不能把自己完全交托出去；有所保留才能有所创造。然而爱是不知限度的，如果我能把一切都拥在怀里，就算姿势笨拙又有什么关系呢？我在热那亚遇到几名女子，她们的笑容让我一整个上午都恋恋不舍。任谁都知道，我是再也见不着她们了；然而那刻骨的惋惜之情又岂是言词所能扑灭的？我在圣弗兰西斯科修道院的回廊里看着鸽群飞过那口小小的水井，忘却了胸中的焦渴；但或迟或早，这焦渴总是又返上心头。

一体两面[①]

这个女人形单影只，脾气古怪。她与精灵来往密切，凡事站在它们一边；有些亲戚在这个供她容身的世界里名声不好，就遭到她避而不见的冷遇。

有一天她从姐姐那里得到一小笔遗产。到了生命将尽的时候，这迟来的五千法郎竟成了个负担。总得拿去投资点儿什么。如果是一大笔钱，想必任谁都会欢迎；数额小的时候就有些难办。老妇人只听从自己内心的安排。她快死了，得找个地方安放这一把老骨头。正有个难得的机会：当地的公墓有一块地皮刚好租约到期。土地的主人在那里用黑色的大理石造了一座庄严大气的坟墓，绝对是难得的精品，愿意四千法郎卖给她。她就把这墓室买了下来。这笔投资够安全，无论政治风波还是股市动荡都影响不到。她请人打理好内层墓室，随时可以接纳她的尸骨。一切齐备后，又叫人把她的名字用大写字母刻在坟上，还烫了金。

她对这桩买卖百分之百地满意，真正是打心底里爱上了自己的坟墓。一开始她是去检查工作进度，后来就变成了每逢周日去拜访她本人。除此之外她不出门，也没有别的娱乐。公墓在城门附近，路途遥远；周日下午将近两点时，她总是走在这条路上。她走进小小的

① 译注：原标题为 L'Envers et l'Endroit，与文集名相同。直译为《反面与正面》。

墓穴，把门仔细关好，跪在祈祷台[1]上。就这样，在绝对的独处中，她无遮无挡地面对着当前和日后的自己，于是链条中的缺环失而复得，天意的秘密安排尽收眼底。有一天，一种奇特的征象更让她醒悟到，自己在世人的眼中已经死去了。诸圣节[2]那一天她比平常来得晚了点儿，发现墓穴前的台阶上有人虔敬地洒满了紫罗兰花。不知是哪些个富有同情心的过路人看到这座坟墓没人献花，就好心地把自己的花分了些给她，纪念这位被人忽视的亡者。

今天我又想到了这些事。窗外有个花园，但我能看到的只有围墙，还有沐浴在阳光中的几根树枝。抬头看，还有更多的枝叶——再抬头看，就是太阳了。窗外的空气欢呼雀跃，广大的世界上处处都有欢乐；但是我能体察到的，却只有白色窗帘上摇曳的树影。还有五束阳光正孜孜不倦地把干草的气味洒进房间。微风起处，窗帘上的影子一枝一叶都有了生命。云彩从太阳前掠过时，花瓶里含羞草的明丽的黄色从阴影中一跃而出。这就足够了：只要有一丝光芒闪动起来，我的心中就会盈满一种纷乱无章、令人晕眩的快乐。是这个一月的下午给了我这种心境，让我与世界的背面直接相对。但是寒意还滞留在空气的底层。薄薄的一层阳光笼罩在万物之上，手指一碰就会碎裂，却已给万物披上了用永恒的微笑织成的外衣。我是谁——我能做什么——不是只有加入这枝叶与阳光的游戏吗？变成这束阳光，照着我的烟卷寸寸燃尽吧，变成这翕动在空中的轻柔吧，变成四下里这有节制的激情吧。如果我想触及自身，就要进入这阳光的深处；而如果我想含咀这微妙的滋味，想要领会它向我揭示的世界的玄机，当我追寻到宇宙的尽头，找到的又会是我自己。所谓的我自己，

---

① 译注：祈祷台(prie-dieu)是专供人祈祷用的家具，形如椅子，但椅座低矮，祈祷时可以跪在上面。

② 译注：All Saints' Day 天主教通译“诸圣节”，在每年 11 月 1 日。基督新教或称“万圣节”。

也就是这把我从周围环境中解脱出来的极致的情感。

别的事、别的人、还有他们买下的坟墓——这些过一会儿还要说起。眼下的这一分钟，我却要从时光的布匹上裁剪下来。有人把一朵花夹在书页里，以此来封存让他们感受到爱神之翼轻拂的一次散步；我也去散步，但我得到的是天神的抚爱。生命短暂，浪费时间是种罪过。人们说我很活跃，但如果行动让人迷失自我，那么活跃也还是浪费时间。今天是休息的日子，我的心踏上旅途，去寻找它自己。如果我还会受到痛苦的侵袭，那是因为觉得这一刻时光难以把握、正象水银般从我指缝间溜走。谁想要转身背对世界，就请自便吧。我则没有什么可抱怨的，因为我能看到自己正在诞生。眼下这一刻里，我的王国每寸国土都在现世之中。这阳光，这暗影，这温暖，还有这从空气深处升起的寒意——何必再犹疑是否有什么正在死去、是否人们正在受苦？这窗子上不是已经写得明明白白了吗？太阳把它的丰饶倾洒在窗子上，向我的哀悯之情致意。我可以说，并且马上就要说：真正重要的是具备人性，是简单明了。不对，真正重要的是真实，而后一切都会水到渠成，无论人性还是简单。我与这世界合而为一的时候岂不是最真实吗？渴念还不及成形，我的杯子已经盈满了。永恒就在面前，正是我曾希求的。我现在的理想，已不再是幸福快乐，而仅仅是心下了然。

一个人在沉思，另一个人在掘墓；怎样才能把两者分别开来？世人以及世人的荒诞？然而天空的微笑就在面前。阳光壮大起来，夏天就快到了。然而那些我无法不热爱的人、他们的眼睛和声音就在面前。我使出浑身解数攀附着世界，我用全心的感激和哀悯牵系着众人。我不想在世界的正面与背面之间作出选择，也不喜欢由别人来选择。人们不想要头脑明晰、故作反语的人，他们说："由此可见，你不够友好。"我看不出这话的逻辑何在。的确，如果我听说有人被称为“背德主义者”，就会理解成他需要给自己找一种道德标准；如果我听说又一个人摒弃心智，就知道他是承受不了自己的怀疑。但这是因为我不喜欢人们作假。毕竟，要能正视阳光一如正视死亡，这才是大勇。这燃尽一切的对生活的热爱与这隐秘的绝望是相通的，我又要怎样才能审定其间的连结呢？悖谬[①]蜷伏在事物的深层，如果我侧耳倾听其话语，它就会慢慢地显出身形来，眨一眨清澈的小眼睛，说：“要怎样生活？且只当……”尽管我寻寻觅觅，所求得的知识却不外如此。

说到底，我也不确信自己是否正确。但是想一想我听说的那个老妇人的故事，这也就不重要了。她快要死了，并且未死之前她女儿就给她穿上了进坟墓的寿衣。赶在四肢僵硬以前把事情办妥，可能的确是容易些。不过，我居然生活在如此急不可耐的人中间，这毕竟是很古怪的。

① 原注：巴雷斯说悖谬是“自由的保障”。

译注：莫里斯·巴雷斯（Maurice Barrès，1862—1923），法国作家。加缪引述的这句话出自巴雷斯《Examen des trois romans idéologiques》一文，大意是，在面对不尽可靠的信念的诱惑时，悖谬感（irony；法语为 l'ironie）是自由的坚实保障。

《一体两面》1958年再版序言

本书中收录的文章是我1935至1936年(当时我二十二岁)的作品,一年后曾在阿尔及利亚结集出版,只印行了寥寥数册。这一版的书在市面上早已绝迹,而我一直拒绝重印《一体两面》[1]。

让我这样固执己见的并非什么神秘的理由。我仍然衷心认可这些作品所表达的想法,只是一向觉得其外在形式太过粗拙。在艺术问题上我有些敝帚自珍的先入之见,是自己也无法破除的——后面我还会再作解释;正是因为这样的成见,长久以来我都没考虑过重印这些作品。这么说好像是颇为自负,让人要猜想我其他的作品定然是方方面面尽善尽美了。还用说吗?这并非实情。只不过较之其他作品,我对于《一体两面》中的缺陷所知最为真切罢了。该怎么解释呢?大概只有承认说,这些缺陷关乎着与我内心最为切近的主题,将之袒露了出来。回答过有关此书文学价值的问题后,我现在可以坦白承认了:它对于我还有另外一种重大的价值,可以视之为一篇自白。说是"对于我",是因为这种信实它只对我展现,只向我求取,也只有我了解其中的深微和困难之处。我试着解释一下其中的原因。

布里塞·帕兰[2]常说这本小册子里收录有我最好的作品。他说

---

[1] 译注:这部文集在法语原本中的题目是《L'Envers et l'Endroit》,字面意义为"反面与正面"。通用的英译名有《The Wrong Side and the Right Side》和《Betwixt and Between》两种,中译本或以《反与正》为题。

[2] 译注:布里塞·帕兰(1897—1971),法国哲学家,与加缪交好。

得不对。我知道他是个恳挚的人，之所以否定其观点，并非出于艺术家的普遍心态——不喜欢过去的自己被置于现在的自己之上，若有人贸然犯忌便会心生不耐——并非如此。他说得不对，是因为二十二岁的青年都还不大会写作——天才则另当别论。但是考虑到帕兰是个反对巧艺的大学者，是个关注同情心的哲学家，我能明白他想表达的意思。他是说，在这几页拙劣的文字中所包含的爱比我日后的全部作品都多。这么说完全正确。

每个艺术家都是这样：他在心中呵护着一泓清泉，终其一生，他的本质和言辞都只从这泉源里得到滋养。一旦泉水干涸，他的作品也会日见枯萎，寸寸龟裂：凡是这看不见的泉流不再滋润的地方，就会变成艺术的荒野。艺术家的头发变得稀疏，失去了光泽，好像铺了一层茅草；时候已到，他该沉默了，或者也可以去参加沙龙聚会——两者本是一回事。而我知道，我的泉源就在《一体两面》之中，就在这贫困和阳光的国度里；我曾在那里度过许多年华，对于它的记忆，直到今天还能使我避开每个艺术家都应该警惕的两种正相对立的危险：怨艾和自满。

首先，贫困对我来说从来都不是一种厄运：这贫困中饱含着光明，就连我的反抗也都充溢着灿烂的阳光。我的反抗几乎总是为了世人——这么说应该不是作伪——是为了让每个人都能进升到这光明之中。这种博爱之情未必是与生俱来的，而是从境遇中得到了助益。我被置于贫困与阳光的中间点，以便我能克服本性中的淡漠。贫困让我不会以为阳光之下、历史之中一切尽善尽美；而阳光则告诉我，历史之外还别有洞天。不错，我是想要改变人们的生活；但我把这世界当作神明敬奉，不想去改变它。大概就是这样，我开始了现在从事的这种困难的职业——不虞有他地踏上了钢丝，履险前行直到今天，尚不知能否走完全程。换句话说，我成了个艺术家——如果的确是没有拒斥、没有认同就不成其为艺术。

不管怎样，凭着包笼了我整个童年的动人暖意，我得以完全免受怨艾的侵扰。那时候我可赖以维持生命的极少，却常处于欢喜迷醉之中；我感到体内有无穷的力量，只需找到合适的方法加以运用。妨碍我的不是贫困——在非洲，阳光和大海是免费的——而是偏见和愚蠢。这偏见和愚蠢为我的“卡斯蒂利亚式骄傲”[1]提供了绝佳的温床，让我深受其害。于我亦师亦友的让·格勒尼耶[2]就此取笑我，他取笑得对；我自己也想加以纠正，只是徒劳无功。后来我终于认识到，人的秉性多多少少是一种宿命。与其被尚福尔[3]评为“本性如樗散，规矩特频施”，还不如把这骄傲接受下来，看看能不能派上用场。但我可以宣称，无论我怎样内省自心，尽管缺陷随处皆是，却不曾见到有“嫉妒”这种流布最广的过犯——它才是社会团体与思想体系每不能免的癌变。

这样的一种免疫力是很可庆幸的，但我不能为此居功。这首先要感谢我的家人：他们几乎一无所有，却也一无所羡。他们连字也不识，我所学到的最宝贵也最恒久的教益完全是得之于他们的沉默寡言、进退有节，以及冷静却骄傲的天性。总之，在悉心感受之余，我无意再去奢求实物。即便是现在，如果我看到巴黎富豪们的生活，心中升起的也只有与己无关之感，甚至还混杂了同情。世界上有各种各样的不公，但其中有一种从来没人说起，那就是气候上的不公。长久以来我从这种不公之中获益良多，自己却并无所觉。我能想象得出，

---

① 译注：卡斯蒂利亚(Castilian)是西班牙主要的民族之一，其文化是西班牙文化的重要组成部分。加缪的母亲有西班牙血统。

② 译注：让·格勒尼耶(1898—1971)，法国作家、哲学家，加缪少年时的哲学教师。

③ 译注：尼古拉·尚福尔(1741—1794)，法国作家，多有警句。加缪引用的这一条见于尚福尔全集(Oeuvres completes de Chamfort, 3rd ed., vol. 2)中《Maximes et Pensées》部分的第一章，大意是遵循高于本性的原则、试图拔高自己是不光彩的。

如果咱们那些严肃的慈善家不巧读到这一段，定然会有所非议：我是要把劳动者说成富人，把资产阶级说成穷人，以便前者继续做牛做马而无怨，后者继续作威作福而无忧。不是那样的。因为一旦贫困与全无希望的生活结合，或是与笼罩在我们那些城市里骇人的贫民窟之上、我长大成人时恍然惊觉的天空结合，由之就会产生无以复加的不公，令人深恶痛绝。我们必须尽一切努力帮助人们摆脱这贫困与丑陋的双重羞辱。我出生在工人聚居区的穷人家里，可是在见到我们这里令人心寒的郊区之前，我都还不知道什么是真正的不幸。阿拉伯人的贫困，哪怕是绝对的赤贫，也还不能与之相比拟，因为两处气候不同。我认为，任何人只要见识过这些工业国家的贫民窟，就会觉得染上了它们的污秽再也无法去除，就会觉得对于它们的存在负有一份责任。

然而我前面说的毕竟是事实。我偶尔会遇见尽享奢华、富有得让我无法想象的人，但我到现在还需要努力提醒自己：其他的人会对这样的财富感到眼红。很久以前，我曾有整整一个星期生活在豪奢之中，世间万物任我采择：我们幕天席地睡在沙滩上，我以水果为食，有一半的日子是独自在水中度过的。有了当时学到的经验，每次有什么让我想到舒适安逸的生活，或者是陈设华美的家宅，我都会报之以嘲讽和不耐，有时甚至会发脾气。我眼下的生活还不至于朝不保夕，自认为可以算是特权阶级了，但我还是不知道如何保有财物。我所拥有的（原本也不是着意追求的结果）总是随来随去。我想这不是因为奢侈浪费，倒是一种变相的吝啬：我像守财奴爱钱一样把持住自由不肯放手，而自由又不能与多余的财物共处。我眼中最高的享受总是有种尽去繁芜的品质。我非常喜爱西班牙和北非绝少室内装潢的房子。我喜欢在旅馆房间里生活、工作——更为出奇的是，我也不介意在那里死去。我从来都没法让自己屈从于所谓的居家生活（那常常与内心生活水火不容)；“布尔乔亚”的幸福让我厌烦、让我恐惧。这种能力的欠缺并不值得炫耀，因为它也大大地助长了我最糟糕的那些缺陷。我不会因为任何事物而妒嫉任何人，这是我的自由；但我有时会忘记他人的需求，于是就失去了想象力，也就是说失去了友善待人的能力。我给自己编了条格言：“大事讲原则，小事唯须宽厚。”唉，我们总是编格言来弥补自身天性中的欠缺。这所谓的“宽厚”，在我身上不如叫作“淡漠”才对。事情的发展可以想见，实在说不上药到病除。

但我想要强调的只是贫困未必会导致妒嫉。后来我生了场重病，一时间丧失了天生的活力，万事万物也因之褪去了向来的光彩；但尽管病痛造成了内在的虚弱、带来了更多的缺点，尽管我可能尝到了恐惧和沮丧的滋味，却从不曾有过怨气。这疾病的确是在我本已具有的局限之上又新加了几道最为严苛的禁锢，但是到头来，它反而助长了我内心的自由，助长了一直保护我免生怨艾的那种对于凡间事物不甚萦怀的性格。来到巴黎生活后，我发觉这一性格是种难得的天赋。我以此为乐，对它不加限制，也不曾为之懊悔；这种天赋照亮了我生活的每个角落，至少到目前为止都是如此。举个例子：我的文艺生涯是在对于他人的敬慕中开始的，那种体验堪称是人间天国。(大家都知道，法国当前的风尚是要选一个艺术家作为打趣的对象，以此开始文艺生涯——甚至也以此归结文学生涯。)我在文学方面的热情如此，作为人的热情亦然，从来都不是针对他人而发的。凡我曾爱慕的人都胜过我，高过我。我所体验过的那种贫困没有让我心生怨怼，却教给我一种信实，一种无言的坚忍。如果我有时忘却了这些教益，那么应受责备的是我自己，或者说我的缺点，而不是我出生于其中的那片天地。

也是因为对于那段岁月的回忆，我操持起自己的专业来从不会感到满足。让我来尽可能简括地讲一讲这个作家们通常绝口不谈的话题。据说作家写出了一本完美的书，又或是一段完美的文字，就会有踌躇满志的感觉——这感觉我完全不打算提起。我不知道有过以上体验的作家是多是少。总之我自己写完一页重读时，好像从来都没有过愉悦感。我甚至可以承认(并且不会事后改口)：自己居然有几部作品获得了成功，这总是让我本人都惊讶不已。当然啦，这样的事情慢慢地就凑合着习惯了。不过直到今天，我仍然觉得自己的写作尚未入门，比不上当世的一些作家——我了解他们的实际价值；其中有一位特别突出，我这些文章早在二十年前出版时就是题献给他的。[①] 在写作中自然总会有些让作家毕生追寻、得辄心满意足的乐趣；但是就我而言，它们只出现在文胎初结、主题显现的那一霎那：头脑陡然变得通明澄澈，整部作品的蓝图都清晰地在眼前展开，想象与心智浑融为一，其中厚味无穷。这样的瞬间才生即灭，往下就要实际地展开工作了，也就是说，要进行长时间的辛苦劳动。

艺术家也拥有另一种层次上的快乐，即虚荣带来的愉悦。作家这种职业与虚荣密不可分，在法国人的群体中尤其如此。我这么说不是心存讽刺，遗憾之情也只有少许；在这方面我跟别人没什么两样——又有谁能不为这荒唐的疾病所染呢？可是在这个嫉妒与挖苦大行其道的社会里，作家们迟早会为这点儿微末的乐趣付出高昂的代价，落得个万人腾笑的下场。在我二十年的文字生涯中，我的作品倒也绝少带来这样的乐趣，且越到后来就越发稀少了。

我总也不能在众人瞩目之下自如地表演我的技艺，总是把人拒

① 让·格勒尼耶是加缪的哲学教师，加缪曾先后在阿尔及尔中学和阿尔及尔大学就教于其门下。加缪借以获取高等学校文凭(Diplôme d'études supérieures)的研究工作《基督教形而上学与新柏拉图主义》(成功完成于1936年)也是在格勒尼耶的指导下进行的。——英译本编者菲利普·托迪注

之门外，那也正是因为在《一体两面》中曾经瞥见的真理让我记忆犹新吧。这样的做派可不容易交到朋友。如果我们对他人的恭维和敬意不理不睬，对方会以为是遭到了轻蔑，但其实我们只是对自己有所怀疑。同样地，如果我表现出在文学界并非罕见的忽而严苛、忽而纵容的态度，如果我像许多人那样有时夸张一下，大概会比现在这样更能得人青睐——因为那才算遵守游戏规则。可是有什么办法呢，这游戏我不觉得有趣呀！吕西安·德·吕邦泼雷[①]式的雄心，于连·索雷尔[②]式的壮志，总是让我觉得莫名其妙，那些都太过幼稚、太过拘狭了。尼采、托尔斯泰和麦尔维尔的志向则正因其遭到挫败才更让我五体投地。只有最为困苦的穷人和最为宏大的心灵探索才能让我衷心地感到谦卑，处于两者之间的这个社会则让我发笑。

剧院里上演新戏的那些夜晚——只有这样的时候我才会遇到“全巴黎的人”（那真是自大的说法）——我有时会觉得全体观众都要消失了，这个摩登新潮的世界并不存在。倒是另外的一些人——舞台上慷慨陈词的那些高大形象——显得较为真实。我强压住逃跑的冲动，提醒自己：这里的每一名观众也都与其自我有一场约会，他们没有忘记此事，不久之后定将前往赴约。他们当即又变回了兄弟的模样。被社会交际分拆开来的，在各自的独处中又融而为一。有了这样的经验，谁还会逢迎世人以换取蝇头微利呢？又有谁会曲从人意，随便哪个作家写了随便哪本书都恭贺一番，但凡有批评家垂青就公开致谢呢？何必向敌人献媚呢，并且，说到底，法国人的恭维和钦佩究竟应该怎么看待呢——这些东西他们不是见了人就要奉上，就

① 译注：吕西安·德·吕邦泼雷（依傅雷译名）是巴尔扎克小说《幻灭》中野心勃勃的青年诗人。

② 译注：于连·索雷尔是司汤达小说《红与黑》的主角。

像茴香酒[1]或者花边杂志一样吗?(至少作者在场的时候如此。可是一旦他走出房间……!)我做不来,就是这样。这可能在很大程度上是我那乡巴佬式的骄傲在作祟;这种骄傲的影响之深之广,我是再清楚不过了。但如果这就是全部原因,如果虚荣心是唯一的理由,那么我似乎应该从恭维话中得到乐趣,至少可以有肤浅的乐趣,而不是总觉得受窘。并非如此。我跟他人共有的那种虚荣心,通常只在回应多少包含几分实情的批评时才显露出来。我对恭维报以一副毫无感激之态的傻相(这副模样我相当熟悉),那不是因为自大,而是有一种奇怪的感觉涌上心头:"你没抓住要点……"(另外也是因为我那积重难返的漠然心态;它就像是天生的痼疾一般逐之不去。)的确,他们没抓住要点;正由于此,那所谓的名声才会有时让人不堪重负,让人想尽一切办法要把它败坏掉,还从中得到一种乖戾的快意。而另一方面,当我时隔多年,为了这次的再版而重读《一体两面》时,我可以凭直觉体察到其中有些段落尽管多所欠缺,却正是要点所在。我说的是那老妇人、缄默的母亲、贫困、照在意大利橄榄树上的阳光、爱所特有的人群中的孤独——在我看来,它们全都是真理的呈露。

我写下这些文字后,已经又增长了许多年纪,阅历了许多世事。我了解到了自己的局限,找出了自身几乎所有的缺点。若论对于他人的知识,我的所得则相对有限,因为我更感兴趣的是人们命定的终点,不是他们各自的对策,而终点又总是大同小异。我至少了解到他人的确存在;而自私的品质虽然无法根除,却必须清楚地加以审视。我知道只以自身为乐是不可能的——尽管我颇有这方面的天分。如果人真的可以独处——我不知道是否如此——我们自然应该有权利偶尔想象一番其中的天堂极乐滋味。我时常会这么做,跟任何其他

① 译注:原文为Pernod,是法国一种著名的茴香酒品牌,中文或译为"佩尔诺酒"。

人没有两样。可是有两位沉静的天使总把我拒于这一天堂之外——其中一位有着朋友的面孔，另一位有着敌人的面孔。是的，这些我现在都知道了；我也了解到了爱的代价，至少是能够了解其大要。但是有关生活本身，我所知晓的却仍然不能逾越在《一体两面》中稚拙地表达过的内容。

在这些篇章里我曾煞有介事地写道："没有对生活的绝望，就没有对生活的热爱"。我当时还没经历过真正绝望的年月，并不知道自己是何等的正确。经年累月的绝望来临时，我内心的种种被它悉数摧灭，唯有对于生活不知节制的渴念残存下来。这正是在《一体两面》中处处喷薄而出、连最阴沉黯淡的段落也不例外的那种能结出硕果也能导致毁灭的激情；它至今仍在折磨我。有人说过，我们一生中只有几个小时是在真正地生活；这话既对又不对：表露在这些文章中的饥渴的热忱从来就不曾离我远去。仔细想来，这种渴念正是生活的精华，也是生活的毒素。当然，我曾试图去缓解它的毒性；跟其他所有人一样，我也尽量用道德来完善自己的秉性。但是，唉，要付出的代价太高昂了。如果肯花精力——这个我倒是不愁匮乏——人有时能用道德来规限自己的举止，却不可能把道德变成自己的天性。一方面激情洋溢，另一方面又希求道德，那等于是在谈论正义的同时却依从了不义。有时我觉得人就是不义的化身：我是想说我自己。如果我现在觉得从前的想法不对，或是觉得当时的文章中有不实之处，那是因为我今天还不知道如何诚实地看待自己心中的恶念。我肯定从不曾以正义自诩；我只说过，人应该努力追求正义，还说诸如此类的远大目标会让人痛苦寡欢。但是这一层分别真的重要吗？不努力让正义主导自己的生活，还能向他人宣讲正义如何美好吗？要是我们能依照名誉——这种不义之人的美德——来生活就好了！可我们的社会觉得"名誉"一词是污言秽语；"贵族"在文学意义和哲学意义上都是骂人的话。我不是贵族，我的答辩就在这本书中：我的家人、我的师承、我的祖辈历历在此，通过他们把我与众人联结起来的牵系也可以在书中寻到。但我还是需要名誉，因为要把它甩开我还不够格！

这有什么关系呢？我只是想表明，虽然写过这本书后我在人生的道路上又走了很远，真正的进展却很有限。经常是我自以为在前进，其实却节节退却。但是到头来，我的需求、我的错失、还有我的忠诚，总是会把我引回原路，也就是我在《一体两面》中开始探求的那条古老的道路。我此后所做的一切都带上了这条道路的印迹，直到今天还常常踏足其上——例如有时在阿尔及尔的晨间——心中微微的醉意也一如从前。

既然如此，为什么多年以来我一直拒绝公布这份浅陋的自白呢？首先是因为——我得重复一遍——我有些艺术手法上的顾虑，这就像别的人有道德、宗教方面的顾虑一样。我天性不羁，本来很少与禁忌结缘，却拘执于"这样不行"的念头，那是因为我钦慕一种严苛的艺术传统，甘愿为之所役。这样的犹疑可能与我根深蒂固的散漫倾向发生冲突，因此我觉得可以从中获益。我知道自己有紊乱失序之处，有些强猛难制的倾向与生俱来，又会稚拙地陷入不顾后果的狂乱之中。若是没有灵魂中黑暗的力量供其驱遣，艺术品便不能成形。但也要对这些力量加以导引，筑起水坝提升水位。这水坝可能现在还是太高了，所以我偶尔会不够灵活……等到我能在自己的本质与言辞之间取得平衡的那一天，或许——我都不太敢把这话写出来——就能构建出自己梦寐以求的作品。我是想说，这样一部作品将会与《一体两面》不无相似之处，其中所谈论的将会是爱的某一种表现形式。那么，我不肯把这些早年作品示之于人的第二条理由也就容易理解了：笨拙和紊乱会让我们过多地暴露出内心最深处的秘密，而太过精细的伪装也会泄露出它们的踪迹。最好还是等一等，我们先要学会赋予它们形式却不窒塞其声音的技巧，先要知晓怎样把天性与巧艺融合得恰到好处——也就是要学会如何存在；因为“存在”就包括了让一切同时进行的能力。在艺术创作中，若不能让方方面面同时齐备，就会永远一无所成；不可能有火光而无火焰。司汤达曾经高呼：“可我的灵魂是一团火焰，若不放光华便要伤损了。”在这一点上与他相类的人，就应该只在火焰升腾时才从事创作。火势最猛烈的一刻，呼喊声将会笔直地向上跃升，创造出余音不绝的词语。我说的这些乃是我的同类（身为艺术家而不确信自己是艺术家，但确信绝非别种人）都在日日期盼的时刻；有了这样的时刻，才可能最终同意要去生活。

既然我有这样的考虑——可能只是徒劳的期盼——现在又为什么同意重印这组文章呢？首先是因为有些读者想到了一种有力的理由[①]。其次，在艺术家的生涯中总会有这么一刻，他必须要审视自己的处境，向自己的核心进发，争取能在那里久驻。我今天就正是这一种情况；此外再不必多说了。如果我付出了这么多努力构建自己的语言、赋神话以生命，却终究不能把《一体两面》重新写过，那我将一事无成。这就是我骨髓深处的感觉。但我总可以幻想自己获得了成功，在想象中我仍将在这部作品的中心处安设下一位母亲令人钦敬的沉默，以及一名男子试图寻回某种能与这沉默相配的公义或爱恋的努力。在这场又名人生的梦幻中，“人”就在这儿：他在这片不能超脱生死的大地上寻觅自己的真理，随得随失，只是为了经由战争和呼喊、经由公义与爱恋犯下的愚行——也就是说，经由痛苦——返回到

① 原注：理由很简单。“这本书的存在已成事实，只是传本稀少，书商开价很高。为什么要让不够富裕的读者失去阅读这本书的权利呢？”可不是，为什么呢？

那安谧的国度(在那里死亡也变成了幸福的静默)。他还在这儿……的确,当人被弃逐的时候他总是可以幻想,因为至少有一点我确信无疑:一个人毕生的工作,就只是这条漫长的征途——他要在艺术的道路上迂回前进,以期能寻回那两三幅曾见证他的心灵初次开启的、简单而非凡的图景。大概正由于此,虽然我二十年来一直在工作、在创造,却至今觉得我的工作甚至还没开始。为了要重版这组文章,我回顾了自己写下的最初几篇文字;自从那时起,我一直想说的主要就是这一点。

关于《鼠疫》给罗兰·巴特的信①

巴黎,1955年1月11日

亲爱的巴特,

尽管这看上去很有吸引力,但是我无法同意你对《鼠疫》的观点。当然,在诚实评价的范围内,所有的评论都是有道理的;像你一样敢于直言不讳,既是可能的,也是十分有意义的。但在我看来,每一篇文学作品都包含一些明显的可以证明作者意图的因素,作者以它们引起人们注意,是为了指出对作品的评论应该在的范围。比如,在我看来,如果要说《鼠疫》为反历史的伦理和政治孤立的态度奠定了基础,就是让自己置身于许多矛盾之中,更重要的,是和一些明显的事实相悖的,以下我将这些事实简要地在这里做一总结:

1. 我认为对《鼠疫》的解读应该是多层次的,但书中明显含有欧洲抵抗运动反抗纳粹主义的内容。在这方面的证据是,虽然书中并未为具体的敌人命名,所有欧洲国家的每一个人都能认出他们。让我对此加以补充:对《鼠疫》的一段很长的引用在纳粹占领期间出现在一本地下文集里,这事实本身能证明我的观点。在某种意义上说,《鼠疫》不完全是抵抗运动的编年史,但是它起码起到了这样的作用。

① 原注:在书评刊物《俱乐部》里,罗兰·巴特评论道,《鼠疫》对抵抗运动存在的问题进行了不适当的移位,因为加缪用对并非人类的鼠疫病菌的抵抗代替了对人的抵抗。这是对《鼠疫》的相当普遍的批评,而且可以认为,加缪还忽略了抵抗运动的一个重要方面,他没有提到由德国人处决无辜人质的习惯而引发的道德问题。抵抗运动战士所进行的破坏活动可能是以15到20条人命为直接代价的,这对他的良心是极大的谴责。

2. 同《局外人》相比,《鼠疫》无可辩驳地代表了从独自反抗到对团体抗争的转变。如果说从《局外人》到《鼠疫》是一种进化的话,这种进化是朝着团结和参与的方向的。

3. 你对分离这一主题在书中的重要性进行了很好的描述,而这个主题恰恰充分地诠释了这一点。兰伯特充分地体现了这一主题,并在实际上放弃了私人生活,以便投身于战斗中去。顺便说一下,单单这个角色本身就表现了对比朋友和好战分子是多么具有误导性。二者有一种共同的美德,就是活跃的兄弟情谊,如果没有这一点,任何历史在没有其他办法时也无法做到。

4. 而且,《鼠疫》结束于对还没有到来的斗争的承诺和接受中。这是一个对于"所有事情都必须要做,而且人类无疑会不得不再一次反抗恐怖和它那些永无休止的武器,无论有多么痛苦……"

我可以进一步发展我的观点。不过,即使我已经有可能认为《鼠疫》中的伦理实践是不足的(而且必须说明是同怎样的更完整的道德相比较),已经认为批评它的美学价值是合理的(对于你的很多评论,用我不相信艺术中的现实主义这一简单事实就可以说清楚了),我还是很难同意你的结论——这部作品的作者拒绝承认正在行进的历史的团结性。是的,很困难;我不想破坏我们的友谊,但是请允许我说,我感到有点失望。

在任何情况下,你问的这个问题——"当同鼠疫作斗争的战士们遇到这场灾难人性化的一面时,他们会做什么呢?"——在这方面是不公正的:应以过去式提问,那样,会得到一个积极的答案。我在某种程度上描绘了这些战士的经历,他们做的事情确实是针对人类的,而且你知道是以什么样的代价。毫无疑问,当他们面对任何恐怖时,他们将再次这样做,不管恐怖以怎样的面孔出现——因为它有好几张面孔。我没有对某一人进行特别命名还有一个理由:为了更好地打击他们全体。毫无疑问，这是我被批评的原因，《鼠疫》可以适用于对任何暴政的任何抵抗这一事实。但是批评我是不恰当的，或者说，对我的首要指责是拒绝历史——除非宣称参与历史的唯一途径是使暴政合法化。你不是这样的，我知道；就我本人而言，我已经古怪到足以认为如果我们甘愿接受这样的想法，我们就应该接受人类的孤独。我远没有感觉到置身于孤独中，恰恰相反，我有这样一种感觉：我生活在其中并为之奋斗的社会是历史上的任何事物迄今为止都不能接触到的。

在此，我简单地表达了想告诉你的想法。最后，我只想对你保证，这友好的讨论绝没有改变我对你的才华和对你个人的高度评价。

阿尔贝·加缪

这封信在《俱乐部，对〈优秀书籍俱乐部〉的评论》中发表

1955年2月

给 P. B. 的信

1953 年 2 月 15 日

我亲爱的朋友，

首先，我为上周五的事情向你道歉。这不是因为一场关于荷兰的演讲，而是因为我在最后一刻被叫去代表那儿的水灾灾民在书上签名。这项工作，我是第一次做，好像是我无法拒绝的事情，而且我认为你会原谅我给你造成的不便。但这不是问题，问题是你描述为我们关系中的困难的那些事情。在这一点上，我要说的可以简单地表达：如果你知道我生活的四分之一和它的义务，你就不会写下你那封信的哪怕一行。但你无法知道这些事，而我不能够也不应该向你解释它们。（你和其他没有你的品质的其他许多人所抱怨的那种“傲慢的孤独”，将是我的荣幸，如果它存在的话。）但是，人们如果假设我喜欢这样的乐土，那是十分错误的。事实是，我每一小时的工作时间，都要通过同时间和其他人作斗争以获得，而且通常这斗争我还赢不了。

我不是在抱怨。我的生活是我让它成为这样的，对我生活的方式和节奏，我是首要的负责人。但是当我收到一封像你这样的人写来的这样一封信，那么我确实觉得我要抱怨了，或者至少请求人们不要如此轻易地对我加以指责。为了比得上今天的一切，我得有三个分身，还需要好几个心脏。对于后者，我只有一个，它可以被判定是——就像我经常自行判定的那样——质量平平。物理上，我没有时间,而更重要的是,内心的闲暇,当我愿意的时候就去看望我的朋友们(问问夏尔,我像兄弟一样爱他,问问他我们一个月见几次面)。我没有时间为评论写稿,不管是关于雅斯贝斯[①]还是关于突尼斯,即使是为了澄清萨特的一个观点我也没时间。如果你愿意,你会相信我的,但我没有时间也没有内心的闲暇去生病。当我生病时,我的生活变得一团糟,我需要花费几周的时间才能慢慢调整过来。但更严重的是,我不再有时间或内在的闲暇来写我的书,如果我没有别的事情的话,一两年就能写出来现在四年才能写出来的东西。此外,几年来,工作没有释放我,而是在奴役我。如果我继续的话,那是因为如果不这样的话我会无所适从,而且我喜欢它超过其他任何事情,甚至包括自由、智慧、或者真正的创造力,甚至,是的,甚至友谊。

确实,我试图把事情整理一下,加强我的体力和我的"存在",用时间表、用对一天的安排、用更高的效率。我希望有一天用得上它。现在,我还没能做到。每个字母带来了其他三个字母,每个人带来其他十个人,每本书带来一百封信和二十个联系人,只要生活还在继续,就还有工作要做,还有我爱的人们和需要我的人们。生活仍在继续,在某些早晨,厌倦了噪音,对还得继续的无休止的工作的前景感到气馁,被从报纸里跳向你的世界的种种疯狂搞得很难受,我最后相信,我可比不上它了,我会让每个人失望的——我想要做的只是坐下来,等待夜晚来到。这就是我的感觉,有时我屈服于这种感觉。

你能理解这一点吗?当然,你应该被尊重,我应该和你交谈。当然,你的朋友和我的一样好(他们不是像你想象的那样,从语法上讲有所倾向)。虽然我很难想象(这不仅仅是一种姿态)得出,我表现出

---

① 译注:雅斯贝斯(Jaspers),可能是指德国出生的瑞士哲学家和精神病学家卡尔·西奥多·雅斯贝斯(1883—1969)。

的尊重竟然对任何人都很重要，但我真的很欣赏你。但要把这种尊重本身转化为积极的友谊，我们确实应该需要有真正的闲暇和许多见面的机会。我曾经见过许多优秀的人，这一直是我一生的荣幸。但有这么多的朋友却是不可能的，而且不幸的是，这种想法让我使很多人失望了，我知道的。我可以理解，其他人觉得它难以忍受。我也觉得难以忍受。但是，事情就是这样，如果人们在这种情况下无法喜欢我，我希望他们让我一个人孤独，就像你看到的，一个不是像你想象的那样的傲慢的孤独的我。

不论怎样，我回答你这些抱怨的时候，我自己没有丝毫怨恨。收到从像你这样的人那里来的像这样的信，只让我伤心，让我更想离开这个城市，离开我在这里所过的生活。目前，虽然这是我在这个世界上最想做的事，但那是不可能的。因此，我被迫继续过这种陌生的生活，我把你告诉我的算作代价——这代价可有点高，我想——我必须为我自己被带到这般田地付出的代价。

在任何情况下，请原谅我让你失望了。

你忠诚的，

阿尔贝·加缪